HEYNE <

LAUREN ASHER

MY DECEMBER DARLING

ROMAN

Aus dem Amerikanischen von
Melike Karamustafa

WILHELM HEYNE VERLAG
MÜNCHEN

Die Originalausgabe MY DECEMBER DARLING
erschien erstmals 2024 in den USA.

FSC
www.fsc.org
MIX
Papier | Fördert
gute Waldnutzung
FSC® C014496

Penguin Random House Verlagsgruppe FSC® N001967

Deutsche Erstausgabe 09/2025

in der Penguin Random House Verlagsgruppe GmbH,
Neumarkter Str. 28, 81673 München
produktsicherheit@penguinrandomhouse.de
(Vorstehende Angaben sind zugleich
Pflichtinformationen nach GPSR)

Redaktion: Kerstin Kubitz
Umschlaggestaltung: zero-media.net, München,
unter Verwendung von Stocksy/Ruth Black, iStockphoto/Maryna Seniuk,
FinePic®, München
Satz: satz-bau Leingärtner, Nabburg
Druck und Bindung: GGP Media GmbH, Pößneck
Printed in Germany
ISBN: 978-3-453-44329-7

www.heyne.de

Für alle, die zwischen Dr. McSteamy und Dr. McDreamy
hin- und hergerissen waren …
Macht euch bereit, euch in Dr. Darling zu verlieben.

PLAYLISTS

My December Darling

catch flights, not feelings

Welcome to the Night Shift

Coquito & Chill

The Happily Ever After Playlist

KAPITEL EINS

Catalina

Schau mal, da ist Aiden!« Meine Schwester Gabriela gestikuliert in Richtung Eingang.

Erstaunlich, wie sie es schafft, mir mit gerade mal fünf Worten die Laune zu verderben, woran auch die Weihnachtsmusik, die aus den Lautsprechern in jeder Ecke des Restaurants schallt, nichts ändern kann – ganz egal, wie laut sie aufgedreht wird.

»Er ist heute Abend dabei?« Ich umklammere die Rückenlehne des Stuhls, auf den ich mich eigentlich gerade setzen wollte.

Gabriela zieht die Brauen zusammen. »Ja. Das habe ich dir doch gestern geschrieben.«

Mist. Ich hatte mein Handy auf Lautlos, weil Mom nicht

aufgehört hat, mich mit Fragen zu meiner Rede als Trauzeugin zu nerven. Während ich noch keine einzige Zeile zu Papier gebracht habe, hat Aidens Trauzeuge Luke Darling seine bereits an meine Mom geschickt, damit sie ihren Segen geben kann.

»Hast du ein Problem damit, wenn Aiden heute Abend dabei ist?«, fragt meine Schwester angespannt.

Moms Blick fliegt zwischen uns hin und her, bevor er anklagend wie eh und je an mir haften bleibt. Ihre Miene fordert mich stumm auf, gefälligst keine Szene zu machen und damit meiner Schwester den Tag zu verderben.

»Nein.« Ich bemühe mich, statt des Stirnrunzelns ein Lächeln aufzusetzen. »Überhaupt nicht.«

Was eine Lüge ist – auf die hin dankenswerterweise aber keine der beiden mehr nachhakt. Die Behauptung, dass das Verhältnis zwischen meiner Schwester und mir, seit sie angefangen hat, meinen Ex zu daten, etwas heikel ist, wäre eine Untertreibung. Andererseits sollte ich wohl hinzufügen, dass ich nicht gerade dazu beigetragen habe, die Lage zu entspannen.

Was der Grund dafür ist, dass du heute hier bist, anstatt bis zum Probedinner für Gabrielas Hochzeit allen aus dem Weg zu gehen.

Mein Gesichtsausdruck scheint überzeugend genug, um Gabriela zu beruhigen, denn sie wendet sich ab und sieht wieder in Richtung Eingang.

Ihr Lächeln kehrt zurück. »Oh, wie schön. Luke hat sich ja doch entschieden mitzukommen.«

Ich war so in meine Gedanken vertieft, dass mir Luke, der hinter Aiden das Restaurant betreten hat, bisher gar nicht aufgefallen ist.

Verdammt.

Mein Herz setzt einen Schlag lang aus. »Er ist auch dabei?«

Gabriela wirft mir erneut einen Blick zu. »Er und Aiden waren schon länger für heute Abend verabredet. Deswegen habe ich ihn einfach auch eingeladen.«

»Warum?«, rutscht es mir heraus.

Luke und ich haben uns bisher höchstens bei vier Gelegenheiten kurz unterhalten, aber das reicht mir voll und ganz. Typen wie ihn habe ich in der Vergangenheit oft genug gedated, und es ist nie gut für mich ausgegangen; was der Grund dafür ist, dass ich mich lieber von Luke und seiner chronischen Fröhlichkeit fernhalte. Nun ja, das und die Tatsache, dass er Aidens attraktiver, intelligenter, netter bester Freund aus dem Medizinstudium ist. Kennengelernt habe ich ihn erst, *nachdem* Aiden mit mir Schluss gemacht hatte, weil Dr. Darling bis zu dem Zeitpunkt als freiwilliger Helfer beim Roten Kreuz war. Der Kerl könnte nach außen hin kaum perfekter sein – und ist außerdem genau der Typ Mann, den sich meine Mutter für mich wünschen würde. Wenn ich bereit wäre, mit jemandem aus Lake Wisteria auszugehen.

Genau genommen kommt Luke nicht aus unserer kleinen Stadt, aber er wohnt seit einem Jahr hier – wegen Aiden und eines Jobangebots im hiesigen Krankenhaus –, weswegen ich ihn mit allen anderen Männern hier in einen Topf werfe.

»Cata«, zischt Mom meinen Spitznamen, als handle es sich um einen Fluch.

»Was?«, zische ich zurück.

Sie rümpft deutlich verärgert die Nase. »Kriegst du es hin, ausnahmsweise mal eine Stunde lang keine Szene zu machen?«

Ich ignoriere den Stich, den mir ihre Worte versetzen, und mache eine gelangweilte Miene. »Keine Ahnung … Ist eine ziemliche Herausforderung für mich …«

Gabriela seufzt entnervt auf, Mom schnaubt empört.

»Ich kann nicht verstehen, warum du Luke nicht magst. Außerdem gehört er praktisch zu Aidens Familie. Würde es dich umbringen, ausnahmsweise mal nett zu sein?«

Der Pfeil trifft sein Ziel, doch ich achte darauf, es mir nicht anmerken zu lassen. Ich bin mir nicht einmal sicher, ob Mom ahnt, wie sehr mich solche Aussagen verletzen, aber ich habe sie ja auch nie darauf angesprochen.

»Prinzessin«, begrüßt Aiden Gabriela, als er an unseren Tisch tritt. Sein blondes Haar wirkt frisch geschnitten, und er trägt sein übliches Ensemble aus Polohemd und gebügelter Stoffhose, in dem er aussieht, als käme er geradewegs aus dem Country Club. Aidens Kleidungsstil hätte der erste Hinweis für mich sein sollen, dass wir nicht zusammenpassen, aber ich dachte immer, dass sein Stil genau das ist, was meiner Mutter gefallen würde.

Es dauerte nicht lange, bis mir klar wurde, dass ich aus den völlig falschen Gründen mit Aiden zusammen war – allen voran die Hoffnung, meiner Mutter einen Gefallen zu tun –, und ihm schien es ähnlich zu gehen mit unserer Beziehung. Nur, dass er den Mut hatte, sie zu beenden.

Mein zukünftiger Schwager zieht Gaby in seine Arme und gibt ihr einen Kuss aufs Haar, was meiner Mutter einen zustimmenden Laut entlockt und mir immerhin ein kleines Lächeln. Ich würde jederzeit zustimmen, dass die beiden ein verdammt süßes Paar sind, auch wenn ich mich bei dem Spitznamen, den

Aiden meiner Schwester gegeben hat, zusammenreißen muss, nicht die Augen zu verdrehen.

Ich bin so abgelenkt von dem Anblick der beiden Turteltauben, dass ich erst, als Luke meinen Arm streift, mitbekomme, dass er um den Tisch herum zu mir getreten ist. Durch die kurze Berührung baut sich eine luftig-leichte Empfindung in meiner Brust auf – die ich hastig unter dem Gewicht unserer Realität zerdrücke.

Vielleicht mag ich es, wenn Luke mich berührt. Vielleicht mag ich sogar den Duft nach Sandelholz und Leder, den seine Jacke verströmt, die er über einem schlichten Henley und einer Jeans trägt. Doch was ich nicht mag, ist Luke als Person. Er ist auf nervige Weise freundlich, frustrierend aufmerksam und die Art von Mann, der dank seiner Muskeln und seines Helfersyndroms als Vorbild für einen Comic-Superhelden dienen könnte.

»Catalina«, begrüßt mich Luke mit einem Lächeln. Was mich nicht weiter überrascht, weil er das bei jedem macht. Doch irgendetwas an der Art, wie *ich* mich bei seinem Lächeln fühle, löst in meinem Kopf einen Alarm aus, und ich gehe rasch etwas auf Abstand.

»Lucas.«

Sein Grinsen wird breiter. »Luke.«

»Ah. Und ich dachte aus irgendeinem Grund, wir würden uns mit unseren vollen Namen anreden.«

Sein leises Lachen löst ein Flattern in meinem Bauch aus. »Nur, dass ich gar nicht Lucas heiße.«

»Schade. Gefällt mir besser als Luke.«

Seine braunen Augen funkeln, wie sie es immer tun, wenn ihn etwas amüsiert. Und – verdammt! – sie sind wirklich sehr hübsch mit den dichten dunklen Wimpern, gegen die meine nach gar nichts aussehen.

Ich muss sofort den Blickkontakt abbrechen, allein schon, weil ich nicht mit seiner Aufmerksamkeit umgehen kann. Luke Darling mag seinem Nachnamen jedem anderen Menschen gegenüber gerecht werden, aber ich bin nicht ganz überzeugt. Ich meine, im Ernst, irgendwas kann doch nicht mit ihm stimmen. Niemand kann ständig so gut drauf sein oder dermaßen hilfsbereit, selbst *wenn* er einen Eid abgelegt hat, Leben zu retten.

Aber ungeachtet meiner Bedenken muss ich mich in absehbarer Zukunft mit Lukes Gegenwart abfinden, da die beiden Menschen, die wir lieben, heiraten werden. Ob ich ihn nun mag oder nicht.

KAPITEL ZWEI

Luke

Trotz des Pep Talks, den ich mir auf dem Weg zum Restaurant darüber gehalten habe, mich von meiner besten Seite zu zeigen und mich wie ein erwachsener Mann Anfang dreißig zu verhalten, werfe ich bei Catalinas Anblick sämtliche Vorsätze über Bord.

Seit Aiden und Gaby zusammen sind, sind wir uns keine fünfmal begegnet, und nach jeder dieser Begegnungen habe ich mir die Frage gestellt, warum ich überhaupt versuche, mit ihr ins Gespräch zu kommen. Hätte Aiden nicht darauf bestanden, dass ich mit ihnen zu Mittag esse, hätte ich dankend abgelehnt.

Obwohl wir zusammenwohnen, verbringen wir kaum Zeit miteinander, da wir beide als Ärzte in der Notaufnahme des neuen und hochmodernen Lake Aurora Hospital arbeiten. In der Regel sehen wir uns nur im Vorbeigehen, da wir an verschiedenen Tagen Nachtdienst haben, aber heute haben wir beide frei. Ich habe gehofft, das heutige Essen ohne unangenehme Zwischenfälle hinter mich bringen zu können, aber offensichtlich habe ich bereits einen Fehler begangen, indem ich Catalina mit ihrem vollen Namen angesprochen habe. Vermutlich glaubt sie, das hätte ich einzig und allein getan, um sie zu nerven, dabei finde ich ihren Namen einfach sehr schön.

Als die Kellnerin an den Tisch kommt, um unsere Bestellung aufzunehmen, verstummen die Gespräche. Alle außer mir – der Typ, der zu beschäftigt damit war, die schöne, verärgerte, brünette Frau ihm gegenüber anzustarren – wissen, was sie essen möchten, also wähle ich das erstbeste Gericht, das mir ins Auge springt.

Als Catalina schnaubt, klingt das sehr viel süßer, als es sollte.

Süß? Wohl eher unhöflich.

Genau, so unhöflich, dass ich mir ein Lächeln verkneifen und mir auf die Zunge beißen muss, um sie nicht zu bitten, den Laut noch mal zu machen. In der Stadt hat Catalina den Ruf als Eiskönigin weg, aber jeder Mensch hat einen weichen Kern. Ich habe ihren nur noch nicht gefunden.

»Möchtest du uns etwas mitteilen?« Ich stütze die Ellbogen auf den Tisch und beuge mich ein wenig vor.

»Nope«, sagt sie, wobei sie mit den Lippen einen kleinen Plop-Laut macht. Den weichen, rosafarbenen Lippen, um die in meiner Gegenwart grundsätzlich ein missbilligender Zug liegt.

»Bist du dir sicher?«

»Jepp.«

»Ist jede Unterhaltung mit dir so fesselnd?«

»Gut möglich.«

»Zwei ganze Worte am Stück?« Ich lege zwei Finger auf mein Handgelenk, als würde ich mir den Puls fühlen. »Bitte warn mich das nächste Mal vor.«

Sie hebt die Speisekarte hoch und gibt vor, darin zu lesen, obwohl wir bereits bestellt haben. Dann zieht Aiden mich in ein Gespräch mit Gabriela und ihrer Mutter hinein, dem Catalina mit Interesse lauscht, ohne selbst etwas beizutragen. Innerhalb einer Gruppe redet sie nie besonders viel, was mich umso neugieriger darauf macht, was sie wohl denkt.

Höchstwahrscheinlich verurteilt sie dich stillschweigend.

Zutrauen würde ich es ihr, trotz Aidens Behauptung, sie sei wirklich nett, wenn man sie erst einmal kennengelernt habe.

Als unser Essen kommt, wird mir klar, warum Catalina bei meiner Bestellung geschnaubt hat. Hätte ich gewusst, dass ich bei der Dragon's Breath Roll tatsächlich beinahe Feuer speien würde, wäre meine Wahl auf etwas gefallen, das ein wenig milder ist. Alles wäre besser als dieses Gericht, das mir gerade jede einzelne Geschmacksknospe niederbrennt. Wenn das so weitergeht, bin ich am Ende des Essens derjenige, der einen Arzt braucht. Auf keinen Fall übersteht mein Magen einen ganzen Teller von diesem Höllenzeug.

Ich würde behaupten, dass es das schlimmste Sushi-Erlebnis meines Lebens ist, aber beim Anblick von Catalinas unterdrücktem Kichern, während ich literweise Wasser in mich reinkippe, wäre das gelogen. Ihre funkelnden Augen ziehen mich dermaßen in ihren Bann, dass ich verdutzt zurückzucke, als sie sich ein Stück Sushi von meinem Teller nimmt. Bevor ich sie warnen kann, steckt sie es sich mit einem Grinsen in den Mund und beginnt zu kauen.

Ohne das Gesicht zu verziehen. Ohne tränende Augen. Ohne hastig nach ihrem Wasserglas zu greifen.

»Angeberin«, murmle ich.

Sie keucht übertrieben auf. »Hast du gerade ernsthaft finster geguckt?«

Ich schaue noch düsterer.

»Uiuiui, bitte warn mich das nächste Mal vor.«

Ich zeige ihr mit meinem Essstäbchen den Stinkefinger, was ihr ein amüsiertes Schnauben entlockt und Aiden, der neben mir sitzt, laut auflachen lässt.

Gaby und Mrs. Martinez sind nach wie vor in ihr Gespräch versunken, in das ich mich einzuklinken versuche; doch ich werde wieder abgelenkt, als Catalina ein weiteres Mal über den Tisch greift, um ein zweites Stück Sushi von meinem Teller zu stibitzen.

»Du bist so ein Weichei. Das ist doch noch gar nichts«, sagt sie.

»Wenn du mit ›gar nichts‹ ›furchtbar‹ meinst, dann sind wir uns endlich mal in einer Sache einig.«

Sie beugt sich vor, um sich ein drittes Stück zu nehmen, doch ich ziehe den Teller zu mir, sodass sie nicht drankommt.

»Hör auf, mir mein Essen zu klauen.«

Sie verdreht die Augen. »Gilt es dann auch als Klauen, dass du was von meinem genommen hast, als du dachtest, ich sehe es nicht?«

Mist, das hat sie gemerkt?

Ich hebe beide Hände. »Zu meiner Verteidigung: Ich bin am Verhungern.«

Sie seufzt ergeben. »Dann lass uns tauschen.« Ohne mein Einverständnis abzuwarten, schiebt sie ihren Teller über den

Tisch und zieht meinen zu sich ran. Es entgeht mir nicht, dass die anderen uns beobachten, aber niemand gibt einen Kommentar dazu ab.

Nun ja, niemand außer mir.

»Warum machst du das?«

Catalina wirkt verwirrt. »Was meinst du mit ›warum‹? Dir schmeckt dein Essen doch nicht.«

»Schon, aber du bist nicht gerade als die freundliche von euch beiden Schwestern bekannt, deswegen macht mich die Aktion ein wenig misstrauisch.«

Es sollte ein Scherz sein, aber als ich merke, wie Catalina auf ihrem Stuhl zusammensinkt und den Blick senkt, fühle ich mich wie ein kompletter Vollidiot. Da führen wir einmal ein nettes Gespräch, und ich mache es mit meinen blöden Sprüchen kaputt.

Ihr halbherziges Schulterzucken versetzt mir einen Stich. »Du hast recht.«

Und warum habe ich mich dann wie nie zuvor so sehr im Unrecht gefühlt?

»Das sollte ein Scherz sein«, wiegle ich ab, wütend auf mich selbst.

»Schon okay«, erwidert sie knapp, was mir verrät, dass genau das Gegenteil der Fall ist.

»Warum schaust du mich dann nicht an?«

Es dauert ein paar Sekunden, doch schließlich schafft sie es, von ihrem Teller aufzusehen. Ihr Blick zuckt über mein Gesicht, aber ihm fehlt die Wärme, die eben noch darin gelegen hat. Und ich sehne mich nach … Um ehrlich zu sein, weiß ich gar nicht genau, nach was eigentlich.

»Willst du wirklich meine Antwort darauf hören?«, fragt sie.

»Sonst würde ich nicht fragen.«

Sofort ist ihr Stirnrunzeln zurück. »Ich finde dich …«

»Ja?« Ich beuge mich gespannt vor.

»Abstoßend«, sagt sie und kraust dabei leicht die Nase, als würde ihr allein die Tatsache, dass wir die gleiche Luft atmen, Übelkeit verursachen.

»Abstoßend?«, wiederhole ich ungläubig. Noch nie in meinem Leben hat mich jemand auf dermaßen beleidigende Weise beschrieben. Schon gar nicht, nachdem mich die Person zwanzig Minuten lang heimlich beobachtet hat, während sie dachte, ich würde es nicht merken. Von wegen abstoßend. Ich habe mitbekommen, wie sie mich anstarrt, und *abstoßend* ist das letzte Wort, das Catalina mit mir in Verbindung bringt. Dessen bin ich mir sicher.

»Ja. Du bist so ein Captain-America-Wannabe – und das meine ich nicht als Kompliment.«

Mir fällt die Kinnlade runter. »Wie bitte?«

Sie stößt ein dramatisches Seufzen aus. »Ist mit deinem Retterkomplex nur schwer zu ertragen, sich so was anhören zu müssen, schon klar.«

Aiden, der uns offensichtlich belauscht hat, anstatt seiner zukünftigen Schwiegermutter zuzuhören, die von ihrem letzten Zahnarztbesuch berichtet, lacht leise.

»Halt die Klappe!« Ich ramme ihm meinen Ellbogen in die Seite.

Er reibt sich die Rippen. »Du unterschätzt deine Superheldenkraft, *Captain America*.«

Als sich die kleine Teufelin mir gegenüber mit einem zufriedenen Grinsen auf ihrem Stuhl zurücklehnt, setzt mein Herz für einen Schlag aus. Ich bin mir nicht sicher, was sie da gerade mit mir macht, aber ihre Anwesenheit bringt mich ganz durcheinander.

Wir haben bisher kaum Zeit miteinander verbracht. Catalina war in der Regel nur zweimal im Jahr zu Besuch in Lake Wisteria, was es leicht gemacht hat, sich aus dem Weg zu gehen. Daher habe ich mir nie die Frage gestellt, was passieren würde, wenn ich auf einmal gerne in ihrer Nähe wäre.

Und noch schlimmer: Wie würde ich mich fühlen, wenn ich mehr davon wollte?

KAPITEL DREI

Catalina

Unsere gesamte Kleinstadt ist in Weihnachtsstimmung, als meine Mutter, meine Schwester und ich uns, nachdem wir uns von Aiden und Luke verabschiedet haben, auf den Weg zur Änderungsschneiderei Thimble & Thread machen. Während unseres einstündigen Mittagessens ist die Hauptstraße im Verkehrschaos versunken. Dutzende Ehrenamtliche helfen dabei, die Weihnachtsdekoration für die Lake Wisteria Christmas Extravaganza anzubringen. Aus den Lautsprechern, die entlang der Straße an den Hausfassaden aufgehängt wurden, ertönt leise, stimmungsvolle Musik, während ein weiteres Team Freiwilliger die Helfer gegen die Michiganer Kälte mit heißer Schokolade versorgt. Eine Horde Kinder läuft kreuz und quer über die Bürgersteige, um Pappbecher mit den warmen Getränken unter den Ehrenamtlichen zu verteilen. Vermutlich auch ein kleines bisschen in der Hoffnung, sich damit einen Platz auf der Brave-Kinder-Liste des Weihnachtsmanns zu sichern.

Normalerweise ist es die von der Küste inspirierte Architektur der Gebäude, die Besucher nach Lake Wisteria lockt, doch zu dieser Jahreszeit verschwinden die Fassaden der Häuser im belebtesten Viertel der Stadt hinter Tausenden Lichterketten, Lametta, Ornamenten und aufblasbaren Weihnachtsfiguren.

Bei so viel Festtagsstimmung werde ich immer von einer regelrecht kindlichen Aufregung ergriffen – die augenblicklich verpufft, wenn ich sehe, wie viele Leute in unsere Richtung schauen. Im Gegensatz zu meiner Mutter und meiner Schwester bin ich keine People Pleaserin, deshalb halte ich mich zurück, während die beiden sich auf einen mühsamen Small Talk einlassen. Die meisten Leute erkundigen sich, wann meine Mutter wieder mit dem Verkauf von *Coquito* beginnt, und sie versorgt sie mit den Infos, bevor sie scherzhaft mahnt, uns nicht beim Sheriff zu melden, weil wir ohne Genehmigung Alkohol ausschenken.

Das puerto-ricanische Kokosnussgetränk hat sich in Lake Wisteria schnell zum Lieblingsdrink in der Weihnachtszeit gemausert und bereits drei Jahre in Folge die lokalen Eierlikörverkäufe überholt. Es überrascht mich nach wie vor, dass Mom die Tradition ihrer Schwiegermutter aufrechterhält, denn die Herstellung von *Coquito* ist eine Martinez-Familiensache. Und es macht mich zu gleichen Teilen glücklich und traurig, dass die Erinnerung an meine Grandma auf diese Weise in unserer kleinen Stadt weiterlebt.

Als wir endlich die Änderungsschneiderei erreichen, bin ich mehr als bereit, diesen Tag hinter mir zu lassen – nur um mich kurz darauf, kostenlosen Champagner schlürfend, von meiner Mom in das nächste Gespräch verwickeln zu lassen, während meine Schwester ihr Hochzeitskleid anprobiert.

Mit einer Mischung aus Entsetzen und Faszination beobachte ich, wie Gabriela im Angesicht ihres Spiegelbildes in Tränen ausbricht. Es ist die vorletzte Anprobe vor ihrem großen Tag am 30. Dezember.

»Es ist wunderschön.« Eine Träne läuft ihr über die Wange und hinterlässt eine Spur in ihrem Make-up.

Ich seufze erleichtert auf. Einen Moment lang hatte ich befürchtet, dass Gabriela die glitzernde Tüll-Monstrosität von einem Kleid noch einmal überdenken würde; dabei hätte mir vollkommen klar sein müssen, dass es der absolute Traum meiner Schwester ist, wie die Prinzessin aus einem Dreamland-Film auszusehen.

Mom, eine ehemalige Schönheitskönigin, deren dunkles Haar stets perfekt frisiert ist, eilt zur Rettung, um Gabys Wange mit einem Taschentuch abzutupfen. »Du ruinierst dein Make-up, *mi amor.*«

Obwohl meine Schwester inzwischen sechsundzwanzig ist, behandelt meine Mutter sie eher wie eine Porzellanpuppe als wie eine mündige Person mit eigener Meinung, Schwächen und – Gott bewahre – *Gefühlen.* Früher hat es mich gestört, aber mittlerweile tut mir Gaby eher leid, als dass ich sie darum beneide. Es mag mich ein Jahr Therapie gekostet haben, aber ich habe gelernt, dass ich sehr viel lieber von meiner Mutter kritisiert werde, als permanent ihre ungeteilte Aufmerksamkeit ertragen zu müssen. In gewisser Hinsicht tut mir Mom sogar leid, weil sie sich an diesen hohen Standard hält, der einem sämtliche Lebensfreude raubt. Ich glaube mich zu erinnern, dass sie früher nicht ganz so schlimm war. Aber erwachsen zu werden bedeutet, unsere Eltern aus einer anderen Perspektive zu betrachten und zu erkennen, dass auch sie nur Menschen sind. Menschen, die uns auf die Palme bringen können, aber auch Fehler machen und Schwächen haben. Und verdammt, meine Mutter hat durchaus die ein oder andere Schwäche.

Gabriela gibt sich Mühe, nicht zu weinen, scheitert jedoch, als sie erneut in den Spiegel schaut.

Ich muss mich regelrecht zwingen, nicht über ihre Reaktion zu lachen, indem ich mir so fest auf die Innenseite der Wange beiße, dass mir selbst die Tränen kommen. Ich liebe meine Schwester, aber das bedeutet nicht, dass ich eine Gelegenheit auslassen würde, sie aufzuziehen. Das wird praktisch von mir erwartet. Nicht nur, weil ich ihre große Schwester bin, sondern auch als jemand, der die schwierige Aufgabe übernommen hat, ihr klarzumachen, dass es in Ordnung ist, Fehler zu machen, hier und da auch mal ein Risiko einzugehen und ein Leben zu führen, das sie glücklich macht. Rückblickend betrachtet, war ich angesichts der Tatsache, dass sie sich in meinen Ex verliebt hat, vielleicht ein wenig zu überzeugend. Zum Glück hat Aiden mit mir Schluss gemacht, bevor wir miteinander geschlafen haben; ich bezweifle, dass Gaby andernfalls ihre Zeit an ihn verschwenden würde.

Das, was Aiden und ich hatten, als »Beziehung« zu bezeichnen, erscheint ohnehin weit hergeholt, wenn man bedenkt, dass wir lediglich ein paarmal miteinander ausgegangen sind. Wir hatten uns bei der Arbeit in einem anderen Krankenhaus kennengelernt. Zu Beginn des Jahres war er dann zufällig für einen Job nach Lake Wisteria gezogen, und ich war gleichzeitig in der Stadt, um meine Familie zu unterstützen, während sich mein Vater von einer schweren Operation erholte. Ich war mir nicht sicher, ob sich etwas daraus entwickeln würde, aber tief im Inneren habe ich es gehofft. Mein egoistisches Bedürfnis danach, die Leere in meiner Brust zu füllen, die Sehnsucht nach einem Lebenspartner zu stillen, hat dazu geführt, dass ich die Person verletzt habe, die ich auf dieser Welt am meisten liebe; und ich hasse mich noch immer dafür, dass ich Gabys Schwärmerei für Aiden nicht früher bemerkt habe.

Sie mochte Aiden eindeutig schon lange, bevor ich ihn mehr oder weniger beiläufig zu daten begann, aber sie hatte nie den Mut oder das Selbstvertrauen, es mir zu sagen, geschweige denn ihm. Aus Angst, dass er sie zurückweisen würde, da sie gut befreundet waren. Stattdessen sah sie von der Seitenlinie zu, wie er mit mir flirtete. Aiden musste erst mit mir Schluss machen, damit ich merkte, was für negative Auswirkungen unsere Beziehung auf Gabriela hatte, und dafür mache ich mir nach wie vor die größten Vorwürfe.

»Lass uns mal schauen, wie der zu dem Kleid passt.« Die Absätze von Moms hochhackigen Stiefeln klackern auf dem Boden, als sie zu meiner Schwester geht und ihr den schmalen Kunstpelz um die Schultern legt. Gaby war sich nicht sicher, ob er zu dem Kleid passen würde, aber ich kann mir kein perfekteres Outfit für eine magische Winterhochzeit vorstellen.

Zuerst war ich skeptisch, ob eine Hochzeit zur geschäftigsten Zeit des Jahres eine gute Idee ist, aber Gaby wollte unbedingt an Aidens und ihrem Jahrestag heiraten. Unsere Familie, die in Puerto Rico lebt, ist angereist und bleibt über die ganzen Feiertage, es scheint sich also alles wunderbar zu fügen.

Gaby dreht sich zu mir um. »Was meinst du?«

Unseren unterschiedlichen Geschmack in Sachen Mode mal beiseitegelassen, sieht sie umwerfend aus, auch wenn ihr Makeup etwas auffälliger ist als sonst. Aber das ist nicht der Grund, warum ich mich beklommen fühle. Als älteres Geschwisterkind bin ich im Geheimen immer davon ausgegangen, ich würde als Erste heiraten, doch nun kommt mir Gaby zuvor. Ich freue mich, dass sie die Liebe fürs Leben gefunden hat, aber dass die in meinem eigenen Leben fehlt, macht mich … traurig? Einsam? Leicht hoffnungslos, weil ich weiß, dass ich selbst die Ursache dafür bin, dass es bisher nicht geklappt hat. Denn um ganz offen zu sein, ist Aiden nicht der erste Mann, der einen Grund gefunden hat, mich zu verlassen. Aber er war der Erste, vor dem ich nicht flüchten konnte, indem ich in eine neue Stadt zog, um einen weiteren befristeten Job als Krankenpflegerin anzunehmen.

»Cata?« Meine Schwester mustert mich mit gerunzelter Stirn.

»Du siehst aus wie eine wunderschöne Prinzessin«, antworte ich gepresst, weil ich meine Gefühle nicht preisgeben will.

»Wirklich?« Gabriela versucht so krampfhaft, ihre Tränen wegzublinzeln, dass die falschen Wimpern beinahe ihre Brauen berühren.

»Wenn dich ein einziges Kompliment dermaßen aus der Fassung bringt, frage ich mich, wie du dann erst auf meine Rede auf der Hochzeit reagierst«, erwidere ich scherzhaft, um etwas von dem Gewicht, das auf meiner Brust lastet, abzustreifen.

»Dafür musst du sie erst mal geschrieben haben«, schießt Gabriela lachend zurück.

Ich stehe auf und drehe sie an der Taille im Kreis, so wie wir es als Kinder getan haben. »Aiden wird sich gar nicht mehr einkriegen, wenn er dich in diesem Kleid sieht.«

»Glaubst du wirklich?«

»Das *weiß* ich sogar. Außerdem habe ich eine Wette mit den anderen Brautjungfern laufen, dass er bei deinem Anblick in Tränen ausbricht. Ich zähle also drauf, dass er einen Totalzusammenbruch erleidet. Im positivsten Sinne. Und wenn er ein Taschentuch rausholt, gibt das Bonuspunkte.«

Gabriela verzieht das Gesicht. »Ihr habt nicht im Ernst eine Wette abgeschlossen.«

»Doch, klar. Als würde ich jemals eine Gelegenheit auslassen, ein bisschen Geld zu machen.« Ich wackle mit den Augenbrauen.

Sie macht ein ernstes Gesicht. »Wenn ich gewusst hätte, dass du knapp bei Kasse bist, hätte ich dir jederzeit was geliehen.«

Ich verpasse ihr einen spielerischen Schubs, und wir müssen beide lachen.

In diesem Moment keucht unsere Mutter hinter uns entsetzt auf. »Meine Güte! Wir haben die Tiara vergessen.« Damit stöckelt sie eiligen Schrittes davon, wodurch Gabriela und ich heute zum ersten Mal miteinander allein sind.

»Gott bewahre, dass wir vergessen, die Tiara anzuprobieren«, wispere ich, was Gabriela ein unterdrücktes Kichern entlockt. »Mal im Ernst, wie hast du es geschafft, sie bei der Planung dieser Hochzeit *nicht* umzubringen?«

»Insgesamt war es gar nicht sooo schlimm.«

»Abgesehen von der Tatsache, dass ihr in der Kirche heiratet, obwohl Aiden Atheist ist.«

»Pssst!«, zischt Gabriela. »Das weiß Mami doch nicht.«

»Willst du mir sagen, dass sie das trotz der ganzen Gottesdienste, bei denen ihr zusammen gewesen seid, noch nicht rausgefunden hat?«

»Nope. Aiden sitzt einfach die ganze Zeit mit gesenktem Kopf da und tut so, als würde er beten. Hat bisher an jedem Sonntag funktioniert.«

»In Wahrheit schläft er, oder?« Als jemand, die ebenfalls nachts arbeitet, verstehe ich das sehr gut.

»Klar. Wegen der Kosten für die Hochzeit und das neue Haus und um genug freie Tage für eine anständige Hochzeitsreise zusammenzubekommen, übernimmt er so viele Nachtdienste wie möglich.«

Ich streiche ihr eine Haarsträhne hinters Ohr. »Er ist ein anständiger Kerl.«

»Du musst es wissen, immerhin warst du mit ihm zusammen.«

Gabriela ist der einzige Mensch, der mich dermaßen zum Lachen bringen kann, dass ich feuchte Augen bekomme.

Sie zieht mich in eine Umarmung. »Ich bin so froh, dass du den ganzen Monat hier bist.«

»Wirklich?«, frage ich überrascht. Seit Gabrielas Verlobung erscheint mir unser Verhältnis ein wenig angespannt; deswegen wäre ich eher davon ausgegangen, dass sie zurückhaltend darauf reagiert, dass ich so lange in der Stadt bleibe.

»Natürlich.« Ihre Wangen röten sich. »Und wer weiß, vielleicht gefällt es dir so gut, dass du dich entscheidest, noch länger zu bleiben.«

»Die Agentur hat mich schon gefragt, wie meine Pläne für das kommende Jahr aussehen.«

Ich habe mich aus einem bestimmten Grund dafür entschieden, als Kinderkrankenpflegerin ohne Festanstellung zu arbeiten, und das hat nichts damit zu tun, dass es in dem Fachgebiet vielleicht ein ausgeprägtes Konkurrenzdenken gäbe. Außerdem lerne ich auf diese Weise die unterschiedlichsten Ecken des Landes kennen. Was sollte einem daran bitte nicht gefallen?

Die Einsamkeit, um nur einen Punkt zu nennen.

Ich schiebe den Gedanken rasch beiseite.

»Reist du gleich nach der Hochzeit wieder ab?« Beim Anblick von Gabys traurigem Gesicht spüre ich einen Kloß im Hals, also reagiere auf die einzige Art, die mir möglich ist.

»Du kennst mich doch. Ich kann nie lange an einem Ort bleiben, bevor mich wieder die Reiselust packt.«

Neue Orte durch mein Kameraobjektiv zu erkunden, ist zu meiner Lieblingsfreizeitbeschäftigung geworden und hat mir dabei geholfen, meine Komfortzone zu verlassen. Ich habe neue Leute kennengelernt, gelernt, mich anderen zu öffnen, und dabei etwas von meiner Schüchternheit abgelegt. Ich kann mir nicht vorstellen, wieder in Lake Wisteria sesshaft zu werden. Zumindest *noch* nicht.

Bevor ich hergekommen bin, dachte ich, ich hätte mein Leben im Griff. Ich habe gehofft, bald endlich jemand Besonderen kennenzulernen. Doch nun hege ich ernsthafte Zweifel, dass das in unserer Kleinstadt überhaupt möglich ist. Mal ganz davon abgesehen, dass ich nach der Geschichte mit Aiden und meiner Schwester ohnehin sämtlichen Männern aus Lake Wisteria abgeschworen habe. Es erscheint mir sehr viel einfacher und weniger riskant, mich woanders nach einem Partner umzuschauen.

Und wie läuft es mit der Suche bisher so?

Ich kann mich gerade so beherrschen, bei dem Gedanken nicht das Gesicht zu verziehen. Da ich aufgrund meines Jobs ständig unterwegs bin, ist es mir so gut wie unmöglich, langfristige Bindungen aufzubauen. Was wiederum heißt, dass ich ganz allein für meinen erbärmlichen Beziehungsstatus verantwortlich bin.

»Umso schöner ist es, dich gerade zu Hause zu haben«, holt mich meine Schwester ins Hier und Jetzt zurück.

»Das finde ich auch.« Meine Besuche – in der Regel komme ich zweimal im Jahr nach Lake Wisteria – erscheinen mir in dem Moment immer lang, aber sobald ich abreise, nie lang genug.

»Weißt du was? Ich werde dafür sorgen, dass du so viel Spaß hast, dass du nie wieder wegwillst.«

»Viel Erfolg dabei«, erwidere ich mit belegter Stimme.

Ich traue Gabriela zu, dass sie sämtliche Register zieht; dennoch wird mich nichts auf der Welt dazu bewegen, im Anschluss an die Hochzeit hierzubleiben.

Egal, wie sehr sie es sich wünscht.

KAPITEL VIER

Luke

Ich klappe gerade eine Patientenakte zu, als mein Handy in der Hosentasche vibriert. Bevor ich den Anruf entgegennehme, gehe ich rasch zum Zimmer des Pflegepersonals, das momentan mit rot-weiß gestreiftem Geschenkpapier dekoriert ist. Als ich den ausgeliehenen Stift zurücklegen möchte, stolpere ich über eine Mini-Kiefer im Topf, die jemand im Supermarkt gekauft haben muss. Glücklicherweise geht keiner der Weihnachtsanhänger zu Bruch.

»Hey, Mann«, begrüßt mich Aiden, als ich endlich drangehe.

»Was gibt's?«

»Du musst mir einen Gefallen tun.«

Eine Person, die sehr nach Gabriela klingt, regt sich im

Hintergrund lautstark über Familienmitglieder, die nur Ärger machen, und eine Torte auf.

»Alles okay?«

»Nein, eigentlich nicht, aber ich hoffe, das lässt sich ändern. Kannst du morgen meinen Dienst übernehmen? Bitte.«

Fuck. Das Letzte, worauf ich Lust habe, ist, nach dem heutigen Nachtdienst morgen noch einen runterzureißen, aber Aiden würde hundertprozentig das Gleiche für mich tun, also nicke ich, obwohl er das natürlich nicht sehen kann. »Klar.«

»Danke. Du hast was gut bei mir.«

»Mach dir keinen Kopf. Kann ich sonst noch irgendwie helfen?«

Er seufzt. »Nein, aber danke fürs Angebot. Gabriela und ich brauchen nur etwas Zeit, um eine kleine Sache zu klären.«

»Klein?« Gabrielas Stimme wird lauter. »Die Konditorei hat unsere Tortenbestellung verschlampt.«

Ich verziehe das Gesicht. »Klingt, als hättest du alles im Griff.«

»Wünsch mir Glück.«

»Vergiss das mit dem Glück. Was du brauchst, sind Geduld und ein Sixpack Bier.«

Zwei Nachtdienste hintereinander sind die Hölle. Meine Erschöpfung wird von Stunde zu Stunde größer, weswegen ich beschließe, mir eine dringend benötigte Pause zu gönnen und mir einen Kaffee am Automaten zu holen. Davon gibt es einige in der Klinik, aber der Kaffeeautomat meiner Wahl steht im vierten Stock in der Nähe der Neugeborenen-Intensivstation. Hier oben, weit weg von der Notaufnahme, ist es wohltuend ruhig, sodass ich durchatmen kann, ohne jeden Moment damit rechnen zu müssen, dass mich ein Pfleger anspricht oder jemand im Hintergrund irgendwelche Anweisungen brüllt.

»Nur noch ein paar Stunden«, rede ich mir gut zu, bevor ich meinen Pager checke und anschließend einen kurzen Blick auf die ungelesenen Nachrichten auf meinem Handy werfe.

In dem Chat mit meinen Eltern tut sich selten mal was. Im Gegensatz zu der Gruppe, der ich hinzugefügt wurde, als mich Aidens Familie vor ein paar Jahren inoffiziell adoptiert hat. Sie quillt beinahe über vor Zuneigung, Witzen, mit denen wir uns gegenseitig aufziehen, und viel zu vielen Videos, die Aidens Mutter postet und welche die gesamte medizinische Bandbreite von der Bedeutung einer gesunden Darmflora bis hin zu einer zuckerreduzierten Ernährung abdecken.

Mom:
Dein Vater und ich wollten dir Bescheid sagen, dass wir dieses Jahr Weihnachten nicht zu Hause sind.

Natürlich nicht.

Meine Eltern verbringen kaum Zeit zu Hause. Ob sie nun Überstunden in ihren konkurrierenden Anwaltskanzleien geschoben haben oder zu einer Konferenz eingeladen waren, den Großteil meines Lebens haben sie außerhalb der vier Wände verbracht, in denen ich aufgewachsen bin. Ich bin ihre Abwesenheit also gewöhnt. Oft wünschte ich mir, meine Eltern wären mehr wie Aidens. Sie hatten nie viel Geld, aber diese Tatsache haben sie durch so viel Liebe wettgemacht, dass ihre Kinder über die Feiertage *freiwillig* nach Hause kommen.

Ich:
Wo seid ihr?

Ich schicke die Nachricht ab, ohne wirklich eine Antwort darauf zu erwarten; nicht, weil es drei Uhr nachts ist, sondern weil meine Eltern kaum mit mir sprechen. Was auch immer sie über die Feiertage vorhaben, ich bin offensichtlich nicht dazu eingeladen.

Müde schlurfe ich zu der deckenhohen Fensterfront, von der aus man über Lake Aurora schauen kann, und nippe an meinem traurig-wässrigen Kaffee. Die Stadt ist Lake Wisteria, wo ich im Moment noch in einer WG mit Aiden wohne, nicht unähnlich, obwohl es dem hiesigen Platz in der Stadtmitte an dem Küstencharme fehlt, seit er in den Neunzigern umgestaltet wurde. Während die Häuser erhalten blieben, wurde das Hauptgeschäftsviertel renoviert und Geschichte durch Glaskonstruktionen ersetzt, denen es an Wärme und Charakter fehlt. Doch zum Glück haben die umfassenden Stadtentwicklungsprojekte auch den Bau des neuen Krankenhauses vorgesehen, in dem Aiden und ich arbeiten. Ich kann mich also nicht beschweren, aber das hält mich noch lange nicht davon ab, die zuständigen Behörden dafür zu kritisieren, dass sie einfach so über ein Jahrhundert Geschichte ausgelöscht haben.

Ein frustriertes Seufzen hinter mir lässt mich herumfahren. Vor dem Kaffeeautomaten steht eine Frau in weihnachtlich bedrucktem Kasack mit passender Hose und drückt immer wieder auf die Taste für den Latte Macchiato. Ihr Oberteil zieren Lebkuchenfiguren, die Hose ist waldgrün. Ich will wirklich nicht starren, aber ihr perfekter Hintern, der besonders gut zur Geltung kommt, als sie sich vorbeugt, um die winzigen Buchstaben auf der Maschine zu entziffern, macht es mir verdammt schwer.

Ich grabe die Fingernägel in den Styroporbecher in meiner Hand, während ich mich stumm dafür verfluche, eine Mitarbeiterin auf diese Weise anzusehen.

Und trotzdem schaffst du es nicht, sie nicht *anzusehen.*

Jetzt hämmert sie wieder auf den kaputten Knopf ein und schimpft dabei auf Spanisch, anscheinend ohne meine Anwesenheit zu bemerken.

»An dem Automaten kriegen Sie nur schwarzen Kaffee«, sage ich, um mein Fehlverhalten zumindest ein wenig gutzumachen.

Sie fährt so ruckartig zu mir herum, dass ihr Pferdeschwanz durch die Luft schwingt.

»Catalina«, krächze ich mit heiserer Stimme.

Sie kraust die Nase. Vermutlich, weil ich sie schon wieder mit ihrem vollen Namen angesprochen habe. »Was machst du hier, Lucas?«

»*Luke*«, erwidere ich übertrieben betont und mit einem Lächeln, bevor ich auf mein Outfit deute. »Ist das nicht offensichtlich?«

»Ich dachte, Aiden hat heute Nachtdienst.«

»Eigentlich schon, aber ihm ist was dazwischengekommen. Irgendwas mit der Hochzeitstorte.«

Ihre Lippen formen sich zu einem perfekten O.

»Und was machst *du* hier?« Ich nehme noch einmal ihre Kleidung in Augenschein. Das fröhliche, weihnachtliche Muster hätte ich bei ihr gar nicht erwartet. Andererseits spiegelt meine Vorliebe für schlichte dunkle Kasacks auch nicht gerade meine Persönlichkeit wider. Die einzige Festtagsstimmung, die ich in letzter Zeit verbreite, besteht in der Bitte an alle Patienten, sich gegen Grippe impfen zu lassen. Ich bin also wirklich der Letzte, der sich ein Urteil erlauben darf.

Catalina fummelt an dem Plastikclip ihres Klinik-Ausweises herum, der in Form und Farbe einem Schneemann ähnelt. »Urlaubsvertretung.«

»Wie lange?«

»Einen Monat«, sagt sie und fügt auf meinen offensichtlich ziemlich perplexen Gesichtsausdruck hinzu: »Was?«

»Ich bin nur überrascht, das ist alles.«

»Warum?«

»Ich dachte, du hast nur mal schnell für die Anprobe vorbeigeschaut und reist dann gleich wieder ab, um zu helfen, wo auch immer du gebraucht wirst.« Ganze vier Wochen ist sie meines Wissens noch nie hier gewesen.

Laut Aiden war Catalina schon lange vor Beginn ihrer Beziehung als temporäre Kinderpflegerin an verschiedenen Kliniken tätig. Was einer der Gründe dafür war, warum er eine Weile gebraucht hat, um zu erkennen, dass er in ihr mehr eine Freundin als eine Partnerin sieht.

Catalina beginnt auf den Füßen zu wippen. »Bei den Kosten, die für Weihnachten und die Hochzeit anfallen, war es einfach sinnvoller, die ganze Zeit über hierzubleiben und mir einen Job vor Ort zu suchen.«

Ich nicke. »Leuchtet ein. Und, wie ist das so, wieder bei deinen Eltern zu wohnen?«

»Ungefähr so angenehm wie eine Blinddarmentzündung.«

»Prä oder post OP?«

»Ist post mortem auch eine Option?«

Ich verschlucke mich an meinem Lachen. »Klingt verlockend.«

»Was du nicht sagst. Hab ich schon erwähnt, dass meine Mutter dein größter Fan ist?«

Ich gebe mir Mühe, nicht das Gesicht zu verziehen. Anfangs fand ich es toll, bei Mrs. Martinez eine gewisse Anerkennung zu genießen, aber an der Redewendung, dass man jemanden mit Freundlichkeit umbringen kann, ist durchaus was dran. Sie erstickt mich mit ihrer praktisch.

Ich reibe mir den Nacken. »So was in der Art hab ich schon vermutet.«

»Bist du jemals einer Person begegnet, bei der es anders war?«

Ja, dir.

Ich bin nicht in Lake Wisteria geboren, aber nachdem ich seit einem Jahr hier lebe, ist mir so einiges über Catalinas … Persönlichkeit zu Ohren gekommen. Was mich kein bisschen abschreckt. Vor dem Hintergrund des Charakters ihrer Mutter und ihrer Schwester amüsiert es mich eher, wie sie ständig alles und jeden von sich stößt.

»Welche Taste muss ich drücken?«, reißt sie mich im nächsten Moment aus meinen Gedanken.

»Die ganz links unten.«

Catalina probiert es wieder, doch auch diesmal ohne Erfolg.

»Lass mich mal versuchen.« Ich trete seitlich gegen den Automaten, was ihr ein amüsiertes Schnauben entlockt.

»Was ist?« Als ich sie ansehe, lächelt sie doch tatsächlich. Nur leicht, dennoch bringt es mein Herz ins Stolpern.

Sie schüttelt den Kopf. »Männer.«

»Das ist eine sexistische Bemerkung. Vielleicht sollte ich mich bei der Personalabteilung über dich beschweren.«

»Immerhin wissen die dann schon mal, wer du bist, nachdem ich eine Beschwerde über dich eingereicht habe, weil du mir auf den Arsch gestarrt hast.«

»Ich … Du …«

Sie legt abwartend den Kopf schief.

»Wie hast du das überhaupt gemerkt?«

»Ich hab's gespürt.«

»Hm.« Ich verschränke die Arme und ernte einen kurzen Blick von ihr, woraufhin sich ganz leicht ihre Wangen verfärben.

Sie räuspert sich und wendet sich wieder dem Kaffeeautomaten zu. »Ich wollte damit nur auf den Punkt hinweisen, dass dein erster Lösungsansatz darin besteht, gegen den Automaten zu treten. Du tust deinem Geschlecht hier also keinen großen Gefallen.«

Oh.

Das kleine Display an der Maschine zeigt einen Fehlercode an, bevor es zur erneuten Zahlung auffordert.

»Das Ding hat mein Geld geklaut«, ärgert sich Catalina.

»Wäre nicht das erste Mal.« Ich stand selbst schon ein paarmal vor dem Automaten, nachdem er Geld von meiner Kreditkarte abgebucht hatte, ohne auch nur einen Tropfen Kaffee auszuspucken.

Bevor Catalina die Chance hat, ein weiteres Mal ihre Kreditkarte zu zücken, halte ich meine an das Lesegerät.

»Was machst du da?« Sie greift nach meinem Arm. Als ihre Finger meinen Bizeps berühren, läuft mir ein heißer Schauer über den Rücken.

Der Automat signalisiert mit einem Piepsen, dass der Betrag abgebucht wurde.

»Lass das!« Ihre Nägel graben sich in meine Haut.

»Soll ich der Beschwerde über dich noch einen tätlichen Angriff hinzufügen?«

Hastig lässt sie mich los, starrt mich dafür aber umso finsterer an.

Ich stecke die Kreditkarte zurück in mein Portemonnaie, während die Maschine zum Leben erwacht. »Entspann dich. Es geht nur um einen Kaffee. Wir reden hier nicht von einem Abendessen mit anschließendem Kinobesuch.«

»Danke.« Catalina seufzt erleichtert, als der Automat einen Styroporbecher ausspuckt, in den heißer Kaffee läuft.

»Das ist das Mindeste nach der Sache, die ich neulich beim Mittagessen gesagt habe.«

Von jetzt auf gleich verändert sich Catalinas Körpersprache. Subtil, aber offensichtlich genug für jeden, der sich die Mühe macht, genau hinzuschauen. Sie starrt auf den zu einem Viertel gefüllten Becher, als hoffe sie, die Maschine würde schneller machen, und legt dann sogar eine Hand darum. Wie um sich davonmachen zu können, sobald der letzte Tropfen aus dem Spender gelaufen ist.

Doch aus irgendeinem Grund bin ich noch nicht bereit, das Gespräch zu beenden. Wenn ich darüber nachdenke, könnte dies die längste Unterhaltung sein, die wir je miteinander geführt haben, ohne dass sie einen Weg gefunden hat, sich herauszuwinden oder davonzustehlen. Vielleicht ist das der Grund, aus dem ich nicht möchte, dass sie flüchtet.

»Deine Schwester freut sich sicherlich sehr, dass du hier bist«, sage ich, um das unerträgliche Schweigen zu brechen. Ich bin nicht der Typ Mensch, der sich über Stille freut. Sie erinnert mich an zu viele Tage, die ich allein verbracht und an denen ich mir Gesellschaft gewünscht habe, während meine Eltern zu beschäftigt waren, um dieser Aufgabe gerecht zu werden.

Catalinas Reaktion besteht aus einem »Mhm«. Nicht sonderlich viel, womit ich arbeiten könnte. Aber sie ahnt nicht, dass ich als Einzelkind drei imaginäre Freunde hatte; ein Gespräch allein am Laufen zu halten, ist eine meiner leichtesten Übungen.

»Ich bin richtig schockiert, dass du heute mal was anderes als Schwarz trägst«, scherze ich.

Sie dreht sich wieder zu mir um, diesmal mit gerunzelter Stirn. Dann mustert sie mit gelangweilter Miene mein Outfit, wobei mir nicht entgeht, dass ihr Blick ein kleines bisschen länger als nötig auf meinen Armen verweilt. Mag sein, dass sie mit meiner Persönlichkeit nichts anfangen kann – mit meinem Körper dagegen …

In diesem Moment hebt sie den Blick, um mir in die Augen zu sehen. »Gewagtes Statement von jemandem, der angezogen ist wie der Sensenmann.«

»In der Notaufnahme hat man es mit zu vielen Körperflüssigkeiten zu tun, um was anderes zu tragen als Dunkelblau oder Schwarz.«

Ihre Mundwinkel zucken, als wollte sich ein Lachen Bahn brechen, doch sie presst rasch die Lippen zusammen, um es zu verbergen. Am liebsten würde ich gleich den nächsten Witz hinterherschieben, um ihr noch einmal eine solche Reaktion zu entlocken, aber dann überrascht sie mich, indem sie etwas sagt.

»Ich will ehrlich sein – du hast auf mich wie einer von den Ärzten gewirkt, die nirgendwo ohne ihren weißen Kittel auftauchen.«

»Das nehme ich persönlich.«

»Gut so«, erwidert sie trocken.

Diese Frau bringt mich schon wieder zum Lachen, ohne dass sie es beabsichtigt hätte.

»Nur zu deiner Info: Ich versuche, die Ausgaben für die Reinigung so niedrig wie möglich zu halten.«

»Ist das deine Art mir mitzuteilen, dass du pleite bist?«

»Ich bevorzuge die Bezeichnung *finanziell konservativ*.«

Meine Bemerkung bringt mir ihr schönstes Lachen ein.

Erstaunt reiße ich die Augen auf. »Hast du gerade etwa …«

»Nein.«

»Wow, ich wusste gar nicht, dass du auf so einen Laut programmiert bist. Gibt es einen Systemfehler? Soll ich den Helpdesk anrufen?«

Sie versucht sich an einem finsteren Blick, doch das Funkeln in ihren Augen verrät sie. »Bist du immer so …«

»Charmant?«, falle ich ihr ins Wort.

»*Nervig*. Im Ernst, es ist drei Uhr. Mitten in der Nacht. Könntest du bitte nicht so sein?«

»Drei Uhr? Dann ist die Nacht ja noch jung.«

»Wenn du meinst.« Wie aufs Stichwort muss sie gähnen, und ich ertappe mich bei dem Gedanken, dass es verdammt süß aussieht, wie sie dabei das Gesicht verzieht.

Fuck. Ich finde die Ex meines besten Freundes *süß*? Das könnte ein Problem darstellen. Andererseits ist er derjenige, der bald ihre Schwester heiratet – und damit eindeutig niemand, der sich ein Urteil erlauben darf. Vielleicht wäre Aiden sogar ein wenig erleichtert nach den besorgten Gesprächen über Catalina, die ich zwischen ihm und Gabriela mitbekommen habe. Obwohl ich mir nicht sicher bin, ob die Frau, die vor mir steht, die gleiche Erleichterung empfinden würde.

Die Maschine piepst, und Catalina greift nach dem Styroporbecher. Ihre Augen schließen sich, als sie einen Schluck trinkt. Doch kaum dass der Kaffee ihre Zunge berührt, verzieht sie angewidert den Mund.

»Schmeckt beschissen, oder?«

»O Gott, ja.« Sie hustet.

»Wenn du lange genug hierbleibst, gewöhnst du dich irgendwann dran.«

»Mag sein, aber nein danke.« Sie starrt auf den Becher in ihrer Hand hinab, als wäre er mit purem Gift gefüllt. Gemessen an dem abstoßenden Nachgeschmack, den das Gebräu auf der Zunge hinterlässt, würde es mich nicht sonderlich wundern, wenn es sich tatsächlich um welches handelt.

Ich stürze den Rest meines Kaffees runter und werfe den Becher in den Abfall. »Glaub mir, das ist trotzdem noch der beste Automat im ganzen Krankenhaus.«

»Im Ernst?«

»Jepp. Ich hab alle durch. Mehrfach.«

»Schon mal dran gedacht, eine Wartung anzufragen?«

»Ja, aber bisher hat niemand reagiert. Ich würde also nicht drauf hoffen.«

Catalina öffnet den Mund, doch bevor sie etwas sagen kann, beginnt mein Pager zu vibrieren. Ich werde in der Notaufnahme gebraucht.

»Ich muss los«, sage ich mit einem Hauch von Bedauern.

»Man sieht sich.« Sie hebt ihren Becher. »Und nochmals vielen Dank für den beschissensten Kaffee meines Lebens.«

»Ich schulde dir einen besseren.«

Sie wendet sich in Richtung Neugeborenen-Intensivstation, doch zuvor erhasche ich einen flüchtigen Blick auf das leichte Lächeln, das auf ihren Lippen liegt.

Heute Abend habe ich Catalina Martinez nicht nur zum Lachen gebracht, sondern darüber hinaus gleich zweimal zum Lächeln. Und ich kann es kaum erwarten, es wieder zu tun.

KAPITEL FÜNF

Catalina

In den letzten zwei Tagen bin ich meiner Mutter und ihrer unaufhörlichen Bitte um meine Rede für die Hochzeit erfolgreich aus dem Weg gegangen. Zum Glück zieht sie sich in der Regel um die Zeit, wenn ich abends aufstehe, bereits in ihr Zimmer zurück. Ihre übliche Leier lautet, sie habe Kopfschmerzen, nachdem sie den Großteil des Tages damit verbracht hat, meiner Schwester bei der Suche nach einer Konditorei zu helfen, die auf den letzten Drücker den Auftrag für die Hochzeitstorte übernimmt.

Während ich einen Teller mit Resten vom Mittag esse, die mein Vater für mich bereitgestellt hat, überprüfe ich mein Handy auf neue Nachrichten. Ich bin nicht der kontaktfreudigste Mensch auf Erden, aber auf dem College habe ich mich mit einigen Kommilitoninnen angefreundet, die sich erfolgreich geweigert haben, sich von mir vergessen zu lassen. Monica, Nancy, Winny und ich haben sogar einen Gruppenchat, in dem wir uns über unser Leben, den neuesten Promi-klatsch und Stellenangebote austauschen.

Letztes Jahr hatte ich das Glück, dass mir meine Agentur einen Job in Monicas Krankenhaus besorgt hat. Also bin ich nach Kalifornien geflogen und habe zwei Monate lang mit ihr zusammengearbeitet und einen Großteil meiner Freizeit mit ihr verbracht. Ich habe mir ein nettes kleines Apartment in Strandnähe geleistet – eine der besten Wohnungen, die ich je hatte.

Im »Work Wives«-Gruppenchat, den Monica während unseres Studiums ins Leben gerufen hat, ist heute Abend jede Menge los, nachdem ich erwähnte habe, dass mir meine Agentur eine weitere Stelle in L.A. vermittelt hat, die ich gleich nach Gabys Hochzeit antreten kann.

Nancy:
Was muss passieren, damit du dir mal einen Job bei mir in der Nähe suchst?

Monica:
Wie wäre es, wenn du an einen attraktiveren Ort ziehst?

Nancy:
Was ist verkehrt an Arkansas?

Monica:
Die Tatsache, dass es nicht Kalifornien ist.

Winny:
Ich hab gehört, dass Colorado das neue Kalifornien ist.

Monica:
Behauptet wer? Die Leute, die aus L.A. wegziehen mussten, weil es ihnen zu teuer geworden ist?

Nancy:
Vorsicht, Monica, nicht jeder genießt deine Privilegien.

Monica:
Meine Privilegien? Komm vorbei und schau dir mein Einzimmer-Apartment an. Dann reden wir weiter.

Nancy:
Wo wir gerade davon sprechen, Catalina zu einem Besuch zu überreden: Ich besitze eine Villa.

Monica:
Ja, weil du in ARKANSAS wohnst.

Lachend tippe ich eine Nachricht.

Ich:
Ich würde mich echt sehr freuen, euch alle bald wiederzusehen, aber diesen Monat bin ich in Lake Wisteria.

Monica:
Was?

Nancy:
Seit wann?

Winny:
Und wann wolltest du uns bitte davon in Kenntnis setzen?

Ich:
Ich habe mich ziemlich spontan dafür entschieden, hier einen Job anzunehmen.

Ich:
Das schien mir sinnvoll, damit ich meiner Schwester bei den Hochzeitsvorbereitungen helfen kann.

Nancy:
Du bist eine gute Schwester.

Ich:
Die Messlatte liegt niedrig.

Nancy:
Solange du nicht mit einem fetten Kater bei ihrer Hochzeit auftauchst, kannst du es nur besser machen als ich.

Winny:
Und schlaf nicht mit dem Trauzeugen.

Nancy:
Das hatte ich ganz vergessen! Das traumatische Erlebnis muss ich aus meinem Gehirn gelöscht haben, aber danke für die Erinnerung.

Bei dem Gedanken an Aidens Trauzeugen verspüre ich ein unangenehmes Engegefühl in der Brust. Es ist schon schlimm genug, dass der Bräutigam mein Ex ist, auch wenn wir nie miteinander geschlafen haben, aber dann ganz eventuell auch noch an seinem besten Freund interessiert zu sein? Die schlechteste Idee überhaupt. Eine kurze Bettgeschichte, um Luke aus meinem System zu bekommen, würde zu mehr Ärger führen, als es die Sache wert wäre, und jedes komische Gefühl, das danach zwischen uns auftreten würde, ist Grund genug, ihn gänzlich zu meiden. Auf eine flüchtige Anziehung zu reagieren, würde die bereits heikle Situation zwischen Gabriela, Aiden und mir weiter verkomplizieren. Also halte ich mich lieber zurück, um diesen Monat ohne Fehlentscheidungen und unnötiges Drama hinter mich zu bringen.

Ich:
Nachdem ich schon was mit dem Bräutigam hatte, verzichte ich auf den Trauzeugen.

Als ich später an diesem Abend von einem Treffen mit meiner Schwester zurückkehre, bei dem wir über der Sitzordnung für die Hochzeit gebrütet haben, versuche ich mich an meiner Rede. Ich bringe genau einen Satz zu Papier, da verkündet mir der Signalton meines Handys den Eingang einer neuen Nachricht.

Unbekannte Nummer:
Hey

Ich will die Nachricht gerade als Spam markieren, als eine weitere im Chat aufploppt. Diesmal ist es ein Foto von einem Styroporbecher, der mir nur allzu bekannt vorkommt.

Unbekannte Nummer:
Falls ich heute Abend sterben sollte, lass sie bitte wissen, dass ich jeden Schluck gehasst habe.

Grinsend speichere ich seine Nummer in meinen Kontakten. Unter dem falschen Namen – einfach nur, weil es mich amüsiert.

Die folgenden fünf Minuten verbringe ich damit, abzuwägen, ob ich ihm antworten soll oder lieber nicht, bis ich letztendlich zu dem Schluss komme, dass es unhöflich wäre, den besten Freund meines zukünftigen Schwagers einfach zu ignorieren.

Ich:
Falls du wirklich sterben solltest, tut es mir *fast* leid, dass ich die letzte Person bin, der du geschrieben hast.

Lucas:
Andere würden das vielleicht als Kompliment verstehen.

Ich:
Und was wäre das Gegenteil zu Kompliment?

Lucas:
Keine Ahnung. Ich bin Arzt, kein Wörterbuch.

Es passt mir überhaupt nicht, dass er so witzig ist. Ihn zu hassen, würde mir sehr viel leichter fallen, wenn er einfach nur das Gespräch mit mir suchen, statt mich auch noch zum Lachen bringen würde.

Ich rufe mich innerlich zur Ordnung und will gerade den Chat verlassen, als eine weitere Nachricht von ihm erscheint.

Lucas:
Ich bin so kurz davor,
eine Espressomaschine für
den Pausenraum im I. Stock
zu kaufen.

Er schickt ein Emoji hinterher, auf dem zwei Finger einen haarfeinen Abstand anzeigen.

Und weil ich mich heute Abend offensichtlich nicht unter Kontrolle habe, antworte ich.

Ich:
So viele Nächte, wie du dort
verbringst, würde ich die
Anschaffung auf jeden Fall
empfehlen.

Lucas:
Ärztliche Anweisung?

Ich spüre, wie sich meine Mundwinkel schon wieder heben.

Ich:
Da du der Arzt bist, überlasse ich
die Entscheidung dir.

Lucas:
Was ich im Bett ziemlich heiß fände,
im echten Leben eher weniger …

Und plötzlich sehe ich ein ganz anderes Bild von Luke vor mir. Wie er sich über mich beugt und Küsse auf meinem Hals verteilt, bevor er …

Das Vibrieren meines Handys lässt die Fantasie auf einen Schlag ersterben.

Lucas:
Das war unangemessen.

Ich:
Sehr unangemessen.

Sich zu unterhalten ist eine Sache. Flirten dagegen? Der direkte Weg in eine Katastrophe, um es vorsichtig auszudrücken.

Lucas:
Was ich damit eigentlich sagen wollte:
Ich weiß auch nicht alles.

Lucas:
Um ehrlich zu sein – und ganz
unter uns –, ich muss selbst
regelmäßig Symptome und
Medikamentendosen googeln.

Ich:
Langsam verstehe ich, warum du keinen weißen Kittel trägst.

Er antwortet mit drei Fragezeichen.

Ich:
Weil du ein Hochstapler bist.

Lucas:
Denkst du, das wäre ein Grund für den Staat, mir meine Studienkreditschulden zu erlassen?

Ich:
Soweit ich weiß, werden die im Falle deines Todes an die nächsten Angehörigen vererbt. Ich denke also eher nicht.

Lucas:
Na dann Prost ...

Es folgen ein Kaffeetassen-Emoji und ein Totenkopf mit gekreuzten Knochen.

Sich mit Luke zu unterhalten ist ... leicht geworden. Er besitzt diesen natürlichen Charme, der in mir den Wunsch weckt, das Gespräch weiterzuführen. Was an sich schon an ein Wunder grenzt, da ich normalerweise jede Gelegenheit ergreife, es so schnell wie möglich zu beenden.

Statt sofort zu antworten, suche ich im Internet nach der Espressomaschine, die sich Winny letztes Jahr zu Weihnachten geschenkt hat, und schicke ihm den Link. Es ist eine, in die man Pads einlegen muss, die man entweder online oder in der Mall kaufen kann.

Lucas:
Ernst gemeinte Frage:
Wenn ich in diese kostspielige Maschine investiere, kommst du mich dann im Pausenraum im 1. Stock besuchen?

Ich:
Dich? Nein.

Ich:
Die Kaffeemaschine? Definitiv.

Die drei tanzenden Punkte erscheinen und verschwinden wieder, bevor schließlich seine nächste Nachricht aufploppt.

Lucas:
Lieblingsaroma?

Ich:
Haselnuss

Lucas:
Dein Wunsch ist mir Befehl

Luke schreibt mir in den nächsten Tagen häufiger, doch ich beschränke meine Antworten auf maximal fünfzehn Zeichen. Es ist leicht, eine Mauer zu errichten, besonders wenn ich bedenke, wie mich ein einziges Gespräch mit ihm nicht nur zum Lächeln, sondern sogar zum Lachen gebracht hat, wie ich es schon lange nicht mehr erlebt habe. Eine gewisse Distanz zwischen uns aufrechtzuerhalten, ist in unser aller Interesse. Gaby und mein Verhältnis zueinander ist bereits angespannt; das Letzte, was ich will, ist, unserer Familiensituation eine weitere komplizierte Ebene hinzuzufügen, indem ich mich mit der einen Person einlasse, der ich in Zukunft kaum noch aus dem Weg gehen kann.

Und das Schicksal scheint auf meiner Seite zu sein, denn Luke und ich begegnen uns in den nächsten Tagen nicht, auch nicht bei der Arbeit. Nach einer besonders wässrigen Tasse Kaffee aus dem Automaten hätte ich ihm fast geschrieben, um mich nach dem Stand der Dinge bei seiner Espressomaschine zu erkundigen. Doch ich habe die Nachricht gelöscht, bevor ich den Mut aufbrachte, auf Senden zu klicken.

Während meiner Zeit in Lake Wisteria sollte ich mich auf mich selbst konzentrieren. Schließlich habe ich ohnehin nicht vor, länger als bis zum 1. Januar zu bleiben, deswegen ist es am besten, wenn ich die Dinge nicht verkompliziere, indem ich mich an den besten Freund meines zukünftigen Schwagers ranmache. Allein das Beziehungsgeflecht, in dem wir uns befinden, würde aus einem One-Night-Stand automatisch einen One-Night-Fehler machen. Ein Fehler, dem ich mich jedes Mal, wenn Gaby und Aiden beschließen, ein gemeinsames Treffen zu organisieren, stellen müsste.

Doch egal, wie oft ich all das in der vergangenen Woche mantraartig im Kopf wiederholt habe, werde ich jedes Mal, wenn ich an dieser ekelhaften Kaffeemaschine vorbeigehe, an Luke erinnert, und der Drang, ihm zu schreiben, wird stärker.

Wenn ich an Luke denke, bin ich … verwirrt. Nachdem ich die letzten zwei Jahre seit Aidens und meiner Trennung damit verbracht habe, meine Abneigung gegen ihn zu pflegen, bin ich mir nicht sicher, was ich von meiner wachsenden Faszination halten soll. In letzter Zeit denke ich verdammt häufig an ihn.

Weswegen ich mit Begeisterung die Gelegenheit ergreife, aus dem Haus zu kommen und mich abzulenken, als meine Schwester mich einlädt, sie und Aiden am Wochenende zur Lake Wisteria Christmas Extravaganza zu begleiten. Allerdings habe ich in meiner Verzweiflung nicht richtig darüber nachgedacht, wie es sein würde, eine längere Zeit am Stück mit meinem Ex und meiner Schwester zu verbringen.

Bevor Aiden und ich zusammengekommen sind, standen Gaby und ich uns näher als je zuvor, aber jetzt ist unsere Beziehung von einer Anspannung belastet, die mir Angst macht. Ich hoffe sehr, dass uns dieser gemeinsame Monat helfen kann, diese Anspannung hinter uns zu lassen. Aber das bedeutet nicht, dass es leicht wird.

Ich liebe meine Heimatstadt, aber ich habe mir vorgenommen, mir meine Jobs möglichst weit von Lake Wisteria entfernt zu suchen, besonders während der Feiertage. Doch da meine Mutter in dieser Zeit nebenher das berühmte *Coquito*-Business meiner Familie betreibt, können sie und mein Vater zu Weihnachten nirgendwo anders hinfahren, um mich zu besuchen.

Vor der ganzen Aiden-Sache hat Gabriela Weihnachten abwechselnd mit mir und unserer Familie verbracht, aber zum Glück muss sie dieses Jahr nicht reisen, damit wir die Feiertage zusammen verbringen können. Und mit dem gemeinsamen Feiern beginnen wir heute bei der Weihnachtsparty auf dem Platz im Zentrum unseres kleinen Ortes.

»Ich bin so froh, dass du hier bist!« Gabriela klatscht begeistert in die behandschuhten Hände, wie sie es schon getan hat, als wir klein waren.

»Wirklich?«

Sie schnaubt. »Ja, wirklich. Ist das so schwer zu glauben?«

Ich schweige.

»Okay, was ist los?« Sie stupst mich mit der Schulter an.

»Nichts«, antworte ich etwas zu schnell.

»Ist es wegen …« Sie neigt den Kopf in Aidens Richtung.

»Nein.«

Sie wirkt erleichtert. »Gut.«

»Ich fühle mich einfach schlecht.«

»Weswegen?«

»Weil es so seltsam zwischen uns geworden ist.«

Ihre Miene wird weich. »Stimmt, irgendwie ist unser Verhältnis seitdem ein bisschen …«

»Seltsam?«

Kleine Atemwolken steigen in die Luft, als sie leise kichert. »Ja, genau.«

»Ich hasse es.«

»Ich auch.« Gaby legt einen Arm um mich. »Wie können wir das wieder in Ordnung bringen?«

»Keine Ahnung.« Es ist nicht so, dass wir uns nicht um

unsere Beziehung bemüht hätten, aber so sehr wir es auch versuchen, diese Unbehaglichkeit im Umgang miteinander will nicht weichen.

Liegt das an Gaby und Aiden, oder hat es etwas mit dir zu tun?

Ich habe ein Engegefühl in der Brust, und das Atmen fällt mir schwer. Die ganze Zeit über dachte ich, mein Problem hätte vor allem mit Gabys und Aidens Beziehung zu tun, aber vielleicht ist in Wahrheit meine Angst davor, keine Liebe im Leben zu finden, das eigentliche Problem. Vielleicht bin ich nicht wegen Aiden und Gaby an sich angespannt, sondern wegen der Einsamkeit, die mich immer dann befällt, wenn ich Zeit mit einem Paar verbringe, das mich daran erinnert, was ich nicht habe.

Und wie willst du diese Liebe jemals finden, wenn du ständig Gründe vorschiebst, um deine Mauern aufrechtzuerhalten?

»Können wir uns darauf einigen, dass wir nie einen Mann zwischen uns kommen lassen?«, unterbricht Gabriela meine Grübelei.

Ich schüttle meine düsteren Gedanken ab. »Auf jeden Fall. Vielleicht sollte ich zur Schadensbegrenzung den Männern einfach für immer abschwören.«

Gaby versetzt mir einen Stoß mit der Hüfte. »Lass uns nicht gleich so weit gehen.«

»Warum nicht? Was ist überhaupt so toll an ihnen?«

»Ich tue jetzt mal so, als hätte ich das nicht gehört«, sagt Aiden, der in diesem Moment zu uns tritt und meiner Schwester einen Arm um die Schultern legt.

»Wie du willst.« Ich verdrehe die Augen, Gabriela kichert.

Gott, ihre Liebe ist so verdammt süß, dass mir übel davon

wird. Zum Glück erlöschen in diesem Augenblick sämtliche Lichter um uns herum, und die Gespräche verstummen, als der Bürgermeister den Countdown anzählt.

»Fünf …«, skandiert die versammelte Menge. »Vier …

drei … zwei … eins!«

Als der zwölf Meter hohe Baum in vollem Glanz erstrahlt, sind vielstimmige Ohs und Ahs aus dem Publikum zu hören.

Meine Schwester starrt die Tanne so ergriffen an wie ein Kind, das am Weihnachtsmorgen seine Geschenke auspackt, und selbst ich bin einen Moment lang von all den funkelnden Lichtern wie verzaubert. Obwohl es kalt ist, wird mir innerlich ganz warm, als ich an die unzähligen Weihnachtsfeste zurückdenke, die wir hier standen. Gabriela mit ihrer Hand in meiner, Mami und Papi Arm in Arm.

Gabriela holt mich mit einem weiteren aufgeregten Klatschen, mit dem sie sich Aiden und mir zuwendet, in die Gegenwart zurück. »Was wollen wir zuerst machen? Eine Schlittenfahrt durch die Stadt? Heißen Kakao am Feuer? S'mores?«

»Was immer du willst«, sagt Aiden und zieht meine Schwester an seine Seite, um sie vor dem Wind zu schützen, der vom See herüberweht.

Ich puste in meine Hände, die zwar in Fäustlingen stecken, aber dennoch bereits die ersten Anzeichen von Erfrierungen zeigen.

Du wirst nicht für immer allein sein, rede ich mir stumm ein. *Du bist es nur im Moment.*

»Wollen wir Schlittschuh laufen gehen?« Gabrielas Augen leuchten.

Ich muss an mein letztes Mal auf dem Eis denken, als ich mir den Knöchel verstaucht habe, und verziehe wenig begeistert das Gesicht. »Ich verzichte. Aber macht ihr nur.«

»Nein, nein. Ich glaube, ich habe eine andere Idee.« Gabriela grinst.

Ich entscheide mich, meiner Schwester zu vertrauen, und hoffe auf das Beste. »Na dann, wir folgen dir.«

KAPITEL SECHS

Luke

Aiden und ich liefern uns seit unserem ersten Jahr an der medizinischen Fakultät einen gesunden Wettstreit. Ohne ihn und seine nervige Angewohnheit, aus allem Möglichen einen Wettbewerb zu machen, bin ich mir nicht sicher, ob ich es über das erste Wintersemester hinaus geschafft hätte, in dem in der Regel die Hälfte der Studierenden zu dem Schluss kommen, dass ihr Wunsch, in der Medizin tätig zu sein, besser unerfüllt bleiben sollte. Seitdem haben Aiden und ich verschiedene Wege gefunden, unsere freundschaftliche Rivalität aufrechtzuerhalten: Schlittenfahren, Schneeballschlachten, Eishockey auf zugefrorenen Seen, Eislaufen – die Liste ist endlos.

Darunter fällt auch unsere Vereinbarung, am heutigen Lebkuchenhaus-Wettbewerb teilzunehmen. Als Aiden vor einigen

Wochen mit der Idee um die Ecke kam, nahm ich die Herausforderung mit der Ankündigung an, ihn fertigzumachen. Ob Catalina mit von der Partie sein würde, habe ich nicht gefragt. In erster Linie deswegen, weil ich gar nichts dagegen hätte. Vielleicht reicht ihm das bereits als Hinweis darauf, dass sich etwas zwischen uns verändert hat. Immerhin habe ich mich sonst immer im Vorfeld erkundigt, ob Catalina bei einem Treffen dabei sein würde. Doch falls es ihm aufgefallen sein sollte, hat er es mir gegenüber nicht zur Sprache gebracht.

Als ich das Zelt betrete, in dem es nach Lebkuchengewürz und Zuckerguss riecht, sehen mich Aiden, Gabriela und Catalina an, als hätte ich den Verstand verloren.

»Hast du ernsthaft eine Wasserwaage mitgebracht?« Aiden starrt fassungslos auf das Werkzeug in meiner Hand.

»Hey, du bist der Letzte, der sich ein Urteil erlauben darf.«

In der Vergangenheit hat Aiden keine Kosten und Mühen gescheut, als Sieger aus unseren Wettkämpfen hervorzugehen. Einmal hat er sogar privaten Gesangsunterricht genommen, um mich bei einer Karaokeveranstaltung zu wohltätigen Zwecken zu schlagen.

Catalina, die einen jadegrünen Pullover trägt, der perfekt zu ihrer goldenen Haut und den braunen Augen passt, beugt sich vor, um ebenfalls einen Blick in den durchsichtigen Beutel mit Werkzeugen in meiner rechten Hand zu werfen. »Sind das *Schraubzwingen*?«

»Ja. Und falls du mich bei der Personalabteilung meldest, weil ich angeblich unlautere Hilfsmittel verwende, werde ich es bis zu meinem letzten Atemzug leugnen.«

Catalinas Lippen, die sie bisher zu einer schmalen Linie zusammengepresst hatte, kräuseln sich in den Mundwinkeln. Inzwischen bin ich schon fast besessen von der Idee, diese Frau zum Lächeln zu bringen. Selbst wenn es nie länger als ein paar Sekunden anhält.

Sie hebt die Brauen. »Und die Wattebäusche?«

»Dekor.«

»Natürlich.« Sie senkt den Blick, aber das amüsierte Funkeln in ihren Augen entgeht mir nicht.

Ich bin in Versuchung, an der roten Samtschleife in ihrem Haar zu zupfen, um ihre Aufmerksamkeit zurückzuerlangen, kann mich aber gerade noch so von der kindischen Idee abhalten.

Gabriela schaut Aiden an. »Du wirst verlieren. Aber so was von.«

Er zieht sie an sich. »Hab ein wenig Vertrauen in deinen Verlobten.«

»Du brauchst kein Vertrauen, sondern ein Wunder«, grummelt Gabriela und streichelt damit, ohne es zu merken, mein Ego. »Sollen wir überhaupt antreten?«, fügt sie an ihre Schwester gewandt hinzu.

Catalina zuckt mit den Schultern. »Vielleicht besser nicht.«

»Warum überlassen wir die Jungs nicht ihrem bescheuerten Wettbewerb, und wir …«

»Bleibt doch da«, wird sie von Aiden unterbrochen. »Wie wäre es, wenn wir einfach zwei Teams bilden?«

Moment mal, wie bitte?

In all den Jahren unserer Freundschaft hat Aiden kein einziges Mal einen Vorschlag gemacht, der in diese Richtung gegangen wäre, und ich bin mir nicht sicher, was ich davon halten soll.

Teams? Dieser Typ hat sich beschwert, weil ich bei einem Eins-gegen-Eins-Basketballmatch eine Sprunggelenkstütze getragen habe, und jetzt will er Verstärkung in den Wettbewerb holen?

Er sieht mich an. »Was sagst du?«

»Super Idee.« *Um mich in Schwierigkeiten zu bringen.* Denn mir ist natürlich klar, mit wem ich ein Team bilden werde.

Bei all den Diensten, die Aiden und ich in letzter Zeit im Krankenhaus geschoben haben, hatte ich keine Gelegenheit, mit ihm über mein wachsendes Interesse an seiner Ex-Freundin zu sprechen. Ich bezweifle zwar, dass er mir in dieser Hinsicht Steine in den Weg legen würde, trotzdem plagen mich leichte Schuldgefühle, weil ich mit Catalina geflirtet habe. Da meine neue Espressomaschine noch nicht angekommen ist, habe ich mich damit abgefunden, vorerst weiter den noch schlechteren Kaffee aus dem verfluchten dritten Stock zu trinken, anstatt das Risiko einzugehen, Gabriela erneut vor der Neugeborenen-Intensivstation über den Weg zu laufen.

»Du willst im Team arbeiten?« Catalina steht die Skepsis ins Gesicht geschrieben, und einen Moment lang hoffe ich, dass sie diejenige ist, die uns diese Aktion erspart.

Sag gerne Nein. Ich werde mich garantiert nicht beschweren.

Aiden grinst. »Deine Schwester und ich gegen dich und Wasserwaagen-Luke.«

Catalina schluckt ihr Lachen runter. Im Gegensatz zu Gabriela, die losprustet.

»Und?« Er legt Gabriela einen Arm um die Schultern und gibt ihr einen Kuss auf die Wange. »Bereit, die beiden fertigzumachen?«

»Und wie«, erwidert sie grinsend.

Ich rechne damit, dass Catalina ablehnt, aber sie überrascht mich. »Die Einzigen, die hier fertiggemacht werden, seid ihr.«

Verdammt. Ihr Furcht einflößender Gesichtsausdruck sollte mich nicht anmachen, aber das teuflische Grinsen stellt etwas mit mir an.

Das nennt sich Dopaminrausch, und gerade du solltest wissen, dass die süchtig machen können.

Sie dreht sich zu mir um. »Wehe, wir verlieren gegen die beiden.«

»Ich bitte dich. Meinst du, ich gucke mir drei Stunden lang Lebkuchenhaus-Tutorials im Internet an, um dann zu verlieren?«

»Dein Ernst?«

»Bist du beeindruckt?«

»Eher entsetzt. Hast du in deiner Freizeit nichts Besseres zu tun?«

»Nicht so richtig. Entweder das, oder ich hätte mit einem neuen LEGO-Set angefangen. Und Aiden meinte, dass wir keinen Platz dafür haben, solange er noch nicht ausgezogen ist.«

»LEGO?«

»Ja?«, erwidere ich mit leichter Besorgnis.

»Hm.«

»Hast du was gegen LEGO?« Ich tue so, als würde ich nicht merken, dass Aiden und Gabriela miteinander flüstern, während ich spreche.

»Nope«, erwidert Catalina, wobei sie ein wenig rot wird.

»Meine Schwester *liebt* LEGO«, wirft Gabriela grinsend ein.

Catalina reißt die Augen auf.

»Ach was …« Ich lächle breit.

»Habe geliebt. Vergangenheitsform.«

»Und warum jetzt nicht mehr?«

»Weil ich erwachsen geworden bin.«

Treffer, formt Aiden tonlos mit den Lippen, bevor er sein Grinsen hinter der Hand verbirgt.

Arschloch.

»Wie schade, dass du mit dem Erwachsenwerden die Fähigkeit eingebüßt hast, Spaß zu haben.«

Catalina wird noch röter. »Ich weiß, wie man Spaß hat.«

»Dann beweis es mir.«

Ihre Augen werden schmal, und ihre Lippen öffnen sich, doch bevor sie etwas sagen kann, ertönt eine Lautsprecherdurchsage.

»Wir haben nur noch wenige Lebkuchenhausteile. Alle, die noch mitmachen wollen, sollten sich schnell eindecken!«

Und damit muss ich mich vorerst von der Hoffnung verabschieden, mehr über Catalina und ihre Vorliebe für LEGO zu erfahren.

»Ich weigere mich, mich zum Gespött der Leute zu machen, indem ich das hier verwende.« Catalina hält mir die Mini-Wasserwaage unter die Nase.

Ich nehme sie ihr aus der Hand, um den Winkel des langsam herabrutschenden Daches zu messen. »Für falschen Stolz ist hier kein Platz.«

»Glaub mir, das weiß ich, seit du dein Handy rausgeholt hast, um dir deine Notizen anzuschauen.«

»Ich habe mir aus gutem Grund die Zeit genommen, Tipps und Tricks zu recherchieren.« Und dieser Grund droht mir zu entgleiten, als sich die Stützwand zu neigen beginnt.

Sie bedenkt mich mit einem entnervten Blick, als ich kurz zu Aiden und Gabriela rübersehe, deren Lebkuchenhaus nicht nur aufrecht steht, sondern auch noch viel hübscher ist als unseres.

Na toll. Wenn Aiden diesen Wettkampf gewinnt, wird er mir das bis zum Ende meiner Tage unter die Nase reiben.

»Fuck!«, zische ich, als die beiden Dachplatten weiter auseinanderdriften.

»Das macht Spaß, hieß es. Nur ein kleiner Wettstreit unter Freunden, hieß es«, murmelt Catalina leise vor sich hin.

Wie aufs Stichwort brechen Aiden und Gabriela in lautes Lachen aus, als die Außenwände ihres Hauses nachgeben.

»Ups«, sagt Aiden, bevor er einen Kuss auf jede von Gabrielas zuckergussverschmierten Fingerspitzen haucht.

In diesem Moment wird mir klar, dass es Aiden nie um den blöden Wettbewerb ging. Er will einfach Spaß mit seiner zukünftigen Frau haben – während ich Catalina die letzten zwanzig Minuten lang mit Instruktionen traktiert habe.

Weil es bei dieser Aktion in Wahrheit nie um den Wettbewerb ging.

Ich schließe die Augen.

Meine Eltern haben aus allem einen Wettbewerb zwischen mir und einer immer höher angelegten Messlatte gemacht. Ihre Erwartungen wurden mit den Jahren stetig größer. Sie wollten, dass ich in allem der Beste bin. Ich musste der beste Schüler sein und die meisten Freunde haben. Ich musste die perfekte Balance zwischen zahlreichen sozialen und außerschulischen Aktivitäten und einem überwältigenden akademischen Pensum finden, denn das Einzige, was zählte, war eine konkurrenzfähige

Collegebewerbung. Und kaum hatte ich ein Vollstipendium für das College ihrer Wahl erhalten, wie sie gehofft hatten, ging es nur noch darum, dass ich mich als einer der besten Bewerber für das Medizinstudium an einer renommierten Uni durchsetzte. Ich habe mein ganzes Leben damit verbracht, mit anderen zu konkurrieren, und obwohl mich das dahin gebracht hat, wo ich heute bin, ist es an der Zeit, dieses Verhalten zu korrigieren. Aiden ist der Wettkampf offensichtlich sowieso egal, warum sollte ich mich also darum scheren?

Eine der Lebkuchenwände kippt um, als Catalina versucht, ein Gummibärchen ans Fenster zu kleben.

»Sorry.« Sie greift nach dem Spritzbeutel mit Zuckerguss. »Ich stelle sie wieder auf.«

»Schon okay.« Ich umschließe ihr Handgelenk, um sie daran zu hindern weiterzubauen. Eine Gänsehaut breitet sich auf ihren Armen aus, als ich mich dabei ertappe, wie ich mit dem Daumen über die zarte Haut streiche, unter der ihr Puls klopft, bevor ich sie widerstrebend loslasse.

Sie starrt mich mit großen Augen an. »Du hast die letzten zehn Minuten damit verbracht, mit der Hilfe von Schraubzwingen Stützkonstruktionen zu bauen, und jetzt passt es plötzlich so?« Sie gestikuliert in Richtung des traurigen Haufens von Lebkuchenhausteilen.

Mein Schutzengel muss eine komödiantische Ader haben, denn genau in diesem Moment brechen die letzten beiden Wände in sich zusammen.

Ich tue es mit einem Schulterzucken ab. »Es ist nur ein Lebkuchenhaus.«

»Und was ist mit dem Stolz?«

»Wie sich rausgestellt hat, habe ich den mit männlicher Verletzlichkeit verwechselt.«

Sie hält sich eine Hand vor den Mund, um ihr Lachen zu unterdrücken. Ich wünschte mir wirklich, sie würde sich nicht solche Mühe geben, es vor uns zu verbergen.

»Heißt das, du gibst auf?«, fragt Aiden ungläubig.

Ich nehme mir ein Stück Lebkuchen, das als Tür gedacht war, und beiße hinein. »Ja, verdammt noch mal.«

Catalina lässt sich gegen den Tisch sinken. »Gott sei Dank. Das war stressiger, als ein LEGO-Set mit fünftausend Teilen zusammenzubauen.«

»Ich nehme an, du hast dich noch nicht an der Galaktischen Kommandozentrale versucht?«, hake ich mit einem Grinsen ein.

»Allein? Nein. Ohne Unterstützung würde ich Jahre dafür brauchen.«

Exakt aus diesem Grund habe ich es mir bisher nicht gekauft. Aber vielleicht …

Du musst zuerst mit Aiden reden.

Ich habe mir fest vorgenommen, morgen mit ihm über Catalina zu sprechen, denn ich kann nicht länger so tun, als ob ich nicht gerne in ihrer Nähe wäre. Vielleicht wird nicht mehr als Freundschaft daraus, aber das ist für mich in Ordnung.

Und warum versetzt dir der Gedanke dann einen Stich?

Weil ich zwar mit Catalina befreundet sein könnte, mich das aber nicht davon abhalten würde, mich zu ihr hingezogen zu fühlen.

Wenn du dich mit ihr anfreundest, wird sich das vielleicht mit der Zeit legen.

Vielleicht, vielleicht auch nicht. Aber eines weiß ich ganz sicher: Am 1. Januar wird sie die Stadt verlassen, also bleiben mir noch drei Wochen, es herauszufinden.

Und ich glaube, ich weiß schon, wie ich das Ganze am besten angehe. Mir bleibt nur zu hoffen, dass sie damit einverstanden ist.

KAPITEL SIEBEN

Luke

Ich gehe mit Gedanken über Catalina und siebenhundert Dollar weniger auf dem Konto schlafen und wache mit einem neuen Ziel auf.

Aiden steht in seiner Arbeitskleidung in der Küche und backt Pfannkuchen. Um vier Uhr nachmittags.

»Gott sei Dank heiratet ihr nachmittags.«

Er gähnt. »Vor Mittag bekommen mich keine zehn Pferde aus dem Bett.«

Ich setze mich an unseren frei stehenden Küchenblock und streiche mir durch die zerzausten Haare. Unsere Wohnung ist in die Jahre gekommen, aber sauber, und dank Gaby hängen sogar ein paar Rahmen an den Wänden. Allerdings haben wir uns nie die Mühe gemacht, die mitgelieferten Stockfotos auszutauschen. Hätte Gaby uns nicht mit sanfter Gewalt zum Kauf eines kleinen Weihnachtsbaums von einem Bauernhof in der Nähe genötigt und bei der Auswahl einigen schlichten Baumschmucks geholfen, bestünde unsere Adventsdeko aus einer Decke mit Schneeflockenprint, die das ganze Jahr über auf unserer Couch liegt, und passenden Weihnachtsstrümpfen, die Aiden und ich während des Studiums bei einem Schlussverkauf nach den Feiertagen erstanden haben. Es waren die einzigen mit unseren Initialen, die noch übrig waren, wahrscheinlich weil sie das hässlichste Karomuster haben, das ich mir vorstellen kann. Aus nostalgischen Gründen behalten wir sie dennoch, auch wenn ich mir ziemlich sicher bin, dass Gaby nur auf eine Gelegenheit wartet, sie durch hübschere zu ersetzen.

Aiden lässt den ersten Pfannkuchen auf meinen Teller gleiten. Es sieht aus, als hätte er versucht, einen Schneemann zu formen, aber ich frage lieber nicht nach. Er mag an den Rändern etwas zu braun und dünn sein und in der Mitte dafür zu dick, aber ich bin hungrig genug, um mich nicht weiter daran zu stören.

»Danke«, sage ich, nachdem ich einen großen Bissen genommen habe, und trinke einen Schluck Wasser.

»Gern geschehen.«

»Du bist der beste Mitbewohner aller Zeiten.«

»Apropos Mitbewohner …«

O nein.

Aiden gibt Teig in die Pfanne. Diesmal erinnert die Form des Pfannkuchens eher an einen aus den Fugen geratenen Tannenbaum. »Hast du schon einen neuen gefunden?«

»Nope.«

»Ich glaube, das ist das erste Mal, dass ich dich beim Prokrastinieren erlebe.«

»Hauptsache, du googelst nicht, was mir fehlen könnte. Laut Internet habe ich vermutlich nur noch wenige Tage zu leben.«

Aiden muss lachen. »Du kannst das nicht ewig vor dir herschieben.«

Nach der Hochzeit wird Aiden mit Gaby zusammenziehen; was bedeutet, dass ich mir entweder einen Ersatz für Aiden suchen oder allein für die Miete aufkommen muss. Dass ich mich bisher nicht mit dem Thema befasst habe, liegt zum einen an meiner Arbeit und zum anderen daran, dass ich mir nicht sicher bin, was ich eigentlich will. Einen neuen Mitbewohner zu suchen, wird ätzend, aber allein zu leben, erinnert mich zu sehr an meine einsame Kindheit – weswegen ich in eine Art Entscheidungsstarre gefallen bin.

»Ist nicht so, als wäre das Thema erst gestern aufgekommen«, bemerkt Aiden mit einem Seufzen.

»Schon klar, ich hab halt gehofft, dass wir bis ans Ende unseres Lebens zusammenwohnen würden. Aber du musstest dich ja unbedingt verlieben. Scheiß Klischees …«

»Eines schönen Tages wirst du in einer ähnlichen Situation sein und mich verstehen«, erklärt er grinsend und mit einem altklugen Unterton.

»Vielleicht«, erwidere ich hoffnungslos.

»Du *möchtest* doch irgendwann heiraten, oder?«

»Jepp, aber am liebsten eine Frau, die klammheimlich mit mir zum Standesamt geht, ohne dass wir irgendjemandem was davon erzählen. Bei den Rechnungen, die für eure Hochzeit anfallen, wird mir schlecht.«

»So schlimm ist es auch wieder nicht.«

»Sagt der Mann, der achttausend Dollar für den Fotografen ausgibt.«

»Gaby meint, dass es das wert ist, wenn wir die Bilder und Videos später einmal unseren Kindern zeigen können.«

»Das erzählt sie dir bestimmt nur, damit du dich besser fühlst.«

Der finstere Blick, mit dem er mich anfunkelt, entlockt mir ein Grinsen. Glücklicherweise verdient Aiden ebenso gut in seinem Job wie Gaby als Wirtschaftsprüferin in Lake Wisteria, sonst würde ich wegen der Unsummen, die die beiden für ihren großen Tag ausgeben, langsam anfangen, mir Sorgen zu machen.

»Also …« Aiden wendet den Pfannkuchen. »Ich wollte dich etwas fragen.«

»Was?«

»Kam dir Catalina gestern irgendwie komisch vor?«

Ich erstarre, zwinge mich jedoch schnell, die Schultern wieder fallen zu lassen. »Wie meinst du das?«

»Ich war nur … Wahrscheinlich interpretiere ich da zu viel in etwas rein.«

War mein Herz eben erst ins Stocken geraten, beginnt es nun, umso heftiger zu klopfen. »Spuck's aus!«

»Ich dachte nur, ich hätte zwischen euch beiden gewisse Schwingungen wahrgenommen.«

Fuck.

Als mir bewusst wird, dass ich die Gabel in meiner Hand so fest umklammere, dass die Knöchel weiß hervortreten, lockere ich die Finger hastig, bevor Aiden es merkt.

»Inwiefern?«, hake ich heiser nach.

»Mach dich nicht über mich lustig, wenn ich das jetzt sage.«

Ich starre ihn auffordernd an.

»Zwischen euch schien es irgendwie zu … funken.« Er fährt sich über den Dreitagebart.

Ich presse die Lippen zusammen, damit mir nicht etwa ein Kommentar rausrutscht.

»Ich mein es ernst. Sie wirkte so … ich weiß auch nicht … so entspannt in deiner Gegenwart. Als würde sie sich sehr wohlfühlen. Mit dir, meine ich.«

Bei dem Gedanken wird mir am ganzen Körper warm. Seine Worte stärken mein Selbstvertrauen in Bezug auf die Situation mit Catalina.

»Ich glaube, sie taut mir gegenüber langsam etwas auf«, sage ich in möglichst neutralem Ton.

»Was du nicht sagst. Letzte Woche hast du dir noch Gedanken wegen des Essstäbchen-Vorfalls gemacht, und dann hängt ihr bei einer Weihnachtsveranstaltung zusammen ab, als gäbe es überhaupt keine Probleme zwischen euch?«

»Wäre nicht das erste Mal, dass mich jemand unwiderstehlich findet.«

Er starrt mich mit zusammengepressten Lippen an.

Als er sich mit einer Erwiderung Zeit lässt, halte ich es nicht länger aus. »Was? Falls du mich was Bestimmtes fragen willst, tu es, bevor du mich zu Tode auf die Folter spannst.«

Äußerlich halte ich meine ruhige, coole, charmante Fassade aufrecht, doch innerlich bin ich wahnsinnig aufgewühlt.

»Ich hab ehrlich gesagt keine Ahnung, wie ich das Thema am besten angehe, also frage ich dich einfach.«

»Okay …«

»Stehst du auf sie?«

Ich erwidere seinen Blick, ohne zu blinzeln, bis er schließlich als Erster wegsieht.

»Shit, ich war mir nicht sicher, ob ich zu viel in die Sache reininterpretiere, deswegen hat Gaby drauf bestanden, dass ich dich frage.«

»Gaby hat dich dazu angestiftet?«

»Ja! Sie hat nicht mehr aufgehört, darüber zu reden, dass irgendwas zwischen euch anders ist.«

»Falls sie mit ›anders‹ meint, dass ihre Schwester nicht mehr ständig versucht, jeglichem Gespräch mit mir aus dem Weg zu gehen, dann würde ich sagen, ja, es hat sich was verändert. Wir verstehen uns inzwischen ganz gut.«

Aiden senkt den Kopf, als würde er nachdenken.

»Wenn du mich weiter wie eine Leiche ansiehst, die du sezieren willst, nehme ich den Pfannkuchen mit in mein Zimmer.«

Er atmet seufzend aus. »Tut mir leid.«

Mir sollte es leidtun. Immerhin bin ich derjenige, der an seiner Ex-Freundin interessiert ist.

Ich schlucke den Kloß im Hals herunter. »Jetzt muss ich dich was fragen.«

»Ja?«

»Lass uns mal – ganz hypothetisch natürlich – annehmen, ich wäre tatsächlich an deiner Ex interessiert …«

Er schlägt mit beiden Handflächen auf den Küchenblock, bevor er anklagend einen Finger auf mich richtet. »Wusste ich's doch!«

Ich kann nicht einschätzen, ob er wütend ist oder nicht.

»Rein hypothetisch.«

Ein Grinsen zupft an seinen Mundwinkeln.

Eindeutig nicht wütend.

In der nächsten Sekunde rieche ich etwas Verbranntes.

Aiden stürzt fluchend zum Herd und entsorgt den brettharten Pfannkuchen im Müll, bevor er frische Butter in die Pfanne gibt.

»Dann bist du also nicht sauer?«, hake ich vorsichtig nach.

»Warum um alles in der Welt sollte ich sauer sein?« Er dreht sich zu mir um und verschränkt die Arme vor der Brust.

»Na ja, immerhin wart ihr mal ein Paar.«

»Und? Ich liebe ihre Schwester. Abgesehen davon, waren Catalina und ich nie wirklich ein Paar.«

»Ihr seid miteinander ausgegangen.«

Er tut es mit einem Schulterzucken ab. »In der Zeit war sie ständig irgendwo für einen neuen Job unterwegs. Wir haben zwar fast jeden Tag telefoniert, aber unsere Beziehung war mehr platonisch als sonst was.«

»Verstehe.« Ich esse einen weiteren Bissen Pfannkuchen, bevor ich hinzufüge: »Du würdest es mir also nicht übel nehmen, wenn ich ... ich weiß nicht ... zum Beispiel, wenn ich mich häufiger mit ihr unterhalte?«

Aiden prustet los. »Eigentlich habe ich mir geschworen, das niemals laut auszusprechen.«

Nun bin ich neugierig. Ich stütze die Ellbogen auf die Arbeitsfläche und beuge mich vor. »Was?«

»Ich habe immer gedacht, dass ihr beide viel besser zueinanderpasst.«

»Im Ernst?« Und wie lange genau denkt er das schon?

»Ja. Das war einer der Gründe, warum ich die Sache zwischen uns beendet habe; auch wenn ich ihr das natürlich nie gesagt habe. Vor allem, weil sie dich ja nicht besonders zu mögen schien.«

Verdammt. Und ich bin davon ausgegangen, dass Aiden nur deswegen mit Catalina Schluss gemacht hat, weil er Gefühle für ihre Schwester hat.

»Es gab immer wieder Kleinigkeiten, die du gesagt oder getan hast, die mich an sie erinnert haben. Wahrscheinlich war das der Grund dafür, dass es mir nicht schwergefallen ist, sie ausschließlich als Freundin zu betrachten.«

»Wie hast du das überhaupt geschafft? Dich mit ihr anzufreunden, meine ich.« Vielleicht hat mir Aiden schon mal etwas darüber erzählt, aber falls dem so ist, kann ich mich nicht daran erinnern.

»Wie du selbst wahrscheinlich am besten weißt, lässt sie niemanden so schnell an sich ran.«

»Und ob ich das weiß.«

»Es hat eine Weile gedauert, bis ich sie so weit hatte, aber sie ist eine tolle Frau, die einfach nur Menschen braucht, die sich die Zeit nehmen, sie kennenzulernen.«

»Das wird mir langsam auch klar«, seufze ich.

»Und so viel sage ich dir: Wer ihr Vertrauen und ihre Loyalität gewonnen hat, sollte alles tun, um behutsam damit umzugehen, sonst bekommt er es mit mir zu tun.«

Der letzte Bissen Pfannkuchen schmeckt auf einmal ziemlich pappig. »Heißt das, du wirst einer von diesen nervtötend fürsorglichen Ex-Freunden sein?«

»Schlimmer als das. Ein fürsorglicher *Schwager*.«

»Das soll schlimmer sein?«

»Jepp, denn jeder Mensch, der Catalina wehtut, tut damit auch meiner zukünftigen Frau weh – was mich wütend machen wird.«

Angesichts seiner finsteren Miene hoffe ich, dass niemals jemand Gaby in die Quere kommen wird.

»Dir dabei zuzuschauen, wie du dich dermaßen hoffnungslos verliebst, ist faszinierend.«

Er schenkt mir ein Lächeln. »Ich freu mich schon drauf, das eines Tages zu dir zu sagen.«

»Ich habe nie gesagt, dass ich anfange, mich zu verlieben.«

»Das behaupten wir alle, bevor es passiert.«

Ich blinzle ihn stumm an, als er sich über den Küchenblock beugt, um mir auf die Schulter zu klopfen. »Entspann dich. Schau einfach, was passiert.«

Berühmte letzte Worte.

KAPITEL ACHT

Catalina

Oh, gut, ich hatte gehofft, dass ich dich noch erwische, bevor du zur Arbeit fährst.« Meine Schwester schließt meine Zimmertür hinter sich.

»Was gibt's?«

»Ich wollte mit dir über etwas sprechen, das mir bei dem Lebkuchenhaus-Wettbewerb aufgefallen ist.«

»Und was?«, frage ich leicht nervös.

»Du und Luke.«

»Was ist mit uns?«

»Ihr wart …«

»Nur nett zueinander«, falle ich ihr ein wenig zu eifrig ins Wort.

Sie bedenkt mich mit einem Blick, der mein Herz schneller schlagen lässt. »Cata.«

Da sich meine Knie auf einmal verdammt weich anfühlen, lasse ich mich vorsichtshalber auf meinen alten Schreibtischstuhl sinken. Gaby setzt sich mir gegenüber auf die Bettkante.

»Zwischen uns ist nichts.«

Sie wirkt skeptisch. »Mir ist nicht entgangen, wie ihr euch angeschaut habt.«

»Und?«

»Ich mache mir Sorgen.«

»Weswegen?«

Sie verdreht die Augen, als würde ich sie für dumm verkaufen. »Komm schon, dass ihr aufeinander steht, ist wirklich nicht zu übersehen.«

»Er ist attraktiv, aber das ist auch schon alles.«

»Ich bin nicht blöd.«

»Und ich auch nicht. Luke ist der letzte Typ, mit dem ich was anfangen sollte«, platze ich heraus.

»Und warum?«

»Weil er Aidens bester Freund ist.«

Gaby atmet erleichtert aus. »Genau das ist der Grund, warum ich mir Sorgen mache.«

Ich stehe auf, um mich neben sie zu setzen. »Ich habe nicht vor, das Risiko einzugehen, mit ihm rumzumachen oder so, falls es das ist, worum du dir Gedanken machst.«

»Das ist es nicht.« Sie holt tief Luft. »Ich möchte dich einfach nicht schon wieder verlieren, wo es sich anfühlt, als hätte ich dich gerade erst zurückbekommen«, flüstert sie dann.

Ich starre sie einige Sekunden erstaunt an, bevor ich erwidere: »Wie bitte? Du hast mich nie verloren.«

»Trotzdem fühlt es sich so an, seit Aiden und ich vor zwei Jahren zusammengekommen sind.«

Ich spüre Schuldgefühle in mir aufsteigen. »Gaby …«

»Ich ertrage den Gedanken, dass du mich meidest, nicht. Und ich habe Angst, dass du einen neuen Grund findest, das zu tun, wenn Luke und du was miteinander habt.«

»Ich werde dich nicht meiden.«

»Selbst wenn was zwischen dir und Luke läuft?«

Ich ergreife ihre Hand und drücke sie sanft. »Zwischen uns wird nichts laufen, aber ja, ganz egal, was passiert, ich verspreche dir, dass ich dir nicht aus dem Weg gehen werde.«

Sie schenkt mir ein schwaches Lächeln. »Tut mir leid, dass ich deswegen so einen Aufstand mache. Aber als ich diese Verbindung zwischen euch wahrgenommen habe, hatte ich plötzlich all diese Was-wäre-wenn-Szenarien im Kopf, und die haben mich in Panik versetzt.«

Ein weiterer Grund, mich von Luke fernzuhalten.

Gabriela hat schon genug Sorgen, ohne dass ich die Situation zusätzlich verkompliziere, indem ich mich mit dem Trauzeugen ihres zukünftigen Ehemanns einlasse.

Ein Satz, den ich mir hinter die Ohren schreiben sollte.

Dass ich Krankenpflegerin auf der Neugeborenen-Intensivstation werden wollte, ist mir bei einem Besuch meiner Tante in Puerto Rico klar geworden, nachdem sie meinen Cousin zur Welt gebracht hatte. Wir hatten geplant, eine schöne Zeit mit der ganzen Familie zu verbringen, aber der schreckliche Kaiserschnitt, nach dem mein Cousin sofort auf die Intensivstation des Krankenhauses gebracht wurde, hat alles verändert. Schon nach wenigen Besuchen auf der Station war ich von der Arbeit des Pflegepersonals, das dabei half, meinen kleinen Cousin am Leben zu erhalten, fasziniert. Und als er schließlich entlassen wurde, war ich überzeugt davon, ebenfalls Leben retten zu wollen. In meinen Augen waren die Pflegeangestellten Heldinnen und Helden des Alltags, und trotz der Herausforderungen, die der Job mit sich bringt, habe ich diese idealistische Sichtweise nicht verloren. Obwohl sie an schlechten Tagen immer wieder auf die Probe gestellt wird. Die meisten Menschen gehen automatisch davon aus, dass mich meine Arbeit rundum glücklich macht, weil ich mich um Babys kümmern darf, aber sie übersehen die dunkleren Seiten. Das Einstellen und die Überwachung von Ernährungssonden und Beatmungsgeräten, die viele Leben auf der Station erhalten. Eltern, die vor dem Baby, das sie unbedingt mit nach Hause nehmen möchten, zusammenbrechen und alle Menschen um sich herum, einschließlich sich selbst, für medizinische Probleme verantwortlich machen. All die Leben, die ich habe erlöschen sehen, bevor sie jemals eine Chance hatten, sich zu entfalten, und die gebrochenen Herzen der Eltern, die nicht wissen, wie sie ohne ihr Kind weiterleben sollen.

Leider könnte die Schicht heute eine der schlimmsten überhaupt werden. Ich bin mir nicht sicher, ob ich deshalb mehr mit mir kämpfe, weil die Weihnachtsfeiertage nahen und ich noch sensibler auf die Situation der Babys reagiere, die es vielleicht nicht bis zu ihrem ersten Weihnachtsfest schaffen, aber ich muss mir immer wieder Pausen nehmen, um kurz durchzuatmen.

»Sie müssen etwas tun.« Debra, eine Mutter, die ich in der letzten Woche kennengelernt habe, klammert sich an meinen Kasack mit Schneemannmotiv. »Es muss doch noch etwas anderes geben, was wir tun können. Falls es ums Finanzielle geht, finden wir einen Weg, die Mittel zu beschaffen. Oder wenn wir sie in ein anderes Krankenhaus bringen müssen, dann organisieren wir das. Wir tun alles, was nötig ist …«

Meine verdammten Augen werden verräterisch feucht.

»Bitte …« Ihre Stimme bricht.

Debras Frau versucht, sie von mir wegzuziehen, aber ich schüttle sacht den Kopf und schließe sie fest in die Arme. »Es tut mir so leid.« Ich streiche ihr über den Rücken.

Sie beginnt, haltlos in meinen Armen zu zittern. »Sie ist doch mein Baby.«

»Und Sie sind ihre wundervolle Mom.« Es gelingt mir, meine Tränen zurückzuhalten, aber mein Herz weint.

»Warum, lieber Gott? Warum?« Sie löst sich von mir und wendet sich ihrer Frau zu.

Trish, Debras Fels in der Brandung in den vier Wochen, die ihre gemeinsame Tochter bereits auf der Intensivstation liegt, zieht ihre Frau an sich. »Es tut mir so leid, Babe. Es tut mir so verdammt leid.«

»Das ist ungerecht.« Debra krallt ihre Finger in Trishs Shirt. »So sollte es nie sein.«

Es fühlt sich an, als würde meine Brust in sich zusammenfallen. Da ich nicht will, dass die beiden sehen, wie ich zusammenbreche, wende ich mich ab und überprüfe die Geräte, bevor mein Blick auf die Info an der Vorderseite des Bettes ihrer Tochter fällt.

Sarah Lynn, 1450 Gramm.

Ihre Mütter haben sogar eine Ein-Monats-Geburtstags-Karte mitgebracht und sie in einem süßen Rahmen am Bett befestigt. Der Rahmen war für glückliche Fotos in ihrem Zuhause gedacht, um die ersten Erinnerungen als Familie festzuhalten. Nun ist er eine herzzerreißende Erinnerung an das Leben, das sie hätten haben können.

Sarah wird ihren zweiten Monat nicht überstehen, egal, wie viele Tränen ihre Mütter vergießen oder welche medizinischen Maßnahmen wir ergreifen, um ihr zu helfen.

Ich streichle mit der Hand über den Rahmen. Trotz meiner Bemühungen stiehlt sich eine Träne aus meinem Augenwinkel und rollt mir über die Wange.

Rasch gebe ich einer anderen Krankenschwester ein Zeichen, dass sie übernehmen soll.

Sie eilt herbei und flüstert mir beruhigend ins Ohr, dass ich mir so viel Zeit nehmen soll, wie ich brauche.

Mit einem Herz, das sich anfühlt, als wäre es in zwei Teile zersprungen, verlasse ich die Station und steuere den nächsten Aufzug an. Es ist mir egal, wie kalt es ist oder ob ich eine Jacke dabei habe. Ich brauche jetzt frische Luft.

Als ich an dem Automaten mit dem beschissenen Kaffee vorbeikomme, lässt der Schmerz für einen winzigen Moment nach, nur um mit aller Macht zurückzukehren, als ich mir vorstelle, dass Luke mich so sehen könnte.

Geh, bevor du jemandem über den Weg läufst.

Ich drücke den Knopf mit dem Abwärtspfeil. Der Aufzug braucht immer eine Weile, weil auf jeder Etage Patienten hinein- und hinausgeschoben werden, also leide ich schweigend, während ich warte.

Sarah Lynn.

Ana Lucia.

Luis Fernando.

Die Liste der Leben, die wir während meiner Zeit als Pflegerin auf der Neugeborenen-Intensivstation verloren haben, hallt zusammen mit Debras Schluchzen in meinem Kopf wider. Ich habe mir vor langer Zeit geschworen, diejenigen, die es nicht geschafft haben, nie zu vergessen, und obwohl die Liste stetig länger wird, sind mir alle Namen präsent.

Ich weiß nicht, wie lange ich bereits auf den Aufzug warte, als ich mir energisch über die nassen Wangen reibe und mich dafür verfluche, in aller Öffentlichkeit zusammenzubrechen. Ich sollte eigentlich die Starke sein. Die Person, an die sich Eltern wenden können, wenn sie Hilfe und Unterstützung brauchen, stattdessen stehe ich heulend im Flur, wo jederzeit jemand vorbeikommen könnte.

Ich wende mich vom Aufzug ab, um die Treppe zu nehmen, doch bevor ich auch nur einen Schritt in Richtung Tür mache, öffnen sich hinter mir mit einem Pling die Fahrstuhltüren.

»Catalina?«

Beim Klang von Lukes Stimme erstarre ich.

Scheiße. Scheiße. Scheiße!

Die Tür zum Treppenhaus mit dem leuchtend grünen Notausgangsschild darüber scheint mir zuzurufen, ich solle mich endlich in Bewegung setzen, während ich mit mir kämpfe, ob ich die Flucht ergreifen oder mich Luke wie eine Erwachsene stellen soll.

Schnell wische ich mir über die Wangen und unter der Nase entlang und entscheide mich mit einem widerwilligen Seufzen schließlich für Letzteres.

Als unsere Blicke kollidieren und er die Brauen hebt, verstärkt sich der Schmerz in meiner Brust noch. Ich kann mir sehr gut vorstellen, was für ein Bild ich in diesem Moment abgebe, also nehme ich all meine Kraft zusammen und setze eine kühle, gleichgültige Miene auf, während ich mich mental gegen sämtliche Fragen wappne, mit denen er mich gleich garantiert bombardieren wird.

Als sich die Aufzugtüren zu schließen beginnen, streckt Luke den Arm aus, um sie aufzuhalten, doch ich mache keine Anstalten einzusteigen.

»Wolltest du nach unten?« Seine Frage überrascht mich, nicht nur, weil er meinen nächsten Schritt vorausgesehen hat, sondern auch, weil er anscheinend beschlossen hat, nicht darauf einzugehen, dass ich geweint habe.

Ich nicke, da ich meiner Stimme nicht traue.

Er drückt einen Knopf auf der Schalttafel in der Aufzugkabine. »Ich habe eine bessere Idee.«

Als ich nicht sofort in den Fahrstuhl steige, atmet er schwer aus.

»Falls du gerade allein sein möchtest, ist das okay. Ich verstehe das.«

»Nein«, sage ich hastig und bin selbst überrascht darüber. Normalerweise ergreife ich die erstbeste Gelegenheit, anderen Menschen aus dem Weg zu gehen, bis ich meine Gefühle wieder unter Kontrolle habe, aber die Vorstellung, allein zu sein, macht mich in diesem Moment noch trauriger.

Dann ist Luke also gerade deine beste Option?

Durch tränennasse Wimpern sehe ich zu ihm auf, und bin erstaunt, wie besorgt er wirkt. Es fühlt sich gut an, dass sich ausnahmsweise mal jemand Sorgen um mich macht, anstatt dass ich mich um andere kümmere. Ich sauge den Ausdruck in seinem Gesicht förmlich auf und lasse zu, dass die Wärme seines Blicks das kalte Gefühl der Angst vertreibt, das mich vorhin überwältigt hat.

Er senkt den Kopf. »Dann steig ein.«

Und das tue ich. Jeder Ort scheint mir gerade verlockender als dieser hier. Also atme ich tief durch, trete in die Kabine und hoffe auf das Beste.

Wie sich herausstellt, ist Lukes Idee tausendmal besser als meine. Der sechste Stock, der aus nichts weiter als einer kleinen Dachterrasse besteht, auf der ein Aschenbecher und ein leerer Blumentopf stehen, der als provisorischer Mülleimer dient, bietet mir genug Platz und Privatsphäre, um zum ersten Mal seit Stunden richtig durchatmen zu können. Der Geruch von Desinfektionsmittel haftet immer noch an meiner Arbeitskleidung, meiner Haut und den Haaren, aber die frische Luft, die vom See herüberweht, vertreibt den Nebel aus meinem Kopf. Ich lehne mich gegen die gemauerte Balustrade, schließe die Augen und zähle meine Atemzüge, um mich von all den unguten Gedanken zu befreien.

Luke steht dicht neben mir und spendet mir damit die dringend benötigte Wärme. Als er fragt, ob mir kalt ist, schüttle ich den Kopf, während er skeptisch die Gänsehaut auf meinen Armen mustert. Auf keinen Fall werde ich zugeben, dass sie auf seine Nähe und nicht auf die eisigen Temperaturen zurückzuführen ist, also schweige ich lieber. Er tut das Gleiche, ein Novum, wie mir klar wird. Wenn ich darüber nachdenke, kann ich mich nicht erinnern, jemals zuvor erlebt zu haben, dass er sich in einer Gesprächspause sichtlich wohlfühlt – eine Tatsache, auf die ich ihn unverblümt hinweise.

»Ich mag kein langes Schweigen«, erwidert er auf meinen unhöflichen Kommentar hin.

»Warum nicht?«

Er zögert zwei Sekunden, bevor er antwortet: »Es erinnert mich an die vielen Stunden, die ich als Kind allein verbracht habe.«

Seine Ehrlichkeit ist erfrischend und absolut anerkennenswert.

»Du Glücklicher«, scherze ich, um ihm etwas von seiner Anspannung zu nehmen. »Ich habe Gabriela früher oft angefleht, einfach mal die Klappe zu halten.«

Er lachte. »Ich wünschte, ich hätte Geschwister, denen ich auf die Nerven fallen könnte.«

»Du hättest sie in den Wahnsinn getrieben, da bin ich mir sicher.«

»Irgendwann hätten sie meine Form der Liebe zu schätzen gelernt.«

»Wie bei so einer Art Stockholm-Syndrom unter Geschwistern?«

»Genau.«

Zum ersten Mal seit Beginn meiner Schicht spüre ich, wie sich ein Lächeln auf meine Lippen schleicht, und das löst alle möglichen Gefühle in mir aus.

»Was?«, fragt Luke mit gerunzelter Stirn.

Ich überlege, seine Frage abzutun, aber aus irgendeinem Grund entscheide ich mich dafür, ehrlich zu sein. »Ich fühle mich schuldig.«

Er nickt, ohne mich zu einer genaueren Erklärung zu drängen, weswegen genau ich mich schuldig fühle. Drängt nicht auf Antworten, die ich noch nicht bereit bin zu geben. Stattdessen spendet er mir Trost, indem er einfach neben mir steht und auf die Stadt hinausblickt. Weihnachtslichter funkeln in der Ferne und erfüllen mich mit Wärme und Hoffnung, nachdem ich mich die ganze Nacht krank vor kalter Sorge gefühlt habe.

Als er sein Gewicht von einem Fuß auf den anderen verlagert, sehe ich ihn an. »Ich möchte dich nicht aufhalten«, sage ich, während ich an meinem Namensschild in Schneemann-Form herumspiele.

»Heute Abend war so wenig los, dass ich mich richtiggehend gelangweilt habe. Du tust mir also einen Gefallen.«

Ich lächle ihn an. »Ach ja?«

»Jepp. Ich hasse es, mich nutzlos zu fühlen.«

»Muss wieder dieser Retterkomplex sein, der sich bemerkbar macht.«

»Hast du gerade eine Diagnose gestellt?«

»Das würde ich niemals wagen, Dr. Darling.«

Er strahlt über das ganze Gesicht. »Sag das noch mal.«

Ich verdrehe die Augen. »Um dein Ego zu pushen? Nein danke.«

Das Funkeln in seinen Augen könnte es mit den Sternen über uns aufnehmen. »Bitte. Bei diesem Tempo fange ich irgendwann noch an, um deine Aufmerksamkeit zu betteln.«

»Das nennst du betteln?« Mein Blick huscht wie von selbst über seine große Gestalt. Es kostet mich sehr viel mehr Mühe, Desinteresse vorzutäuschen, als es sollte. Vor allem bei der Art, wie sich das Oberteil an seinen Körper schmiegt. »Betrachte mich als unbeeindruckt.«

»Wenn du mich auf den Knien sehen willst, musst du nur fragen.«

Seine Worte wirken wie Magie auf mich. Im nächsten Moment habe ich ein Bild vor Augen, wie er vor mir kniet. Nur befinden wir uns dabei nicht auf einem Dach, und er streckt die Hände nach mir aus, um …

»Hey, ich möchte unbedingt erfahren, welcher Gedanke dich dazu bringt, mich auf diese Weise anzusehen.«

Meine Wangen beginnen zu brennen. Zum Glück ist es auf der Dachterrasse zu dunkel, als dass er es sehen könnte … zumindest denke ich das.

Luke legt eine Hand an meine warme Wange, und ich hole zittrig Luft, als mir unter der zarten Berührung seines Daumens am ganzen Körper warm wird. Meine Reaktion macht mir Angst. Nicht, weil ich mich schuldig dafür fühle, mich zu Aidens Trauzeugen hingezogen zu fühlen, sondern weil ich mich nicht erinnern kann, wann mich das letzte Mal jemand in so kurzer Zeit so viel hat empfinden lassen. Vielleicht noch nie. Ich habe mich schon von Männern angezogen gefühlt, aber das hier ist anders. Mehr. Ich kann es nicht genau benennen, aber ich kenne nicht viele Menschen, die mit einem einzigen Blick und einer flüchtigen Berührung die gleichen Gefühle in mir auslösen wie Luke, und das versetzt mich regelrecht in Panik. Ich habe nicht vor, in Lake Wisteria zu bleiben. Außerdem werde ich keine Beziehung mit jemandem eingehen, der so eng mit meiner Schwester und meinem zukünftigen Schwager verbunden ist, und damit riskieren, mich für den Rest meines Lebens in unangenehmen Situationen wiederzufinden, wenn es nicht klappt. Nach dem heutigen Gespräch mit meiner Schwester bleibt mir sowieso keine andere Möglichkeit, selbst wenn ich es wollte.

Obwohl ich nichts lieber täte, als mich einfach nicht zu rühren und zu genießen, wie Luke mich ansieht, trete ich einen großen Schritt zurück und schlinge die Arme um den Oberkörper.

Seine Hand verharrt in der Luft. »Alles okay?«

»Danke, dass du mit mir hier oben warst.« Ich mache einen weiteren Schritt auf das Treppenhaus zu.

»Wohin gehst du?«

Weit weg von hier.

Ich weigere mich, den neu gefundenen Frieden zwischen meiner Schwester und mir aufs Spiel zu setzen, indem ich der Anziehung zwischen Luke und mir nachgebe. Luke zu begehren, ist eine Sache, aber weiter zu gehen als das, würde bedeuten, sämtliche Unannehmlichkeiten in Kauf zu nehmen, die mit dem Ende einer solchen kurzlebigen Affäre zwangsläufig einhergehen.

Egal, wie sehr er mich dazu verleiten mag, das komplette Gegenteil zu tun.

KAPITEL NEUN

Luke

Ich hab's vermasselt. So viel ist klar, nachdem sich Catalina auf der Dachterrasse von mir losgemacht und die Mauern um sich herum höher als jemals zuvor gezogen hat.

Ich habe mich ermahnt, ihr Freiraum zu lassen, dennoch schreibe ich ihr wider besseres Wissen nach meinem Dienst eine Nachricht, um zu fragen, ob es ihr gut geht.

Im Gegensatz zu sonst antwortet sie nicht, woraufhin ich mich noch schlechter fühle. Ich hätte sie nicht auf die Weise berühren sollen, wie ich es getan habe. Es war ein gewagter Schritt angesichts unserer Lage, aber ich wollte sie unbedingt trösten.

Und schau, wo das hingeführt hat.

Da ich mir nicht sicher bin, wie ich am besten mit der

Situation umgehen soll, wende ich mich auf der Suche nach Rat an Aiden – der Gaby mit einbezieht. Sie ist gerade bei uns zu Hause, um ihm beim Packen zu helfen.

»Was meint Aiden damit, dass du an meiner Schwester interessiert bist?« Sie wirft Aiden einen scharfen Blick zu, nachdem er das Offensichtliche ausgesprochen hat, bevor sie wieder mich ansieht.

Viel Glück, formt Aiden hinter ihrem Rücken tonlos mit den Lippen.

Arschloch.

»Ich mag sie.«

»Seit wann?«

»Das ist eine relativ neue Entwicklung.«

Mein ehemals bester Freund schnaubt verächtlich, woraufhin ich versucht bin, ihm eine zu verpassen.

Gaby stützt die Hände in die Hüften. »Dann ist es also nichts Ernstes.«

»Das habe ich nicht gesagt.«

»Als die zukünftige Frau deines besten Freundes verdiene ich zu erfahren, welche Absichten du in Bezug auf meine Schwester hegst.«

»Ich glaube nicht, dass das so läuft.«

Sie wirft die Arme in die Luft. »Luke!«

»Was?«

»Hör auf, dich so kryptisch auszudrücken.«

»Okay, okay. Also ja, ich habe Interesse an Catalina, und ich habe mit Aiden darüber gesprochen. Das sollte also kein Problem mehr sein, falls du dir deswegen Gedanken machst.«

Sie stößt einen gedämpften Fluch aus.

»Was?«, hake ich nach, während sich mein Magen auf unangenehme Weise zusammenzieht.

»Du hättest auch mit mir reden sollen.«

»Warum?«

Sie senkt den Blick auf ihre Füße. »Weil ich ihr gerade erst erklärt habe, warum sie sich von dir fernhalten sollte.«

»Warum solltest du so was tun?«, frage ich, inzwischen leicht panisch.

»Weil ich nicht wusste, dass du sie magst. Also richtig magst, auf eine ernsthafte Weise.«

»Na super, vielen Dank, dass du ihr einen weiteren Grund geliefert hast, sich von mir fernzuhalten.«

Gaby verzieht entschuldigend das Gesicht. »Tut mir leid. Ich wusste noch nichts von dem Gespräch zwischen Aiden und dir, und bei der Lebkuchenhaus-Episode hab ich Panik bekommen. Ich habe das Gefühl, dass meine Schwester und ich gerade erst wieder zusammenfinden; und ich hatte Angst, dass sie mich wieder meiden würde, wenn ihr beide … Du weißt schon …«

»Was miteinander anfangen?«

»Ja«, knurrt sie.

»Ich bin nicht der Typ für kurzlebige Affären.«

Gaby vermeidet es noch immer, mir in die Augen zu sehen. »Mag sein. Aber Cata ist nicht wie du.«

Ich hole tief Luft. »Ist notiert.« Ich würde niemals auf die Idee kommen, Catalina ihre Vergangenheit vorzuhalten, es spielt also absolut keine Rolle.

»Aber sie hat nicht grundsätzlich was gegen Beziehungen«, wirft Aiden ein, als bräuchte ich einen Reminder, was zwischen den beiden war.

Gaby kneift sich in den Nasenrücken, als hätte sie auf einmal Kopfschmerzen. »Was für ein Chaos.«

»Was du nicht sagst.« Ich lasse mich auf die Couch fallen, während Gaby im Wohnzimmer auf und ab läuft.

»Wenn ich gewusst hätte, dass du ernsthaft auf sie stehst, dann …«

»Du hast mir praktisch keine Chance gegeben, dir davon zu erzählen.«

»Es tut mir wirklich leid.« Sie lässt sich auf den Sessel mir gegenüber sinken.

»Was soll ich jetzt machen?«

Gaby überlegt einen Moment, bevor sie antwortet: »Ich glaube, ich habe eine Idee.«

Ich sehe sie abwartend an.

»Meine Schwester erfordert eine besondere Art der Handhabung.«

»Ist sie ein Paket oder ein Mensch?«

Gaby starrt mich finster an.

»Schon gut, schon gut. Ich höre.«

Sie reibt sich das Kinn. »Wenn du zu direkt bist, wirst du sie damit für alle Zeiten vergraulen.«

»Bisschen spät für die Erkenntnis«, murmelt Aiden.

Ich zeige ihm den Mittelfinger, bevor ich mich wieder Gaby zuwende. »Was schlägst du vor?«

»Erzähl mir erst, was du im Kopf hattest.«

»Na ja, vor unserem Gespräch habe ich dieses riesige LEGO-Set besorgt, die Galaktische Kommandozentrale. Ich dachte, ich lade sie ein, es gemeinsam mit mir zusammenzubauen.«

Sowohl Gaby als auch Aiden klappt die Kinnlade runter.

»Keine gute Idee?«

»Du hast siebenhundert Dollar für ein erstes Date ausgegeben?«

Ich reibe mir verlegen den Nacken. »Also, ehrlich gesagt hatte ich nicht vor, es Catalina als Date zu verkaufen.«

Aiden und Gabriela wechseln einen Blick.

»Was ist?«

»Wenn du sie zu dir nach Hause einlädst, um mit ihr ein LEGO-Set zusammenzubauen, dann ist das ein Date«, hält Aiden fest.

»Meinst du, sie sieht das auch so?«

Gaby richtet den Blick an die Decke, als würde sie stumm um Beistand flehen. Dann sieht sie mir in die Augen. »Ja.«

»Wie stehen meine Chancen, dass sie zusagt?«

»Vor dem Gespräch, das ich mit ihr geführt habe? Vielleicht bei zwanzig Prozent.«

»Und jetzt?«

Sie verzieht das Gesicht.

Ich lasse den Kopf gegen die Rückenlehne fallen. »Scheiße.«

»Lass mich dir helfen«, sagte Gaby. »Bitte.«

Was Aiden, der hinter ihr steht, dazu veranlasst, wie verrückt zu nicken und stumm *Ja, sag Ja* mit den Lippen zu formen.

»Klar.«

Gabys Strahlen ist zurück. »Okay. Aber zuerst muss ich wissen, wann das Set geliefert wird.«

Ich checke den Status der Bestellung auf meinem Handy. »Morgen.« Zusammen mit der Espressomaschine, die ich vor meinem nächsten Dienst installieren will.

»Perfekt.« Ihr Grinsen macht mir ein wenig Sorge, aber

nachdem sie mir ihren Plan auseinandergesetzt hat, spüre ich, dass meines ähnlich breit ist.

»Ich rede mit meiner Schwester, um Schadensbegrenzung zu betreiben, und Aiden hilft dir mit dem Rest.« Gaby reibt sich die Hände wie eine Bösewichtin im Film.

Wie es aussieht, sind meine Aussichten, dass sich Catalina auf eine Verabredung einlässt, gerade um einiges gestiegen. Mit Gabys und Aidens Hilfe hat sie keine Chance zu widerstehen.

KAPITEL ZEHN

Catalina

Ich fluche frustriert, während ich noch einmal den ersten Satz lese. Wenn das so weitergeht, werde ich die Rede für Gabrielas Hochzeit niemals rechtzeitig fertig bekommen. Und ich werde außer mir selbst und meiner Unfähigkeit, mich auszudrücken, niemandem die Schuld dafür in die Schuhe schieben können.

Als eine neue Nachricht von meiner Schwester auf meinem Handy aufploppt, verstärkt das meine Panik noch.

Gabriela:
Guck mal, was Luke gekauft hat!

Sie schickt ein Foto von einem ungeöffneten LEGO-Set der Galaktischen Kommandozentrale hinterher.

Zu behaupten, ich bin schockiert, dass er es gekauft hat, wäre eine absolute Untertreibung, besonders nach unserem Gespräch beim Bau des Lebkuchenhauses. Ich habe es Luke nicht verraten, aber das Set wünsche ich mir seit dem Tag, an dem LEGO es angekündigt hat. Immer wenn meine Schwester eine Andeutung gemacht hat, dass sie es mir gerne schenken würde, habe ich behauptet, ich sei nicht interessiert. Was nicht die ganze Wahrheit war. Denn ich wollte es vor allem deswegen nicht haben, weil ich niemanden hatte, mit dem ich es hätte bauen können.

Wie ich Gabriela kenne, hätte sie darauf erwidert, dass das keine Rolle spielt. Dass ich das Set auch allein zusammenbauen kann. Aber sie ist in einer glücklichen Beziehung und versteht meine Problem nicht. Wie ein Hobby, dem ich früher sehr gerne allein nachgegangen bin, zu einer Erinnerung daran wurde, dass ich niemanden habe, mit dem ich es ausüben kann; und dafür gebe ich zu einem gewissen Teil Social Media die Schuld. Nach unzähligen angeklickten Videos von Menschen, die mit ihren Liebsten LEGO-Sets zusammenbauen, begann ich irgendwann, mein Lieblingshobby mit schrecklicher Einsamkeit in Verbindung zu bringen. Ganz zu schweigen davon, dass bei jedem LEGO-Store-Besuch mindestens eine Person vor mir in der Schlange stand, die einen LEGO-Blumenstrauß in der Hand hielt – was das Gefühl noch verstärkte.

Das Handy vibriert in meiner Hand.

Gabriela:
Und, was denkst du?
Alles Mögliche, aber nichts davon werde ich dir mitteilen.

Ich:
Ich kann nicht glauben, dass er das wirklich gekauft hat.

Gabriela:
Geht mir genauso! Luke ist sonst eher geizig.

Ich:
Er bevorzugt die Bezeichnung »finanziell konservativ«.

Gabriela:
Wie süß, dass du ihn verteidigst.

Süß? Nach unserem letzten Gespräch überrascht mich der Kommentar.

Ich tippe eine weitere Nachricht.

Ich:
Was ist aus seinem Vorhaben geworden, es erst zu kaufen, nachdem Aiden ausgezogen ist?

Die drei Punkte erscheinen und verschwinden zweimal, bevor ihre nächste Nachricht im Chat aufploppt.

Gabriela:
Sie haben einen Kompromiss geschlossen.

Ich:
Nämlich?

Gabriela:
Aiden will ihm beim Bauen helfen.

Stirnrunzelnd lese ich ihre Nachricht ein zweites Mal, bevor ich antworte.

Ich:
Aiden hasst LEGO.

Er hat immer behauptet, seine Hände seien zu groß und seine Aufmerksamkeitsspanne zu kurz für das Hobby. Woher also der plötzliche Sinneswandel?

Gabriela:
Vielleicht will er einfach ein bisschen Zeit mit Luke verbringen, bevor er auszieht?

Gabriela:
Die beiden waren in letzter Zeit auf jeden Fall supersensibel und mega needy.

Als ich höre, dass mich meine Mutter ruft, schiebe ich das Handy in die Gesäßtasche meiner Jeans und folge dem Klang der Weihnachtsmusik durch den Flur bis in die Küche. Mein Lächeln wird breiter, als der Sänger über *mi burrito sabanero* singt und ich das Chaos aus Zutaten für das *Coquito*-Rezept meiner Grandma auf der Arbeitsplatte sehe. Meine Eltern stehen vor dem Herd, wo meine Mutter meinem Vater gerade einen Löffel hinhält, damit er probieren kann.

Mami wirft einen Blick über die Schulter. »Oh, gut, du bist schon wach.«

»Du bist gerade rechtzeitig aufgestanden«, ergänzt Dad.

»Was gibt's?«

»Kannst du die Flaschen für mich halten? Dann kann ich sie leichter befüllen«, erklärt er, während Mom die *Coquito*-Mischung im Topf umrührt.

Auf einmal habe ich einen Kloß im Hals. Die leeren Glasflaschen stehen ordentlich aufgereiht auf der Arbeitsplatte; in der Flasche, die dem Herd am nächsten ist, steckt bereits ein Trichter.

Mami beugt sich vor, um an der Mischung zu schnuppern. »*Está casi listo.*«

»*Huele a los que hacía mi mamá.*« Dads Augen funkeln, als er Mami einen Kuss auf die Wange gibt.

Die Musik. Der *Coquito*. Die Bitte meiner Eltern, ihnen bei ihrer gemeinsamen Aufgabe zur Hand zu gehen. Das alles erinnert mich daran, dass ich etwas Ähnliches haben könnte – falls ich jemals den richtigen Menschen für mich finde.

Feiertage haben die unangenehme Eigenschaft, dass sich Menschen wie ich besonders einsam fühlen, vor allem, wenn man von allen Seiten mit Weihnachtsfilmen, Fernsehwerbung und einer unendlichen Anzahl von Büchern bombardiert wird, die von Liebe, Familie und der Bedeutung von Weihnachten handeln.

Erwartest du ernsthaft, jemand Besonderen kennenzulernen, solange du ständig unterwegs bist?

Bei meinem Lebensstil ist es schon schwer genug, in eine Alltagsroutine zu finden, geschweige denn, sich zu verlieben. Aber bei der Vorstellung, dauerhaft an einem Ort zu leben, bekomme ich sofort kalte Füße. Keine der Städte, in denen ich gearbeitet habe, fühlte sich richtig an. Und Lake Wisteria ist ebenfalls keine Option, wenn ich jemand Besonderen kennenlernen möchte. Immerhin habe ich das mit Aiden versucht, und wohin es geführt hat, wissen wir bereits.

Ich drehe mich zur Arbeitsplatte, schließe die Augen und atme tief ein. Die Gerüche erinnern mich an die Jahre, die ich mit Gabriela in der Küche verbracht habe. Daran, wie wir an den Kleidern unserer Eltern gezerrt haben, während sie gemeinsam so viele *Coquito*-Bestellungen wie möglich vor den Weihnachtstagen abgearbeitet haben. Meine Grandma hat das Festtagsgetränk schon lange vor unserer Geburt verkauft, weswegen meine Eltern ihre Vorgehensweise bis ins kleinste Detail auswendig kennen.

Mein Blick fällt auf die Rezeptkarte, und ich greife mit zittriger Hand danach. Darauf ist in der unverkennbaren, krakeligen Handschrift meiner Großmutter das *Coquito*-Rezept der

Familie Martinez geschrieben. Und darunter ihr berühmter Ratschlag »Erst schütteln, dann probieren«, den sie jeder Dankeskarte an ihre Kunden beigefügt hat.

Ich spüre einen wehmütigen Stich in der Brust, als ich die vertrauten Worte mit dem Finger nachzeichne. Sie war eine lebhafte Konstante in unserem Haus, nachdem sie nach Lake Wisteria gezogen war, um bei uns zu leben, und an den Feiertagen vermisse ich sie immer ganz besonders.

»Cata?«, fragt Mami hinter mir.

Ich atme noch einmal tief durch. »*¿Qué?*«

»*¿Estás bien?*«

»*Si.*« Vorsichtig lege ich die Rezeptkarte mit der Schrift nach unten auf die Arbeitsplatte, damit ich sie nicht mehr ansehen muss, und mache mich an die Arbeit.

Meine Mutter spürt, dass etwas nicht stimmt, aber zum Glück hakt sie nicht nach.

Und warum enttäuscht es dich dann so, dass sie dich nicht mehr bedrängt, um sich zu vergewissern, dass es dir gut geht?

Manchmal wünsche ich mir, meine Mutter würde sich mehr Mühe geben, etwas über meine Gefühlswelt herauszufinden, anstatt stets beim ersten Anzeichen von Widerstand aufzugeben. Bei Gabriela stellt sie sich auf den Kopf, um ihre Bedürfnisse zu erfüllen, bei mir dagegen scheint sie bereits vor Jahren aufgegeben zu haben. Und in vielerlei Hinsicht habe ich das ebenfalls getan.

»*Gracias, mi hija.*« Mein Vater entlässt mich aus seiner Bärenumarmung, bevor er mich mit meiner Mom in der Küche allein lässt.

Ich wische die Arbeitsplatte ab, während sie die letzte *Coquito*-Flasche mit einem Etikett versieht. Das Schweigen zwischen uns ist nicht seltsam, dennoch empfinde ich es als erdrückend, und ich möchte unbedingt so schnell wie möglich in mein Zimmer zurück.

»Cata?«

»*¿Si?*«

»Danke, dass du uns heute geholfen hast. Die Mutter deines Dads …« Mom bricht ab, ringt um die richtigen Worte. »Sie wäre so stolz, wenn sie sehen könnte, wie du uns hilfst. Du weißt, wie sehr sie es geliebt hat, die ganze Stadt mit *Coquito* zu versorgen.«

Das ungewohnte Lob meiner Mutter schnürt mir vor Rührung die Kehle zu. »Gern geschehen«, erwidere ich ein wenig heiser.

Sie senkt den Blick auf den Fliesenboden, bevor sie wieder aufblickt. »Mir ist bewusst, dass die Atmosphäre in der letzten Woche etwas angespannt war, aber ich freue mich, dass du über die Feiertage nach Hause gekommen bist.«

»Wirklich?«

Sie wirkt überrascht. »Natürlich.«

»Oh.«

Sie lehnt sich mit dem Rücken gegen die Arbeitsplatte. »Ich weiß, dass wir nicht immer einer Meinung sind, aber du bist meine Tochter.«

»Es fühlt sich nicht immer so an«, gestehe ich zögerlich ein.

Sie zieht die Augenbrauen zusammen. »Wie bitte?«

»Nichts.«

»Doch. Erklär mir, was du damit meinst.«

»Ich weiß, dass du Gabriela mir vorziehst.«

Ihre Augen weiten sich. »Warum sagst du so etwas?«

»Es ist offensichtlich, dass du dir wünschst, ich wäre anders …«

»Das habe ich nie gesagt.«

»Musst du auch nicht. Ich spüre es einfach.«

Röte steigt ihren Hals hinauf. »Wie kommst du darauf?«

»Du wirkst, als würde dich alles, was ich tue, nerven.«

»Wirklich? Ich habe immer das Gefühl, dass *ich* diejenige bin, die *dich* nervt.«

Ich blinzle irritiert. »Was?«

»Du ziehst dich schon seit einer ganzen Weile von mir zurück, und ich weiß nicht, wie ich damit umgehen soll. Ich habe das Gefühl, dass ich dich auf irgendeine Weise im Stich gelassen habe. Meine Mutter«, sie schaut sich in der Küche um, bevor ihr Blick auf der Rezeptkarte auf der Arbeitsplatte landet, »war nicht wie die Mutter deines Dads. Sie war weder gut darin, über ihre eigenen Gefühle zu sprechen, noch hat sie mir den Raum gegeben, meine zu offenbaren.« Meine Mutter schluckt schwer. »Mithilfe deines Vaters habe ich im Laufe der Jahre gelernt, wie man mit anderen Menschen kommuniziert, aber mit dir … Ich weiß einfach nicht, wie.« Sie senkt den Kopf.

Mein Herz zieht sich schmerzhaft zusammen. »Mami.«

Sie schaut mit glänzenden Augen auf. »Ich habe mir geschworen, nicht wie meine Mutter zu werden. Sie war in meinem Leben nie sehr präsent, deswegen habe ich mir selbst versprochen, genau das Gegenteil für meine Kinder zu sein. Und mir ist klar, dass das manchmal sehr …«

»Erdrückend sein kann«, ergänze ich ehrlich.

Sie schaut weg. »Ja.«

»Übergriffig.«

»Ich denke schon.«

»Als würde ich dich immer enttäuschen, selbst wenn ich mein Bestes gebe?«

Sie schnieft. »Es tut mir leid, dass ich dir durch mein Verhalten dieses Gefühl vermittelt habe.«

Ich greife nach ihrer Hand. »Ich weiß, dass du es auf deine Weise versuchst.«

Sie schüttelt den Kopf. »Aber das ist nicht gut genug.«

»Es ist nicht so, dass es nicht gut ist, aber es ist nicht das, was ich brauche.« Als sie blass wird, beeile ich mich, besser zu erklären, was ich damit meine. »Zumindest gerade nicht. Ich möchte das Gefühl haben, dass ich mich darauf verlassen kann, dass du mich aufbaust.« *Anstatt mich runterzuziehen.*

»Sag mir, was du sonst noch brauchst.«

»Ganz ehrlich?«

Sie nickt. »Ja.«

»Ich möchte einfach das Gefühl haben, dass du mich *siehst*. Dass du die Person zu schätzen weißt, die ich bin. Denn ich werde nie so sein wie du und Gabriela. Aber das bedeutet nicht, dass ich mich nicht ausgeschlossen fühle.«

Sie drückt meine Hand. »*Perdón, mi mijita.* Ich ... Ich werde es versuchen. Ich werde es nicht gleich beim ersten oder zweiten Mal richtig machen, aber ich hoffe, dass ich es für dich besser machen kann.«

Meine Mutter und ich sind uns vielleicht in vielen Dingen nicht einig, aber in diesem Augenblick fühle ich mich ihr verbundener als je zuvor.

Es dauert ein paar Sekunden, bis wir uns gesammelt haben

und voneinander lösen. Dann ziehe ich mein Handy hervor und suche einen unserer Lieblings-Weihnachtssongs raus.

Während die Musik aus dem Bluetooth-Lautsprecher ertönt, räumen wir gemeinsam die Küche auf.

Als meine Mutter einen der Lieblingssongs meiner Großmutter spielt, kommt mir eine Idee. »Apropos *Abuela*, weißt du, was ihr gefallen hätte?«

Meine Mutter hält mit dem Besen in der Hand inne und schaut zu mir auf. »*¿Qué?*«

»*Una parranda.*«

»Wie läuft's mit der Rede?«

Als ich die Stimme meiner Schwester hinter mir höre, zucke ich erschrocken zusammen, bevor ich hastig mein Notizbuch zuschlage. »Was machst du denn hier?«

»Mami wollte ein paar Sachen für die Hochzeit mit mir besprechen; deswegen bin ich gleich nach der Arbeit vorbeigekommen.«

»Oh.« Ich drehe mich auf meinem Schreibtischstuhl zu ihr um. »Und, wie kommt ihr voran?«

»Gut. Außerdem dachte ich, dass es ein guter Zeitpunkt wäre, um mich zu entschuldigen.«

»Bei Mom? Weshalb?«

»Nein. Bei dir.« Sie zieht den Stuhl vom Schminktisch heran und setzt sich mir gegenüber.

»Aber du hast doch gar nichts falsch gemacht.«

»Lass mich einfach ausreden, okay?«

»Okay.«

»Neulich habe ich total überreagiert. Meine Angst war größer als die Stimme der Vernunft.«

Ich widerstehe dem Drang, sie zu unterbrechen.

»Als die ganze Sache zwischen dir, Aiden und mir passiert ist, hatte ich das Gefühl, zwar einen Freund zu gewinnen, dafür aber meine Schwester zu verlieren.«

Ich strecke meine Hand aus. Sie legt ihre darauf und verschränkt ihre Finger mit meinen.

»Als ich gemerkt habe, dass du und Luke euch so gut versteht, habe ich mich zuerst total gefreut, weil ich mir immer gewünscht habe, dass ihr beiden gut miteinander auskommt. Aber dann war da plötzlich diese Sorge, was passieren würde, wenn ihr beiden so *richtig* gut miteinander auskommt. Falls du verstehst, was ich meine.«

»Ja, klar, aber ich bin die Letzte, wegen der du dir Sorgen machen solltest.«

»Bist du nicht. Du bist meine Schwester. Dein Glück liegt mir am Herzen. Weswegen ich mich bei dir entschuldigen möchte.«

»Ich weiß es sehr zu schätzen, dass du dir solche Gedanken machst, aber …«

»Nichts aber. Wenn es umgekehrt wäre, würdest du doch auch nicht wollen, dass ich unglücklich bin, oder?«

»Natürlich nicht, aber das ist nicht das Glei…«

»Doch, ist es«, unterbricht sie mich erneut. »Dein Glück ist genauso wichtig wie meines.«

»Ich bin glücklich.«

Sie bedenkt mich mit einem Blick, der mir das Gefühl gibt, dass sie mir nicht wirklich glaubt. »Macht es dich glücklich, dass Luke die Galaktische Kommandozentrale nur gekauft hat, um sie mit dir zusammenzubauen?«

Ich reiße überrascht die Augen auf.

»Und macht es dich glücklich, dass er mir erzählt hat, dass er auf dich steht?«, fährt sie fort, als ich ihr eine Antwort schuldig bleibe.

Mein Herz setzt einen Schlag aus.

»Und genau dieser Gesichtsausdruck ist der Grund, aus dem du Luke auf keinen Fall nur aufgrund meiner irrationalen Ängste meiden solltest.«

»Deine Ängste sind nicht irrational.« Das weiß ich, weil mich die gleichen plagen.

»Ihr seid beide erwachsen und könnt eure Angelegenheiten selbst regeln. Du bist es dir schuldig, ihm zumindest eine Chance zu geben, oder? Selbst wenn es in nichts als peinlichem Schweigen endet, wenn ihr zwei mit uns abhängt.«

»Versuchst du, mich gerade davon zu überzeugen, ihm eine Chance zu geben, oder mich daran zu erinnern, warum ich mich von ihm fernhalten sollte?«

Sie lacht. »Ich male dir lediglich das Worst-Case-Szenario aus, während ich gleichzeitig auf das Beste hoffe.«

»Und was ist das Beste?«

Sie lächelt mich an. »Das liegt ganz an dir.«

KAPITEL ELF

Luke

Nachdem Catalina auf Gabys Nachrichten zu dem LEGO-Set hin nicht angebissen hat, hat Gaby beschlossen, einen Gang höher zu schalten, indem sie mit ihrer Schwester spricht und sie anschließend zum Essen bei uns einlädt.

Dabei hat sie auf Aidens Kochkünste als Anreiz gesetzt. Und es hat geklappt – Catalina hat zugesagt.

Ich habe noch nie erlebt, dass jemand eine Einladung zum Essen bei Aiden ausgeschlagen hat. Was kein Wunder ist, denn er ist wirklich ein unglaublich guter Koch. Nachdem er ein Jahr der Hauptverantwortliche in unserer WG-Küche war, wird er mir – auch aus zahlreichen anderen Gründen – als Mitbewohner schmerzlich fehlen.

Denk an was Schöneres, rede ich mir gut zu, während ich Aiden bei dem Lasagnerezept seiner Mutter zur Hand gehe.

»Das riecht sooooo gut!« Beim Anblick der Auflaufform auf dem kleinen runden Tisch in unserem provisorischen Esszimmer leuchten Gabys Augen auf.

Und auch mir läuft das Wasser im Mund zusammen. Der Käse, unter dem die Béchamelsoße kleine Blasen wirft, hat die perfekte goldgelbe Farbe.

Aiden macht ein Foto von seinem Werk. »Meine Mutter hat immer gesagt, dass Liebe durch den Magen geht.«

»Gott sei Dank kann ich backen, sonst wäre ich aufgeschmissen«, kommentiere ich, als mir wieder einfällt, wie er mir letzten Monat die Verantwortung für die Beilagen zum Thanksgiving-Essen übertragen hat und ich kläglich gescheitert bin.

Aiden sieht zu mir rüber. »Na ja, du bist sicher nicht der *aller*schlechteste Koch da draußen.«

»Danke, Mann. Ich weiß deine Ehrlichkeit zu schätzen.«

Er grinst. »Wenn es mit Catalina gut läuft, kann sie dir vielleicht das eine oder andere beibringen.«

»O ja. Der *Mofongo* meiner Schwester ist einfach … *divina*. Göttlich«, sagt Gaby mit einem leisen Seufzer, der über die Weihnachtsmusik aus der Box auf der Küchenanrichte hinweg kaum zu hören ist.

Gaby hat es sich zur Aufgabe gemacht, unsere Wohnung für den heutigen Abend ein wenig mehr zu dekorieren. An unserem Bücherregal, das sich über eine ganze Wand erstreckt, hängen bunte Lichterketten; für das Krippenset, das ihre Mutter für Aiden gekauft hat, hat sie einen Platz im Regal gefunden; und der Tisch ist mit einem weihnachtlichen Läufer, Platzdeckchen und passendem Geschirr gedeckt.

In diesem Moment klingelt es. Aiden drückt den Knopf an der Gegensprechanlage, um Catalina die Haustür zu öffnen.

Bei dem Gedanken, dass Catalina heute zum ersten Mal unsere Wohnung sehen wird, schlägt mein Herz plötzlich schneller. Rasch schaue ich mich noch einmal um, ob es einigermaßen aufgeräumt ist.

Gaby eilt zur Tür und begrüßt ihre Schwester so euphorisch, als hätten sie sich nicht erst vor ein paar Stunden gesehen.

»Komm rein!« Sie zieht Catalina an der Hand in die Wohnung.

Catalina lässt den Blick durch das Zimmer und über den wachsenden Stapel Umzugskartons neben der Eingangstür wandern, bevor er auf Aiden und mir landet. Als sie mich ansieht, werden ihre Augen schmal, und für einen kurzen Moment frage ich mich, ob diese ganze Idee total daneben war.

Die Frage stellst du dir ausgerechnet jetzt?

Nervös verlagere ich mein Gewicht von einem Fuß auf den anderen.

»Aiden hat dein Lieblingsessen gekocht!« Gaby zieht Catalina weiter in die Wohnung, bevor sie die Eingangstür schließt.

»Und ich habe geholfen«, füge ich hinzu, wofür ich einen weiteren misstrauischen Blick von Catalina ernte.

»Mit *geholfen* meint er, dass er die Soße probiert hat«, wirft Aiden mit einem breiten Grinsen ein.

Ich tue seinen Kommentar mit einem Schulterzucken ab. »Kein leichter Job, aber einer muss ihn ja machen.«

Woraufhin Catalina die Augen verdreht, bevor sie zu Aiden

geht und ihn mit einem Wangenkuss begrüßt. Als sie sich mir zuwendet, steigt mir der leicht blumige Geruch ihres Parfüms in die Nase, zusammen mit einem Hauch von etwas, das ich inzwischen als ihren ganz eigenen Duft erkenne. Sie umfasst meine Schultern und stellt sich auf die Zehenspitzen, um mich auf die gleiche Weise zu begrüßen wie Aiden.

Meine Eltern sind keine Menschen, die mit liebevollen Gesten um sich werfen, daher habe ich eine Weile gebraucht, um mich an die Martinez-Art zu gewöhnen, Familie und Freunde mit einem Kuss auf die Wange zu begrüßen. Doch wenn ich darüber nachdenke, kann ich mich nicht erinnern, dass Catalina sich jemals zuvor die Mühe gemacht hat. Sie hat wirklich alles daran gesetzt, jeglichen Körperkontakt mit mir zu vermeiden.

»Hallo«, sagt sie, als sich unsere Wangen berühren, was mir einen angenehmen Schauer über den Rücken jagt. Die Berührung kann nicht länger als zwei Sekunden andauern, dennoch rast mein Herz, als hätte ich die letzten zehn Minuten auf dem Laufband verbracht.

Reiß dich zusammen, ermahne ich mich stumm, als sie sich von mir löst.

Ich war noch nie der Typ, der in Gegenwart von Frauen nervös wird, aber die meisten dieser Frauen *wollten* Zeit mit mir verbringen – sei es aus rein platonischen oder anderen Gründen. Catalina dagegen kann gar nicht schnell genug Distanz zwischen uns bringen, obwohl mir langsam dämmert, dass es sich dabei eher um einen Schutzmechanismus als um Zurückweisung handelt. Sie hält die meisten Menschen auf Abstand, und ich habe nie versucht, mich aus dieser Kategorie zu befreien.

Bis jetzt.

Ihr Blick huscht noch einmal über mich, bevor ihre Schwester sie zu den dekorierten Bücherregalen neben unserem Fernseher zieht. Sie sind eine relativ neue Anschaffung, auf die Aiden bestanden hat, um unserer ansonsten eher tristen Wohnung eine persönliche Note zu verleihen.

Er hat ein paar seiner Modellflugzeuge hineingestellt, die er im Laufe der Jahre gesammelt hat; auf den anderen Regalböden haben die vielen LEGO-Sets, die ich seit dem College gebaut habe, einen Platz gefunden. Als Kind war ich kein großer LEGO-Fan, da meine Eltern nichts von der Idee hielten, dass Kinder Spaß haben sollten; weswegen ich das Hobby, das eine unglaublich beruhigende Wirkung auf mich hat, erst im Erwachsenenalter entdeckt habe.

Catalina greift nach einem limitierten Set, das ich vor etwa einem Jahr gebaut habe, bevor sie hastig die Hand zurückzieht und sie hinter dem Rücken versteckt.

»Ich habe dir doch gesagt, dass Luke genauso ein Nerd ist wie du«, kommentiert Gaby meine Sammlung laut genug, dass ich es nicht überhören kann.

»Ich bin kein Nerd«, protestiere ich, während ich zu den beiden rübergehe.

»Wie viel genau hast du für die ganzen gebrauchten Sets ausgegeben?«

»Dafür gibt es einen Markt?« Catalina hebt überrascht die Brauen.

Gaby grinst. »Frag Luke. Wenn er nicht gerade arbeitet, ist er mit Online-Shopping beschäftigt.«

Ich funkle sie an. »Das mache ich schon seit Monaten nicht mehr.«

»Warum nicht?«, fragt Catalina.

Als Aiden lacht, zeige ich ihm den Mittelfinger, ohne mich von Catalina abzuwenden.

»Ja, genau, erzähl mal, Luke. Warum genau treibst du dich nicht mehr auf Reseller-Plattformen rum?«, erkundigt sich Gaby unschuldig.

Die beiden wissen genau, warum, aber den Gefallen, darauf zu antworten, tue ich ihnen nicht.

Als ich schweige, hakt Catalina nach. »Was ist passiert?«

»Er wurde über den Tisch gezogen«, antwortet Aiden an meiner Stelle.

»Wie?«, fragt Catalina mit einem Hauch von Lächeln auf den Lippen.

Ich schnaube.

»Das ist eine ganz schön krasse Geschichte«, sagt Aiden grinsend.

»Die kann er beim Essen erzählen.« Gaby geht zum Tisch und setzt sich auf ihren üblichen Platz.

Aiden folgt ihrem Beispiel und lässt sich auf den Stuhl neben ihr fallen. Catalina setzt sich auf die andere Seite ihrer Schwester, sodass zwischen ihr und Aiden ein Stuhl frei bleibt.

Obwohl mir Aiden versichert hat, dass es ihm nichts ausmacht, dass ich an seiner Ex interessiert bin, kann ich nicht anders, als die ganze Aktion an diesem Abend infrage zu stellen, als ich mich neben ihr niederlasse. Nicht, weil ich kein Interesse an Catalina habe, sondern weil ich mir nicht sicher bin, ob sie bereit ist, mir eine Chance zu geben. Angesichts ihrer Vergangenheit mit meinem besten Freund könnte das ja durchaus sein.

Du ziehst voreilige Schlüsse, ermahne ich mich.

Jeder von uns nimmt sich eine großzügige Portion Lasagne und Salat, während Gaby fröhlich erzählt, dass die beiden mir verboten haben, in der Küche zu helfen, nachdem ich mir beim Zwiebelschneiden mal fast den Finger abgesäbelt hätte.

»Das war ein winziger Schnitt«, korrigiere ich sie.

»Winzig?« Gaby verschluckt sich beinahe an ihrem letzten Bissen. »Du musstest mit zehn Stichen genäht werden.«

»Gut, dass er einen Arzt kennt«, fügt Aiden hinzu, bevor er sich eine Gabel Salat in den Mund schiebt.

Catalina dreht sich leicht in meine Richtung. Als sich dabei unsere Knie streifen, bekomme ich eine wohlige Gänsehaut. »Also, was hat es mit dieser LEGO-Betrugsgeschichte auf sich?«

Ein wenig hatte ich darauf gehofft, dass sie das Thema nicht wieder aufgreifen würde.

Aiden und Gaby müssen lachen.

Ich seufze, als mir klar wird, dass ich aus der Nummer nicht mehr rauskomme. »Ich wurde reingelegt.«

»Und wie?«

Als ich nicht sofort antworte, tut es Gaby an meiner Stelle. »Jemand hat ihm ein Fake-Set verkauft.«

Catalinas Augen weiten sich. »Nein!«

»Doch.« Ich beiße die Zähne zusammen.

»Wann hast du gemerkt, dass es nicht echt ist?«

»Als ich den Schriftzug *LECO* auf der Verpackung gelesen habe.«

Catalina ist deutlich anzusehen, dass sie sich große Mühe gibt, nicht loszuprusten. Sie presst die Lippen so fest zusammen, dass sie ganz weiß werden. Da ich unbedingt den Klang ihres

Lachens hören möchte, gestehe ich etwas ein, das bisher nicht einmal Aiden wusste.

»Willst du wissen, was das Schlimmste war?«

Sie nickt. Ihre Augen glitzern vor Belustigung, und es macht mich verdammt glücklich, derjenige zu sein, der sie so amüsiert.

»Der Typ, der mich um tausend Dollar betrogen hat«, ich mache eine dramatische Pause, »kann nicht älter als dreizehn gewesen sein.«

Catalina bricht in ein leises Lachen aus, das mich von Kopf bis Fuß mit Wärme erfüllt. Sie ist nicht der Typ für das laute Prusten, von dem man Bauchschmerzen bekommt, dennoch habe ich nie einen schöneren Klang gehört als den, den *ich* ihr entlockt habe.

KAPITEL ZWÖLF

Catalina

Meine Schwester und ich räumen die Spülmaschine ein, während Aiden und Luke im Wohnzimmer abhängen. Irgendwann zwischen Tischabputzen und meinen Bemühungen, die angebackenen Käsereste aus der Keramik-Auflaufform zu schrubben, haben Aiden und Luke das ungeöffnete Galaktische Kommandozentrale-Set geholt.

Immer wieder werfe ich verstohlene Blicke über die Schulter, während sie die unzähligen Plastiktüten aus der Verpackung ziehen. Die steile Falte zwischen Aidens Augenbrauen wird immer tiefer, je höher der Stapel an Tüten wächst. Schließlich nimmt er die Anleitung zur Hand, die eher einem dicken Roman gleicht. Es juckt mich in den Fingern, sie ihm zu entreißen, doch ich halte mich zurück, um meiner Schwester und

Aiden keine Steilvorlage zu bieten, mich hier festzuhalten. Es hat nicht lange gedauert, bis mir klar wurde, warum sie versuchen, mir Luke schmackhaft zu machen, und mehr als einmal wollte ich erwidern, dass es sinnlos ist. Ich kann mit eigenen Augen sehen, dass Luke genau mein Typ ist. Und das LEGO-Set ist der letzte Nagel im Sarg.

Aiden blättert in der Anleitung. »Als Kind habe ich mich nie für solche Dinge interessiert.«

»Wahrscheinlich weil du damit beschäftigt warst, mit den Stofftieren deiner Schwester Doktor zu spielen«, erwidert Luke.

Ich kneife die Lippen zusammen, um ein Lachen zu unterdrücken, und Gaby scheint es nichts anders zu gehen, wenn ich die Art, wie sie sich die Hand auf den Mund presst, richtig interpretiere.

Aiden und Luke sticheln und scherzen weiter. Sie ziehen sich schon den ganzen Abend auf, sodass Gabriela und ich mehrmals amüsiert angemerkt haben, dass sie sich streiten wie zwei Brüder. Ihnen dabei zuzusehen, hat auf jeden Fall Unterhaltungswert, vor allem, weil ich bisher nie genug Zeit am Stück mit Luke verbracht habe, um ihn von seiner ungezwungenen Seite zu erleben. Eine Seite, die weniger … *perfekt* ist.

Es ist offensichtlich, warum meine Schwester gerne Zeit mit den beiden verbringt. Als sie mich zum Abendessen eingeladen hat, war ich zuerst skeptisch. Mir hat nicht eingeleuchtet, warum sie mich unbedingt dabeihaben will. Aber inzwischen ist mir klar geworden, dass Gabriela mit Aiden ihre eigene Familie gründet und sich wünscht, dass ich ein Teil davon bin. Selbst wenn das bedeutet, mit Luke auszukommen.

Und um ehrlich zu sein, ist das gar nicht so schwer. Luke hat eine Art an sich, bei der sich jeder in seiner Gegenwart wohlfühlt. Eine Eigenschaft, die mir bisher nicht aufgefallen war, weil ich mich nur auf das Negative konzentrieren wollte.

Locker und unkompliziert? Das ist nur eine Fassade.

Höflich? Ihm bleibt nichts anderes übrig, als Höflichkeit vorzutäuschen, weil sein bester Freund nun mal meine Schwester heiratet. Das liegt auf keinen Fall daran, dass er tatsächlich ein netter Kerl ist.

Freundlich? Auf keinen Fall unterhält er sich freiwillig ausgerechnet mit mir. Niemand sonst gibt sich mit mir ab, warum sollte er sich also so viel Mühe geben?

Je länger ich darüber nachdenke, dass ich in Bezug auf Luke immer nur das Schlimmste angenommen habe, desto mehr schäme ich mich. Denn es hat nur ein paar ernsthafte Begegnungen gebraucht, damit ich erkenne, dass er wirklich jemand ist, der sich gerne für andere einsetzt. Es gibt eben doch Menschen, die von Grund auf gut sind, und in einer Welt wie der unseren könnten wir durchaus mehr von ihnen gebrauchen.

»Cata!«, ruft Aiden.

»Ja?«

»Komm mal kurz.«

»Bin gleich bei euch.«

Ich wische gerade das Spülbecken aus, aber Gaby ergreift meinen Arm und zieht mich mit sich. »Das können wir später machen.«

»Was ist los?«, frage ich, als Gabriela vor Aiden und Luke stehen bleibt, die neben dem Couchtisch inmitten des Haufens Plastiktüten auf dem Boden sitzen.

»Wir brauchen deine Hilfe«, sagt Aiden.

»Wir?« Luke starrt ihn mit hochgezogenen Augenbrauen an.

»*Ich* brauche deine Hilfe«, stöhnt Aiden wehleidig.

Er ist ein noch schlechterer Schauspieler als meine Schwester, und das will was heißen. Wenn ich nicht tatsächlich ziemlich heiß darauf wäre, am Set mitzubauen, wäre ich über Aidens offensichtlichen Kuppelversuch vermutlich ziemlich verärgert.

Am liebsten würde ich gleich die erste Tüte aufreißen, aber ich nehme mich zusammen und balle die Hände zu Fäusten, um mich davon abzuhalten.

Das ist eine Falle.

Trotzdem stehe ich hier und überlege, freiwillig hineinzutappen.

Aiden sieht zu mir auf. »Erzähl Luke von meinem Versuch, das IKEA-Regal für Gaby aufzubauen.«

»Von welchem Versuch reden wir? Du hast drei Anläufe gebraucht, bis das Ding stand, und als sie sich ein zweites gekauft hat, hast du online jemanden dafür angeheuert.«

»So was in der Art habe ich mir gedacht.« Luke entreißt Aiden die Anleitung. »Du bist offiziell von sämtlichen Baupflichten entbunden. Trotzdem danke, ich weiß dein Hilfsangebot zu schätzen.«

»Im Ernst?« Aiden wirkt nicht im Geringsten beleidigt.

»Ich kann auf keinen Fall die Standsicherheit des Fundaments riskieren.«

Als mir ein leises Lachen über die Lippen kommt, schaut Luke in meine Richtung.

Auch Aiden sieht zu mir rüber, und sein Grinsen wird noch breiter. »Du findest das witzig?«

»Nein.« Ich mache einen Schritt zurück, wobei ich versehentlich Gabriela anrempele.

Aiden schnaubt verächtlich. »Mein Stolz wird hier mit Füßen getreten, Cata. Etwas mehr Respekt, wenn ich bitten darf.«

»Oh, du Armer.« Gabriela geht neben ihm in die Hocke und reibt ihm tröstend die Schultern. »Nicht traurig sein. Ich kaufe dir ein paar DUPLOS zum Üben, okay?«

»Sind die nicht für Kleinkinder?«

»Das passt doch. Du benimmst dich ja auch wie eins …«, witzelt Luke, woraufhin ich mir ein weiteres Lächeln nicht verkneifen kann.

Aiden deutet anklagend mit dem Finger auf mich. »Hör auf, ihn zu ermutigen.«

Im Gegensatz zu mir macht sich Luke nicht die Mühe, sein amüsiertes Grinsen zu verbergen. »Sei nicht böse auf sie, weil sie mich lustig findet.«

»Ich lache *über* dich. Nicht mit dir.«

Luke zuckt mit den Schultern. »Solange du lachst, ist das alles, was für mich zählt.«

Meine Wangen verraten mich, indem sie bei seinen Worten ganz warm werden. Was Luke angesichts seines verschmitzten Gesichtsausdrucks nicht entgeht.

Verdammt.

Vor gerade mal einer Woche sind mir aus dem Stegreif mindestens zehn Gründe eingefallen, warum ich sein Lächeln nicht mag. Und jetzt fühle ich mich innerlich auf einmal völlig zerrissen, während ich versuche, mich in dieser neuen Grauzone unserer … Bekanntschaft? Freundschaft? Beziehung? … zurechtzufinden. Option Nummer drei fühlt sich zu ernst an, während Ersteres nach einer Lüge klingt, da mich eine einzige flüchtige Berührung seiner Finger erröten lässt. Fazit ist, dass ich verwirrter denn je bin, was zwischen uns vor sich geht, und ich bin mir nicht sicher, wie ich am besten mit diesen neu entdeckten Empfindungen umgehen soll.

»Wollt ihr euch den ganzen Abend lang anstarren, oder fangen wir jetzt an, dieses Ding zusammenzubauen?« Aiden greift nach einer Plastiktüte.

Bevor Luke ihn davon abhalten kann, sie aufzureißen, nehme ich sie ihm aus der Hand. »Nicht aufmachen.«

»Warum nicht?«

Ich deute auf die aufgedruckte Ziffer. »Das ist Nummer fünf.«

»Und wo ist Nummer eins?«

Ich lasse mich zwischen ihm und Luke auf dem Teppich nieder und durchsuche den Berg an Tüten, bis ich die richtige ganz unten finde. Als ich sie Aiden reiche, ignoriert er mich und zieht stattdessen meine Schwester auf seinen Schoß.

Dass ich unwillkürlich zu Luke hinüberschaue und mich frage, was er von ihrer schamlosen Kuschelei hält, merke ich erst, als sich unsere Blicke treffen. Seine braunen Augen wirken in diesem Licht dunkler, und die Bartstoppeln auf seinen Wangen und um seinen Mund herum erscheinen dichter als sonst.

Ich bin mir nicht sicher, wie lange ich auf seinen Mund starre, aber offensichtlich lange genug, um ihm ein weiteres Lächeln zu entlocken.

»Irgendwas, das dir gefällt?«

O nein, bitte lieber Erdboden, tu dich unter mir auf!

Ich werfe ihm so hastig den Beutel mit den Legosteinen zu, als könnte er jeden Moment Feuer fangen.

»Soll ich ihn für dich aufmachen?«

Sein Tonfall und das Funkeln in seinen Augen verleiten mich dazu, Ja zu sagen. Nichts würde ich lieber tun, als mit ihm dieses Set zusammenzubauen. Dennoch zögere ich.

Ist es nicht das, was du immer wolltest?

Ich denke an all die Besuche im Einkaufszentrum zurück, bei denen ich Paare dabei beobachtet habe, wie sie sich gemeinsam eine Packung ausgesucht haben. Und wie ich anschließend in meine leere Wohnung zurückgekehrt bin, um mein Set allein aufzubauen. Dass der Partner, den ich mir für mein Hobby immer gewünscht habe, ausgerechnet Luke sein würde, wäre mir nicht mal im Traum eingefallen.

Es ist nur ein einziger Abend.

Doch es fühlt sich nach viel mehr an, als ich verkraften kann, also tue ich, was ich am besten kann: Desinteresse vortäuschen, anstatt meine wahren Gefühle zu zeigen.

Vielleicht bist du deiner Mutter ähnlicher, als du denkst.

Verdammt. Der Gedanke lässt ein überwältigendes Gefühl der Traurigkeit angesichts unserer Schwierigkeiten, uns anderen zu öffnen, in mir aufsteigen.

Ich bin fest entschlossen, mich von der Galaktischen Kommandozentrale fernzuhalten, bis Luke sich verlegen den Nacken reibt und dabei nervöser wirkt, als ich ihn je zuvor erlebt habe. Seine normalerweise blassen Wangen färben sich rosa, als er fragt: »Hilfst du uns?«

O Gott. Benimmt er sich etwa *meinetwegen* so?

Ich war so auf mich selbst konzentriert, dass ich nicht darüber nachgedacht habe, wie er sich fühlen würde, wenn er sich die Blöße gibt, mich um Hilfe zu bitten. Die fertigen Sets im

Regal hinter ihm sind Beweis genug, dass er mich eigentlich nicht braucht, was nur eines bedeuten kann.

Er möchte Zeit mit dir verbringen.

Das sollte mich nicht überraschen, vor allem nicht, nachdem er neulich deutlich gemacht hat, dass er auf mich steht. Aber dass er diesen ganzen Abend organisiert hat, nur um in meiner Nähe zu sein, bringt meine Gefühle vollkommen durcheinander.

Scheiße.

Es … nein, *er* gibt mir ein gutes Gefühl, vor allem, seit mich keine Schuldgefühle mehr plagen, dass ich Luke mag. Das wäre vollkommen albern, nachdem meine Schwester und Aiden sich so viel Mühe gegeben haben, uns zwei einen Abend lang zusammenzubringen.

Nicht, dass etwas daraus werden könnte.

Nein, aber ein bisschen Spaß kannst du trotzdem haben, solange du in der Stadt bist, fordert eine leise Stimme in meinem Hinterkopf die deutlich lautere der Vernunft heraus.

Es braucht nicht viel, damit Luke mich dazu bringt, meine Entscheidung zu überdenken. Vielleicht liegt es daran, dass inzwischen sein gesamtes Gesicht einen leuchtenden Rosaton angenommen hat und er es vermeidet, mir in die Augen zu sehen. Oder an der Art, wie er kaum merklich die Schultern hängen lässt, als ich nicht sofort antworte. So oder so bereitet mir die Vorstellung, ihm seine Bitte abzuschlagen, ein schlechtes Gewissen, also greife ich nach der Anleitung und schlage die erste Seite auf. »Ich helfe dir. Unter einer Bedingung.«

»Und die wäre?«

»Du versprichst, nicht ohne mich weiterzubauen.« Bei den

letzten Worten zittert meine Stimme ganz leicht, aber ich straffe rasch die Schultern, um davon abzulenken und mich selbstbewusster zu geben, als ich mich tatsächlich fühle.

Wenn wir dieses Projekt zusammen in Angriff nehmen, dann ziehen wir es von Anfang bis Ende gemeinsam durch, auch wenn das bedeutet, sehr viele Stunden mit Luke zu verbringen. Schließlich bedeutet es keine lästige Pflicht, jetzt, da ich anfange, seine Gesellschaft zu genießen, anstatt ihn zu meiden.

Luke hält mir die Hand hin, und ich ergreife sie, während ich mir einrede, dass das Ziehen in meinem Magen allein von der Vorfreude auf den Bau des LEGO-Sets herrührt und absolut nichts mit seiner Berührung zu tun hat.

»Abgemacht.«

KAPITEL DREIZEHN

Luke

Über Catalinas Bedingung, das Set nicht ohne sie fertig zu bauen, muss ich nicht lange nachdenken. Da ich es nur ihretwegen gekauft habe, möchte ich natürlich von Anfang bis Ende mit ihr gemeinsam daran arbeiten, aber das werde ich ihr garantiert nicht auf die Nase binden.

Die nächste halbe Stunde verbringen wir mit *Coquito*-Schlürfen und LEGO-Bauen – wobei Gaby und Aiden nur an Ersterem interessiert sind. Nach einer Weile verschwinden die beiden allerdings in Aidens Zimmer, sodass Catalina und ich auf einmal miteinander allein sind. Ich hätte erwartet, dass sie nervös wird, aber es scheint ihr vollkommen egal zu sein, dass die beiden weg sind.

Wir verbringen eine weitere Stunde damit, Teile hin und her

zu reichen, wobei ich Catalina wiederholt um die Anleitung bitte, obwohl ich sie in Wahrheit gar nicht brauche; ich liebe es einfach nur, wie ihre Finger dabei über meine Haut streichen. Ich könnte süchtig nach ihrer Berührung werden – das wird mir an diesem Abend ebenso klar wie meine Unfähigkeit, nicht bei jeder sich bietenden Gelegenheit Hautkontakt herzustellen.

Mit der Zeit werden wir immer unkonzentrierter, und ich beende den Abend, wenn auch widerwillig, als ich Catalina dabei ertappe, wie sie ein Gähnen unterdrückt.

»Soll ich dich nach Hause fahren?«, frage ich, als sie aufsteht und die Beine ausschüttelt.

Sie wirkt verlegen. »Eigentlich meinte Gabriela, dass sie mich bringen würde, aber …« Ihr Blick schweift zu Aidens geschlossener Tür. Aus dem Zimmer dringen keine Geräusche, die beiden sind wahrscheinlich einfach eingeschlafen.

»Ich fahre dich wirklich gerne.«

»Äh … schon in Ordnung. Ich kann mir ein Taxi rufen. Du musst dir keine Umstände machen.«

»Das ist das Mindeste, nachdem du Aiden vorhin davor bewahrt hast, einen großen Fehler zu begehen.«

Ihre Wangen färben sich leicht rosa. »Nein, es ist wirklich okay. Ich nehme ein Uber.«

Anstatt sie weiter zu bedrängen, deute ich auf ihr Handy. »Wenn du darauf bestehst.« Ich lehne mich auf der Couch zurück.

»Trotzdem danke für das Angebot. Das ist sehr … lieb von dir.« Sie spricht so hastig, dass der letzte Teil des Satzes kaum zu verstehen ist.

»Soll ich dir noch einen Drink machen, während du wartest?«

»Einen Drink?«, fragt sie überrascht. »Das Taxi kommt in … *vierzig Minuten*?« Die letzten beiden Worte klingen ungläubig. »Ernsthaft? Und seit wann ist Taxifahren bitte dermaßen teuer?«

»Seitdem die ganzen reichen Leute hergezogen sind.« Ich trinke den letzten Schluck *Coquito*, bevor ich die Tasse auf dem Couchtisch abstelle.

»Das ist absurd.« Catalina stopft das Handy mit finsterer Miene in ihre Tasche.

»Mein Angebot steht.«

Sie atmet tief durch. »Na gut. Danke.«

Grinsend gehe ich zur Haustür und nehme meinen Schlüssel vom Haken, während Catalina die Fahrt storniert und sich anschließend ihre Handtasche schnappt.

Als sie sich der Tür zuwendet, halte ich ihr bereits den Mantel hin. Ich erwarte, dass sie ihn mir abnimmt, doch sie überrascht mich, indem sie mir den Rücken zudreht und sich hineinhelfen lässt. Meine Finger streifen ihren Nacken, als ich ihr Haar unter dem Kragen hervorziehe, woraufhin ich sie scharf einatmen höre.

Ich muss lächeln. Sie mag vorgeben, dass meine Gegenwart keinen Effekt auf sie hat, aber ihre Reaktionen erzählen eine ganz andere Geschichte. Eine mit einem alternativen Ende, bei dem sie mir nicht bei jeder Gelegenheit aus dem Weg geht, sondern akzeptiert, dass da etwas Besonderes zwischen uns ist. Etwas, das es wert ist, erforscht zu werden, auch wenn es ihr Angst macht.

Sie dreht sich auf dem Absatz um und sieht mich an. Etwas zieht mich zu ihr hin, und bevor ich weiß, was ich tue, greife ich nach unten und beginne, ihren Mantel zuzuknöpfen. Sie steht still wie eine Statue da, nur ihre Brust hebt sich unter ihren rauen Atemzügen, während ich mir viel, sehr viel Zeit lasse.

»Alles okay?«

»Jepp.«

»Sicher?«

»Ja.« Catalina vermeidet es, mir in die Augen zu sehen, bis ich die Tür öffne und ihr mit einer Geste zu verstehen gebe, dass ich ihr den Vortritt lasse.

»Danke«, sagt sie so leise, dass ich sie kaum verstehe, weil ich gerade damit beschäftigt bin, den Reißverschluss an meiner Jacke hochzuziehen.

»Gern geschehen.« Ich schließe die Tür hinter uns und gehe ihr voraus zu meinem SUV. Es ist ein gebrauchtes Modell, das ich letztes Jahr gekauft habe, nachdem mein Schrottauto den Geist aufgegeben hatte, und eines, für das ich angesichts des Winterwetters in Michigan dankbar bin. Mein letztes Auto hatte weder Totwinkel-Sensoren noch Sitzheizung, daher weiß ich die Upgrades sehr zu schätzen.

Im Auto schalte ich als Erstes die Sitzheizung für uns beide ein und drehe die Lüftung hoch, wobei ich darauf achte, dass die Lüftungsschlitze auf Catalinas Seite geöffnet sind und zu ihr zeigen. Dabei mustert sie mich aufmerksam.

»Ist das so in Ordnung?«

»Das macht mein Vater auch immer für meine Mutter«, sagt sie mit einem Anflug von Besorgnis, als würde sie das Geständnis Überwindung kosten.

Ich habe Aiden und seinen Vater unzählige Male das Gleiche für die Frauen tun sehen, die neben ihnen saßen, deswegen habe ich mir nie viel dabei gedacht – bis zu diesem Moment, als Catalina es erwähnt hat.

Sie gähnt, als ich vom Parkplatz fahre. Mein Auto hat zwar eine Rückfahrkamera, aber das hält mich nicht davon ab, meine Hand auf die Rückseite von Catalinas Kopfstütze zu legen und mich nach hinten zu wenden, um durch die Heckscheibe zu schauen. Als ich dabei ihren Nacken streife, beginnen meine Finger zu kribbeln wie bei einem leichten Stromschlag, und ich höre Catalina leise zischend einatmen.

Die Fahrt zum Haus ihrer Eltern ist nicht lang, also beschließe ich, das meiste rauszuholen, da sie heute Abend sehr aufgeschlossen mir gegenüber zu sein scheint.

»Hast du Fortschritte bei deiner Rede für die Hochzeit gemacht?«

Sie dreht sich auf ihrem Sitz in meine Richtung, was mich für eine Sekunde von der Straße ablenkt, bevor ich mich und das Lenkrad wieder unter Kontrolle habe.

»Warum fragst du?«

»Weil ich neugierig bin, wie lange du noch vorhast, die Aufgabe vor dir herzuschieben.«

Sie starrt mich ein paar Lidschläge lang an, bevor sie erwidert: »Ich bin normalerweise niemand, die prokrastiniert, aber …« Sie lässt den Satz in der Luft hängen.

»Was?«

»Ich bin nicht gerade gut darin, meine Gefühle zum Ausdruck zu bringen.«

»Ach was … Das wäre mir nie aufgefallen.«

Sie boxt mich spielerisch gegen den Arm.

»Ich versteh's total. Ich hab ja selbst unfassbar lange gebraucht, bis ich meine Rede fertig hatte.«

»Wenigstens *bist* du inzwischen fertig. Die Vorstellung, vor diesen ganzen Leuten mehr oder weniger mein Innerstes zu offenbaren … sie zum Lachen zu bringen …« Bei den letzten Worten zieht sie auf niedliche Art die Nase kraus. »Darin bin ich echt nicht gut, so viel ist sicher. Deswegen schiebe ich es so lange wie möglich vor mir her.«

»Du weißt ja, dass ich niemand bin, der gerne prahlt …«

Sie stößt ein verächtliches Schnauben aus.

»Aber ich bin in beiden Punkten ziemlich gut.«

»Natürlich bist du das«, murmelt sie vor sich hin.

»Was soll das denn heißen?«

»Du bist in allem gut.«

»Nein, bestimmt nicht in allem, aber ich fühle mich geschmeichelt, dass du so große Stücke auf mich hältst.« Für den Kommentar ernte ich einen weiteren Boxhieb, diesmal gegen die Schulter, gefolgt von einem leisen Lachen.

Über meinen Perfektionismus zu scherzen, ist zu einem Schutzmechanismus geworden, weil ich ein Thema, das mir unangenehm ist, lieber mit Humor angehe, als den Leuten zu viel Einblick in die wahren Gründe dafür zu geben, warum ich mich auf eine bestimmte Art verhalte. Niemand ist perfekt, aber ich habe viel zu viel Zeit investiert, darüber nachzudenken, wie ich in jeder Hinsicht der Beste sein kann, um meinen Eltern zu gefallen, nur um schließlich – etwas zu spät – zu erkennen, dass ich mir damit selbst schade. Es hat eine Weile gedauert, bis ich akzeptiert habe, dass Fehler zu machen zum Leben dazugehört, und inzwischen würde ich mich als Perfektionisten auf Entzug beschreiben.

Catalina seufzt. »Meine Mutter hat auf jeden Fall überhaupt nicht mehr aufgehört, von deiner Rede zu schwärmen; ich weiß also, dass sie gut ist.«

»Ich könnte dir helfen«, schlage ich vor, bevor ich mich zurückhalten kann. »Natürlich nur, wenn du möchtest.«

»Das würdest du tun?«

»Klar.«

»Warum?«

Ich hebe eine Braue. »Weil dir langsam die Zeit davonläuft.«

»Mir bleiben immer noch zwei Wochen.«

»Und wie ist es so in den letzten dreiundsechzig Wochen gelaufen, seit du weißt, dass du Gabys Trauzeugin sein wirst?«

Sie verzieht das Gesicht.

»Dachte ich mir.«

»Kein Grund für Schadenfreude.«

»Aber es ist so süß zu sehen, wie sie dich aus dem Konzept bringt.«

Sie fletscht die Zähne.

»Jetzt erzähl mir nicht, du bist zu stolz, um Hilfe anzunehmen.«

»Ich bin nicht zu stolz. Die Vorstellung macht mich eher … nervös.« Sie beißt sich auf die Lippe.

»Warum?«

»Ich habe Angst, dass du mich verurteilst.«

»Tue ich nicht.«

»Das sagst du jetzt.«

»Und ich werde es dir jeden Tag sagen – bis ich dich überzeugt habe, meine Hilfe anzunehmen.«

»Aber die Rede soll *ich* schreiben, nicht du.«

»Vielleicht brauchst du nur einen Sparringspartner, mit dem du ein paar Ideen durchgehen kannst.«

Sie starrt mich an. »Und der willst du sein?«

»Nachdem deine Mutter offensichtlich überschwängliche Lobeshymnen auf meine Schreibkünste gehalten hat, fällt mir niemand Besseres ein.«

»Und was verlangst du dafür?«

»Wer sagt, dass ich was verlange?«

»Jeder Mensch erwartet eine Gegenleistung. Da bist du keine Ausnahme, Captain America.«

Ich verziehe den Mund. »Ich fange an, diesen Spitznamen zu hassen.«

Sie wendet sich ab, um ihr Grinsen zu verbergen, doch ich erkenne es in ihrem Spiegelbild in der Fensterscheibe.

»Also, was verlangst du dafür?«, wiederholt sie einen Moment später ihre Frage.

»Ich bin mir nicht ganz sicher, ob du mit einer ehrlichen Antwort klarkommst.«

Das scheint sie neugierig zu machen. »Sollte die Entscheidung nicht bei mir liegen?«

Mein Herzschlag beschleunigt sich. »In Wahrheit möchte ich einfach nur gerne mehr Zeit mit dir verbringen.«

»Warum?« Sie klingt skeptisch.

»Was meinst du mit ›warum‹?«

»Ich verstehe es nicht.«

»Dann lass mich das ein letztes Mal klarstellen«, sage ich, während ich das Auto vor einer roten Ampel zum Stehen bringe. »Ich mag dich, was bedeutet, dass ich mehr Zeit mit dir verbringen möchte, um dich besser kennenzulernen.«

Sie zupft an einem losen Knopf an ihrem Mantel. »Da gibt es nicht viel kennenzulernen.«

»Du bist ziemlich gut darin, den Leuten das weiszumachen, aber ich habe dich durchschaut.«

Sie beißt sich auf die Innenseite ihrer Wange. »Ich bin nur noch zwei Wochen hier.«

»Hab ich gehört.«

»Das hier«, sie deutet zwischen uns hin und her, »führt nirgendwo hin.«

»Und warum nicht?«

»Weil ich nach der Hochzeit abreise.«

Mag sein, aber es bedeutet nicht automatisch, dass wir bis dahin nicht das Beste aus der Zeit machen können, die uns bleibt.

»Na gut«, antworte ich, woraufhin sie irritiert aufblickt. Erwartet sie wirklich, dass ich einfach so aufgebe? Falls ja, verletzt mich das ebenso, wie es mich motiviert, ihr nun erst recht das Gegenteil zu beweisen. »Das meiste aus den zwei Wochen mit dir rauszuholen, scheint mir auf jeden Fall die bessere Option, als sich ein Leben lang zu fragen, was hätte sein können.«

Sie stöhnt leise auf. »Da hat wohl jemand eine Folge zu viel *Der Herzog, der mich verführte* mit Gabriela geschaut.«

»Na ja, sie meinte, ich soll mir Notizen machen.«

Als Catalina lächelnd den Kopf schüttelt, bin ich von ihrem Anblick dermaßen abgelenkt, dass ich das Grün der Ampel erst registriere, als sie mich anstößt.

»Fahr.«

Ich trete das Gaspedal durch.

Die nächsten Minuten schweigt sie, und ich beschließe, ihr

die nötige Zeit zu geben, damit sie selbst zu einer Entscheidung kommen kann.

Schließlich dreht sie sich zu mir. »Falls ich deine Hilfe annehme …«

Meine Mundwinkel heben sich zu einem breiten Lächeln.

»Ich sagte *falls*.«

»Mhm. Ich höre.«

Sie wirft die Arme in die Luft. »Ich bereue es jetzt schon.«

»Was bereust du?«, necke ich sie.

»Deinen Vorschlag anzunehmen, mir von dir helfen zu lassen.«

»Soll das eine Bitte sein?« Sie gibt einen weiteren unzufriedenen Laut von sich, woraufhin ich kurz auflache und hinzufüge: »Ich würde nichts lieber tun, als dir zu helfen.«

»Du bist gerade unglaublich selbstgefällig.«

»Und du bist entzückend aus der Fassung gebracht.«

Sie senkt den Kopf, um ihre roten Wangen zu verbergen.

Ich beschließe, sie von ihrem Leid zu erlösen. »Du wirst es nicht bereuen. Versprochen.«

Diese Schlacht habe ich vielleicht gewonnen, aber der Ansturm auf die schützenden Mauern, die Catalina um sich hochgezogen hat, beginnt gerade erst.

Und ich freue mich darauf, sie eine nach der anderen einzureißen.

KAPITEL VIERZEHN

Catalina

Heute Abend hat Luke mir eine Nachricht geschickt und mich eingeladen, mir die neue Espressomaschine anzusehen, die er während seiner letzten Schicht im Pausenraum im ersten Stock installiert hat. Aufgeregt wie ein kleines Kind zu Weihnachten zähle ich die Minuten bis zu meiner halbstündigen Pause. Mehr als einmal muss ich mich ermahnen, mich zu beruhigen und meine Aufregung zu zügeln.

Es geht nur um einen Kaffee, rufe ich mich innerlich zur Ordnung, als ich mich dabei ertappe, wie ich zum dritten Mal innerhalb der vergangenen zehn Minuten auf die Uhr schaue.

Um drei Uhr gehe ich mit einer Leichtigkeit in der Brust, die ich die ganze Nacht nicht gespürt und allein Luke zu verdanken habe, in den ersten Stock hinunter. Die Schicht war bisher nicht so schlimm wie die, in der ich vor Luke in Tränen ausgebrochen bin, aber trotzdem furchtbar. Vor allem, weil ich mit Sarahs Eltern darüber sprechen musste, was nun in die Wege geleitet werden muss.

Rasch schiebe ich den traurigen Gedanken beiseite und konzentriere mich stattdessen auf die schönen … Na ja, so schön die Vorstellung sein kann, an meiner Rede als Trauzeugin zu schreiben. Überraschenderweise führt das jedoch nicht dazu, dass ich mich in den ersten Stock schleppe. Ganz im Gegenteil eile ich beinahe im Laufschritt zum Pausenraum, damit ich bloß keine Minute verschwende.

Als ich das kleine Zimmer betrete, sehe ich Luke bereits an der Espressomaschine stehen. Er scrollt auf seinem Handy, während er darauf wartet, dass sich eine Keramiktasse mit Kaffee füllt.

Neugierig schaue ich mich um. Was dem Pausenraum an Platz fehlt, macht er durch seine festliche Dekoration wett. Auf jedem Tisch steht ein Miniatur-Weihnachtsstern, und von der Decke hängen Papierschneeflocken. In einer Ecke stapeln sich Pakete für die Spielzeug-Geschenkeaktion der Stadt; und an der Korkwand darüber rahmt eine Lichterkette eine Liste mit Veranstaltungen, die im Dezember stattfinden.

»Sie haben den Raum sehr schön hergerichtet, oder?«

»Ja.« Beim Klang von Lukes Stimme drehe ich mich zu ihm um.

Luke übt eine Wirkung auf mich aus, die mir Angst machen sollte. Die Art und Weise, wie mein Puls bei einem einzigen Lächeln von ihm, beim Funkeln seiner Augen, wenn er mich ansieht, in die Höhe schießt, ist genau das, was ich mir wünschen würde … und gleichzeitig all das, was ich nicht anstreben sollte. Unabhängig davon, welche Gefühle Luke in mir auslöst, ändert es nichts an der Tatsache, dass ich Anfang des Jahres einen neuen Job an einem neuen Ort antreten werde, während er sich in Lake Wisteria eine Karriere – ein Leben – aufbaut.

Ihr habt einfach ein bisschen Spaß zusammen.

Das ist alles, rede ich mir ein, als Luke sein Handy wegsteckt, um mir seine ungeteilte Aufmerksamkeit zu widmen.

Es fühlt sich immer weniger nach Spaß an und immer stärker nach … nun ja, mehr.

Als er mit seinem Blick aus dunklen Augen einen unsichtbaren Pfad von meinem Gesicht bis zum Bund meiner Hose zieht, geraten meine Gedanken ins Stocken.

»Rentier.« Bei seinem flirtenden Lächeln spüre ich ein Kribbeln im Magen.

»Hä?«

Er reckt das Kinn in meine Richtung. »Dein heutiges Arbeitsoutfit.«

Ich blicke an mir hinab, als könnte ich mich nicht erinnern, was ich angezogen habe.

»Ach so, stimmt. Rentier.«

»Du musst ja eine ganz schöne Sammlung zu Hause hängen haben.«

Meine Wangen werden warm. »Wie meinst du das?«

»Bisher habe ich dich noch keine zweimal im selben Outfit gesehen.«

Ich presse die Lippen zusammen, um ihn bloß nicht zu fragen, warum ihm das aufgefallen ist.

»Und, wie viele sind's?«, fragt er, als ich nicht reagiere.

»Das ist eine ziemlich persönliche Frage.« In meinem Tonfall schwingt ein Hauch von Abwehrhaltung mit.

»Im Austausch für eine Antwort biete ich dir einen Kaffee.« Er greift nach dem vollen Becher und hält ihn mir hin.

»Du hast mir einen Kaffee gemacht?«

»Um bei der Wahrheit zu bleiben, habe ich nicht mehr getan, als eine Kapsel mit Haselnussaroma in die Maschine zu stecken. Den Rest erledigt sie. Aber ja, ich habe ihn nur für dich gemacht.«

Ich versuche, die Tatsache zu ignorieren, dass er tatsächlich meine Lieblingskapseln gekauft hat – und scheitere kläglich. Ich verfluche ihn dafür, dass er so nett und aufmerksam ist. Denn wenn er so weitermacht, werde ich die nächsten zwei Wochen nicht überstehen, ohne irgendwelche Gefühle zu entwickeln.

»Danke.«

»Wenn du mir nicht sagst, wie viele Kasacks du wirklich besitzt, gehe ich davon aus, dass es über dreihundert sind.«

Ich starre ihn entgeistert an. »Das wäre absurd!«

»Vierhundert?«

»Nein.«

»Wie viele dann?«

Wir sehen uns ein paar Sekunden lang in die Augen, ohne zu blinzeln, bevor ich einen resignierten Seufzer ausstoße. »Eine grobe Schätzung? Wahrscheinlich sechzig. Vielleicht auch siebzig …« Seine Mundwinkel zucken. »Ab fünfzig hab ich aufgehört mitzuzählen, also weiß ich es, ehrlich gesagt, gar nicht so genau.«

»Weniger krass, als ich dachte.«

Ich strecke die Hände nach dem Kaffee aus, und er reicht

mir den Becher. Dabei streift er mit den Fingern die Innenseite meines Handgelenks, und ich unterdrücke ein Lächeln, als sich in meinem Bauch die vertrauten Schmetterlinge bemerkbar machen. Es ist mir nicht entgangen, dass Luke immer wieder nach Wegen sucht, unauffällig Berührungen zwischen uns zu initiieren, dennoch gebe ich vor, es nicht zu bemerken. Weil es mir insgeheim gefällt. Es gibt mir das Gefühl, begehrt zu werden. Und ich werde mich bestimmt nicht freiwillig um dieses Gefühl bringen, indem ich so tue, als wäre es mir unangenehm.

Luke deutet auf einen Tisch in einer Ecke des Pausenraums. Dort zieht er einen Stuhl für mich hervor und wartet, bis ich mich gesetzt habe, bevor er mir gegenüber Platz nimmt.

Wir werden nicht ins Schwärmen geraten. Wir werden nicht …

Er unterbricht mein stummes Mantra mit einer weiteren Frage. »Wie schaffst du es, so viele Klamotten von einer Arbeitsstelle zur nächsten zu transportieren?«

»Ich haben einen zusätzlichen Koffer, der für meine Arbeitskleidung reserviert ist. In der Regel bin ich zweimal im Jahr bei meinen Eltern; bei der Gelegenheit tausche ich sie aus.«

»Clever. Das heißt, du hast welche für jede Jahreszeit und zu jedem Anlass?«

»Genau. Letztes Jahr hat mich Gabriela allerdings gezwungen zu versprechen, mir nur noch ein neues Outfit pro Saison zu gönnen.«

»Also vier pro Jahr?«

»Jepp.«

»Warum machst du das?«

»Weil wir beide Süchte haben, die wir zu überwinden versuchen.«

Es ist schließlich nicht meine Schuld, dass mein Lieblingshersteller für medizinische Berufskleidung alle paar Monate neue Modelle auf den Markt bringt, oder? Ich bin eindeutig ein Opfer des Kapitalismus und der Konsumgesellschaft.

Als Luke sich lächelnd vorbeugt, bringt er mich damit völlig aus dem Konzept. »Klingt ernst.«

»Wem sagst du das. Wenn ich gegen mein Kaufverbot für Arbeitsoutfits verstoße, bin ich geliefert.«

»Inwiefern?«

»Das geht nur meine Schwester und mich was an.«

Er mustert mich nachdenklich. »Aufgrund deines Gesichtsausdrucks gehe ich davon aus, dass die Konsequenzen verheerend wären.«

»Du liegst mit deiner Annahme nicht daneben.«

»Hast du schon mal daran gedacht, wegen dieser angeblichen Sucht einen Arzt aufzusuchen?«

Ich unterdrücke ein Lachen. »Nein.«

»Wie gut, dass du ein paar kennst. Ich biete gerne meine Hilfe an.«

»Besteht da kein Interessenkonflikt?«

»Kommt darauf an, ob du willst, dass einer besteht.«

Seine Augen funkeln, als wären tausend Edelsteine unter der Oberfläche gefangen. Tief in meinem Inneren regt sich Verlangen, und ich spüre, wie sich meine Muskeln anspannen.

Ich hole Luft. »Lass uns erst diese Hochzeit hinter uns bringen – meine Sucht kann warten.«

Sein Grinsen erlischt. »Hast du was zu schreiben dabei?«

»Ja.« Ich ziehe ein kleines Notizbuch aus meiner Brusttasche und werfe es auf den Tisch.

Er greift danach und blättert bis zu einer leeren Seite. »Fangen wir mit den Grundlagen an.«

»Und die wären?«

»Was ist deine schönste Erinnerung an Gabriela und dich?«

»Das sind die Grundlagen?«

»Scheint mir ein ebenso guter Ausgangspunkt zu sein wie jeder andere.«

»Ich …« Vermutlich gar keine so blöde Idee von ihm. Statt also weitere Gründe zu finden, die dagegensprechen, denke ich über meine Antwort nach. »Als Kinder haben wir uns ganz oft als Braut und Bräutigam verkleidet und ›Familie‹ gespielt.«

Luke lehnt sich auf seinem Stuhl zurück und verschränkt die Arme vor der Brust, was meine Aufmerksamkeit auf die Muskeln lenkt, die sich unter dem Stoff seines Oberteils abzeichnen.

»Wer war die Braut?«, hakt er nach, als ich nicht fortfahre.

»Meistens wir beide.«

»Und die anderen Male?«

Ich verdrehe die Augen. »Gabriela hat mich immer angefleht, den Mann zu spielen.«

»Und ich vermute, du konntest nicht Nein sagen.«

»Machst du Witze? Sie ist jedes Mal in Tränen ausgebrochen, wenn ich vorgeschlagen habe, die Rollen zu tauschen.«

Er lacht leise.

»Zu den Hochzeiten haben wir unsere Eltern und alle unsere Kuscheltiere eingeladen. Wir holten unser Puppengeschirr raus, und später am Abend wurde Karaoke gesungen. Wir haben stundenlang auf den Füßen unseres Vaters gestanden und gesungen und getanzt. Jede von uns hatte ihr ganz besonderes eigenes Lied; keine Ahnung, wie er es ausgehalten hat, sich immer wieder dieselben zwei Songs anzuhören.«

Als ich aufschaue, merke ich, dass Lukes Blick auf meinem Gesicht ruht.

»Was?«

»Nichts. Das ist eine gute Geschichte …«

»Aber?«

»Nichts aber.« Er schaut weg.

»Luke Darling, hast du mich gerade etwa angelogen?«

»Nein.« Seine Wangen färben sich rosa.

»O mein Gott.« Dass Luke beim Lügen ausnahmsweise mal kein Perfektionist ist, bringt mich zum Lachen. »Ich weiß ja nicht, ob dir das schon mal jemand gesagt hat, aber du bist wohl der schlechteste Lügner der Welt.«

Er brummt etwas Unverständliches.

»Das ist süß«, füge ich hinzu.

»Was ist süß?«

»Die Tatsache, dass du vermutlich nicht mal lügen könntest, wenn es um dein Leben ginge.«

»Ach, halt den Mund.« Er fährt sich mit beiden Händen übers Gesicht, als könnte er damit die Verlegenheit wegwischen.

»Oho, sieh mal einer an, wie schüchtern du auf einmal bist.«

»Weißt du was? Du kannst deine Rede allein schreiben.« Er wirft das Notizbuch auf den Tisch und steht auf.

Ich halte ihn am Arm fest, um ihn am Gehen zu hindern. »Hey, so läuft das nicht. Du hast versprochen, mir zu helfen.«

Seine Augen werden schmal. »Da wusste ich noch nicht, mit was für einem feindlich gesinnten Arbeitsumfeld ich es zu tun haben würde.«

»Feindlich?«

»Ja, weil Sie, Catalina Martinez, eine Tyrannin sind.«

»Wie bitte?«

»Du hast mich schon verstanden.«

Wag es jetzt bloß nicht zu lachen.

In seinen Augen flackert Erkenntnis auf, als könnte er meine Gedanken lesen.

»Das wird alles in meine Beschwerde bei der Personalabteilung einfließen.«

»Die scheint von Tag zu Tag länger zu werden.«

»Wenn das so weitergeht, kann ich bald ein ganzes Enthüllungsbuch über dich schreiben.«

Ich verdrehe die Augen. »So interessant bin ich auch wieder nicht.«

Sein umwerfendes Lächeln lässt mich für einen Moment Zeit und Raum vergessen. »Da liegst du falsch.«

Ich halte den Atem an.

»Mich interessiert alles an dir.« Sein Blick huscht über mein Gesicht, und ich spüre, wie meine Wangen unter seinem prüfenden Blick warm werden.

Seine Lippen öffnen sich, doch er wird von einem Pfleger unterbrochen, der in diesem Moment den Raum betritt.

»Dr. Darling. Eileen sucht sie. Es geht um den Patienten mit der Magensonde in 2B.«

»Wie ist der Zustand des Patienten?«, wechselt Luke von einer Sekunde auf die andere in den Arztmodus, greift nach seinem Stethoskop und legt es sich um den Hals.

Insgeheim muss ich mir eingestehen, dass sein nahtloser Rollenwechsel vom charmanten Flirt zum Mediziner verdammt heiß ist. Er trägt vielleicht keinen weißen Kittel, aber bei der Energie, die er ausstrahlt, wird mehr als deutlich, dass er ein Mann ist, der Verantwortung übernimmt.

»Es ist alles in Ordnung«, beruhigt der Pfleger. »Sie haben nur vergessen, das Entlassungsformular zu unterschreiben. Eileen bereitet gerade die Unterlagen für morgen vor.«

Die Anspannung weicht aus Lukes Schultern. »Warum wurde ich nicht angepiepst?«

»Das wollte Eileen eigentlich machen, aber ich dachte, so haben Sie ein wenig mehr Zeit für Ihre Pause. Es eilt ja nicht so sehr.«

»Danke. Ich bin gleich da.«

Der Pfleger verabschiedet sich mit einem Nicken und verlässt den Raum.

Luke reibt sich den Nacken. »Ich sollte gehen. Wie ich Eileen kenne, treibt sie die fehlende Unterschrift in den Wahnsinn.«

»Viel Glück.«

»Sollen wir morgen mit der Rede weitermachen?«

»Da arbeite ich nicht.«

»Ich weiß.« Sein Lächeln verwandelt sich in ein breites Grinsen.

Sich außerhalb der Arbeit zu treffen, ohne dass Gabriela oder Aiden dabei sind, ist irgendwie ein größerer Schritt. Es fühlt sich an, als würden Luke und ich uns bewusst darum bemühen, Zeit miteinander zu verbringen, ohne dass Freunde oder Familie als Puffer dienen.

Er möchte dir nur helfen.

Ja, und gleichzeitig versucht er, mir bei jeder Gelegenheit näherzukommen.

Luke reibt sich erneut den Nacken – ein nervöser Tick, wie

mir schon häufiger aufgefallen ist, den ich gerne aus ihm herauskitzle. Er wird sogar schon wieder rot, diesmal allerdings eher aus Unsicherheit als aus dem Grund, dass seine geheime Absicht enttarnt wurde.

Verdammt, warum finde ich seine Befangenheit bloß so unfassbar liebenswert? Gerade ich sollte von der Verletzlichkeit anderer eher abgeschreckt werden, aber wenn Luke von selbstbewusst und flirtend zu nervös und unsicher wechselt, zieht mich das geradezu magisch an.

»Woran denkst du?«, frage ich.

»Wir könnten uns im *Nightcap* treffen?«

»Die neue Bar in der Altstadt?« Sie ist von den Goldenen Zwanzigern und den Speakeasys inspiriert. Die Cocktails werden in winzigen Badewannen serviert, und im hinteren Bereich gibt es anscheinend eine versteckte Tür, die in einen geheimen Speiseraum führt. Ich will schon hingehen, seit der Laden vor ein paar Monaten eröffnet hat.

»Ja. Die hast du neulich beim Abendessen erwähnt.«

Ich runzele die Stirn. Ich weiß nur, dass ich davon geredet habe, dass Gabriela hinter meinem Rücken bei der Eröffnung war, während ich nicht in der Stadt war. Lukes Vorschlag, die Bar gemeinsam auszuprobieren, lässt mir vor lauter Möglichkeiten, die ich nicht länger ignorieren kann, den Kopf schwirren. Würde ich auch nur über den geringsten Selbsterhaltungstrieb verfügen, würde ich mir einen Vorwand ausdenken, unter dem ich die Verabredung ausschlagen könnte. Aus dieser *Sache* zwischen uns kann nichts werden, aber Luke scheint es trotzdem versuchen zu wollen. Sollte er verletzt sein, wenn ich abreise, ist das also seine eigene Schuld.

Und was ist mit dir?

Auf keinen Fall werde ich mich innerhalb von zwei kurzen Wochen an jemanden binden. Ich war schon immer übervorsichtig und werde mich garantiert nicht auf eine stürmische Romanze einlassen, die besser in einen kitschigen Fernsehfilm als ins echte Leben passt. Allein der Gedanke daran verleitet mich zu einem verächtlichen Schnauben.

»Und?«, hakt er nach.

»Warum nicht. Da wollte ich schon die ganze Zeit mal hin; und diese Rede schreibt sich schließlich nicht von selbst.«

»Perfekt. Dann haben wir ein Date.« Er zwinkert mir zu, bevor er sich zum Gehen wendet.

Ich korrigiere ihn nicht, dass es kein Date ist. Ich erinnere ihn nicht daran, dass wir uns treffen, um an meiner Rede zu arbeiten, und nicht, um uns besser kennenzulernen.

Ich tue nichts weiter, als zu lächeln und zum Abschied die Hand zu heben, während er den Pausenraum verlässt und dabei einen winzig kleinen Teil meines Herzens mit sich nimmt.

KAPITEL FÜNFZEHN

Luke

Ich hatte schon viele Dates, aber ich kann mich an keines erinnern, vor dem ich so nervös war. Zumindest nicht seit meinem allerersten.

Zum dritten Mal innerhalb von zehn Minuten checke ich meinen Chat mit Catalina, um sicherzugehen, dass ich ihr die richtige Zeit für das Treffen im *Nightcap* genannt habe. Ich hatte ihr angeboten, sie abzuholen, aber sie wollte unbedingt ein Taxi nehmen. Fast wollte ich darauf bestehen, zusammen zu fahren, habe es dann aber doch gelassen, da ich wusste, dass es ihr wahrscheinlich unangenehm wäre, wenn ich sie zu sehr dränge. Catalina scheint keine Frau zu sein, die zimperlich mit überheblichen Alphatypen umgeht, und zum Glück falle ich auch nicht in diese Kategorie. Allerdings bin ich mir nicht sicher, ob mich das zu einem progressiven oder einem dummen Mann macht, denn sie ist bereits zwanzig Minuten zu spät.

Vielleicht hat sie beschlossen, dich zu versetzen.

Ich würde es ihr nicht verübeln, nachdem ich unsere Verabredung als »Date« bezeichnet habe. Würde sie gleich absagen, weil sie angeblich eine Lebensmittelvergiftung hat, wäre ich enttäuscht, aber nicht überrascht.

Ich schwanke zwischen der Entscheidung, sie anzurufen oder ihr eine beiläufige Nachricht zu schreiben, wo sie steckt, doch bevor ich mich für eine der beiden Optionen entscheiden kann, die vermeintlich weniger verzweifelt rüberkommt, schwingt die Eingangstür auf.

Ein heftiger Windstoß treibt die Personen, die im Eingang stehen und auf einen Tisch warten, auseinander. Catalina ist in ihrem cremefarbenen Peacoat, Jeans und einer Strickmütze mit zwei Bommeln leicht zu erkennen. Sie schaut sich um, bevor ihr Blick auf mir landet. Die Röte auf ihren Wangen intensiviert sich, als sich unsere Blicke treffen, und mein Herzschlag beschleunigt sich.

Ich rutsche von der ledernen Bank und stehe auf, um sie zu begrüßen.

»Hey.« Sie reibt sich die Arme. »Tut … mir … leid … dass ich … so spät … dran … bin.« Ihre Zähne klappern so heftig, dass sie zwischen jedem Wort eine stotternde Pause einlegen muss.

Ich habe keinen blassen Schimmer, was mich reitet, als ich die Arme um sie lege und sie an mich ziehe, aber im einen Moment schaut sie noch mit zurückgeneigtem Kopf zu mir auf, im nächsten sinkt sie seufzend an meine Brust.

»Bist du zu Fuß gekommen?«, frage ich scherzhaft.

»Ja.« Sie vergräbt ihr Gesicht in meinem Pullover. »Nachdem zwei Uber kurzfristig die Fahrt gecancelt haben.«

Das macht mich so wütend, dass ich kaum noch das Gefühl ihrer Nähe genießen kann. »Was für Arschlöcher.«

Ich will mich von ihr lösen, aber sie gibt ein protestierendes Knurren von sich und zieht mich mit einem gemurmelten »Noch nicht« wieder an sich. Ich hoffe, sie merkt nicht, wie heftig mein Herz pocht. Oder vielleicht doch? Immerhin würde ihr dann bewusst, was ihre Nähe mit mir anstellt.

Ich bin nicht der Typ, der seine Gefühle hinter widersprüchlichen Signalen und Spielchen verbirgt. Wenn ich eine Frau mag, lasse ich sie das spüren, und in Catalinas Gegenwart verhalte ich mich in etwa so subtil wie eine blinkende Leuchtreklame um Mitternacht.

»Du hättest mich anrufen sollen, damit ich dich abholen komme«, sage ich und kämpfe gegen den Drang an, sie zu schütteln.

»Ich dachte, der Spaziergang würde mir vielleicht guttun.«

»Gut für was? Eine Lungenentzündung?« Doch ihr gedämpftes Lachen an meiner Brust lässt meine Verärgerung auf der Stelle verpuffen.

Ich dirigiere sie neben mir auf die Bank in der Sitzecke, lege meinen Arm um sie und ziehe sie sofort wieder an mich. So dicht, dass kein Blatt mehr zwischen uns passt. Catalina schmiegt sich auf perfekte Weise an meine Seite – wie ein fehlendes Puzzleteil, das genau hineinpasst –, und ich frage mich, wie ich es die letzten zwei Jahre ausgehalten habe, sie zu meiden.

Weil du nicht wusstest, was dir entgeht.

Jetzt, da ich es weiß, habe ich vor, jede Gelegenheit zu nutzen, und sei sie noch so winzig.

»Du kannst von Glück reden, wenn du nicht krank wirst«, sage ich, als Catalina endlich aufhört zu zittern.

»Ich werde so gut wie nie krank.« Sie zieht die Nase hoch.

»Ehrlich gesagt, wäre ich schockiert, wenn du es nicht werden würdest. Wie viel Grad sind es draußen? Unter null?«

Sie schaut zu mir hoch. »Gabriela bringt mich um, wenn ich vor ihrer Hochzeit krank werde. Außerdem plant meine Mutter eine *Parranda* …«

»Eine was?«

»*Una parranda.* Das ist wie Weihnachtslieder-Singen, aber wir ziehen dabei von Haus zu Haus und feiern am Ende zusammen eine Party.« Sie lächelt, und all der Lärm in der Bar und meine Sorge, dass sie krank werden könnte, verblassen, als sich ein Ausdruck puren Glücks auf ihr Gesicht legt.

»Darf ich mitmachen?«, platze ich heraus, ohne vorher darüber nachzudenken. Wenn Catalina beim Gedanken an eine *Parranda* derart glücklich strahlt, möchte ich unbedingt dabei sein. Allein schon, weil ihr die Tradition eindeutig sehr wichtig ist.

Sie beißt sich auf die Unterlippe. »Musst du am Samstag nicht arbeiten?«

»Hast du meinen Dienstplan auswendig gelernt?«

»Nein.« Ihre Wangen färben sich noch röter.

»Ich fänd's okay. Irgendwie wäre es sogar richtig süß – auf eine gewisse Stalkerinnen-Art.«

Sie stößt übertrieben genervt den Atem aus. »Vielleicht hat Aiden was in der Richtung erwähnt.«

»Und du hast es dir gemerkt? Ich fühle mich geschmeichelt.«

Sie verdreht die Augen. »Bist du immer so nervig?«

»Kommt drauf an, ob ich mich in der Gegenwart einer schönen Frau wie dir befinde oder nicht.«

Sie senkt den Blick und schiebt sich eine Haarsträhne hinters Ohr.

»Also … diesen Samstag?«, komme ich auf das eigentliche Thema zurück. »Ich kann jemanden bitten, meinen Dienst zu übernehmen.«

»In Ordnung. Wenn du darauf bestehst …«

»Das tue ich.«

Sie kämpft mit einem Lächeln – und verliert. »Ich leite dir die Infos weiter, sobald meine Mutter sie mir schickt.«

»Hört sich gut an.«

Im nächsten Moment verzieht sie das Gesicht und niest. Das Geräusch ist so niedlich, dass es mich zum Lachen bringt.

»O nein.« Sie lässt den Kopf gegen das Rückenpolster fallen. »Wenn ich wirklich krank werde …«

»Ich habe dir angeboten, dich abzuholen.«

Super Idee, ihr das jetzt noch mal unter die Nase zu reiben, Luke.

»Ich geb's ja schon zu, ich war stur, aber ich habe meine Lektion gelernt. Leider auf die harte Tour.« Seufzend lässt sie sich wieder an meine Seite sinken.

Es wäre sinnlos, ihr wegen der Entscheidung ein noch schlechteres Gewissen zu machen, als es sie offensichtlich ohnehin schon plagt. Immerhin hat die Tatsache, dass sie mein Angebot für eine Mitfahrgelegenheit abgelehnt hat, dazu geführt, dass sie sich jetzt an mich kuschelt. Also beschließe ich, es mit einer letzten Bitte gut sein zu lassen.

»Erspar dir beim nächsten Mal bitte die Lungenentzündung und ruf mich an.«

Sie legt den Kopf in den Nacken und grinst mich an. »Wer sagt, dass es ein nächstes Mal gibt?«

»Oh, da habe ich keine Zweifel.«

Ihre Augen werden schmal. »An Selbstbewusstsein mangelt es dir jedenfalls nicht, was?«

»Bei dir? Niemals.«

Ein Kellner tritt an unseren Tisch, und wir bestellen etwas zu trinken.

»Hast du an deiner Rede weitergearbeitet?«, frage ich.

»Nein.«

Perfekt. Das hatte ich gehofft. Ich möchte das Projekt so lange wie möglich hinauszögern.

Als Catalina das Notizbuch aus der Innentasche ihres Mantels zieht, fällt mir auf, dass ihre Hände noch immer zittern. Rasch nehme ich sie wieder zwischen meine, damit sie schneller warm werden.

»Dir fällt wohl immer wieder einer neuer Grund ein, mich zu berühren.« Der sanfte, zufriedene Seufzer, der ihren Worten folgt, geht mir durch Mark und Bein und erreicht darüber hinaus Stellen, die in diesem Moment eigentlich nicht erregt sein sollten.

»Ist das so deutlich?«

»Ich glaube, Feingefühl ist nicht gerade deine Stärke.«

»Und ich bin mir nicht sicher, ob ich das als Beleidigung auffassen sollte oder nicht.«

Sie grinst verschmitzt. »Dann lassen wir das mal offen für Interpretationen.«

Es dauert ein paar Minuten, bis ihre Hände warm sind, und bis dahin dreht sich unser Gespräch um die Rede. Erst als Catalina das Notizbuch aufschlagen möchte, gebe ich sie widerwillig frei.

»Willst du eher in die rührselige oder in die lustige Richtung gehen?«, erkundige ich mich.

»Wie ist deine Rede?«

»Eine Mischung aus beidem.«

»Moment mal, du kannst *lustig* sein?«

Ich funkle sie finster an, woraufhin sie in Gelächter ausbricht.

Verdammt. Noch nie hat mich ein Laut des Glücks so berührt, und noch nie habe ich mich dermaßen danach gesehnt, einen Weg zu finden, dieser Person die Reaktion ein weiteres Mal zu entlocken.

Sie stößt mich mit der Schulter an. »Ich mache nur Spaß. Wenn ich drüber nachdenke, möchte ich, glaube ich, auch eine Mischung aus beidem. Zu viele Emotionen sind den Leuten vielleicht unangenehm.«

»Warum?«

»Die meisten denken, dass ich keine Emotionen habe.« Die beiläufige Art, auf die sie das sagt, versetzt mir einen schmerzhaften Stich.

»Wie kommst du darauf?«

Sie starrt auf ihr Notizbuch, als wäre die Seite beschrieben, dabei ist sie noch vollkommen leer.

»Catalina?«

Ihr tiefer Seufzer fühlt sich an, als würde mir jemand ein schweres Gewicht auf die Brust legen. »Ich weiß, was manche Leute hinter meinem Rücken über mich sagen.«

Ich glaube nicht, dass ich jemals solch eine Wut auf jemanden – oder etwas – verspürt habe.

Sie schließt eine Hand zur Faust und streckt den Daumen hoch. »In sich gekehrt und verbittert.« Sie hebt den Zeigefinger. »Kalt und arrogant.« Ihr Mittel- und Ringfinger lösen sich aus der Faust. »Die weniger nette Martinez-Schwester.« Sie wackelt mit dem kleinen Finger.

Ich greife nach ihrer Hand und verschränke sie mit meiner. »Genug davon.«

»Wieso? Du weißt doch aus eigener Erfahrung, dass es stimmt.«

Ich schüttle den Kopf. »Ich weiß nur, dass Meinungen genau das sind: Meinungen, keine Fakten. Und ehrlich gesagt verdient es niemand, der so über dich denkt, dass du ihm das Gegenteil beweist.«

Catalina mag zwar auf Distanz zu anderen gehen, aber das macht sie weder gefühllos noch verbittert, und ich hasse mich dafür, dass ich den falschen Annahmen über sie auch nur für eine Sekunde Glauben geschenkt habe. Sicher, eine sehr überschaubare Gruppe von Menschen in der Stadt hat sie als zurückgezogen und desinteressiert an sozialen Kontakten beschrieben, was in einer kleinen Gemeinde meist nicht gut ankommt; aber langsam beginne ich zu begreifen, dass Catalina zwar Menschen mag, sie aber nicht mögen *möchte.*

»Liegen sie mit ihrem Urteil denn wirklich so daneben? Ich gebe mir tatsächlich keine besondere Mühe, einen großen Freundeskreis zu haben.«

»Warum nicht?«

Sie braucht so lange, um zu antworten, dass ich schon damit

rechne, dass da nichts mehr kommt, aber dann überrascht sie mich, indem sie sagt: »Ich war schon immer schüchterner als Gabriela. Weniger selbstbewusst und bereit, mich zu öffnen, und dann ziehen die Leute schnell ihre eigenen Schlüsse.«

Meine Anspannung verstärkt sich. »Du weißt, was man über Leute sagt, die voreilige Schlüsse ziehen?«

Bei ihrem harten Lachen muss ich die Stirn runzeln.

»Ja. Aber ich versuche auch nicht gerade, ihnen das Gegenteil zu beweisen.«

»Wenn sie sich bemühen würden, dich kennenzulernen – *richtig* bemühen –, würden sie anders denken.«

Ihr Lächeln ist traurig. »Manche Leute versuchen es, aber ich mache es ihnen nicht besonders leicht, mit mir ins Gespräch zu kommen. Ich bin nicht gerade … sympathisch.«

»Blödsinn.« Ich ziehe sie noch fester an meine Seite. »Nur weil man sich anderen Menschen nicht so schnell öffnet, bedeutet das nicht, dass man unsympathisch ist. Zumindest empfinde ich das so.«

Es ist offensichtlich, dass Catalina weder arrogant noch unhöflich ist, wie es manche Leute anscheinend aufgrund einer einzigen Interaktion annehmen. Sie ist einfach eine schüchterne, vorsichtige Person, die nicht gut mit Menschen umgehen kann, die ihr nicht vertraut sind.

Sie schaut wieder auf ihren Schoß hinab. »Wahrscheinlich hast du recht.«

»In dem Fall habe ich auf jeden Fall recht. Und wenn du mich fragst: Ich bin sehr froh, dass du mir eine Chance gegeben hast.«

Ein kleines Lächeln umspielt ihre Mundwinkel. »Wirklich?«

»Lass dir das bloß nicht zu Kopf steigen.«

»Um gegen dich im Wettstreit um das größte Ego der Stadt anzutreten? Danke, aber ich passe.«

In den nächsten zwei Stunden arbeiten wir bei einigen Drinks an ihrer Rede und tauschen Geschichten über das glückliche Paar aus, bis Catalina sich eine Hand auf den Bauch drückt und behauptet, dass er ihr vom vielen Lachen wehtut. Woraufhin ich protestiere, dass man gar nicht genug lachen kann, und verkünde, sie bis zu ihrer Abreise so häufig wie möglich zum Lachen zu bringen.

Falls sie sich dafür entscheidet abzureisen. Die Chancen mögen nicht besonders gut stehen, aber vielleicht – ganz vielleicht – würde sie in Betracht ziehen, noch eine Weile zu bleiben, wenn sie einen guten Grund dafür hätte?

Und der wäre zum Beispiel was? Du?

Der Gedanke erscheint selbst mir vollkommen lächerlich. Andererseits freue ich mich jetzt schon – bevor wir uns überhaupt verabschiedet haben – auf unser nächstes Wiedersehen. Ist es also wirklich dermaßen abwegig?

Nur, wenn es dir nichts ausmacht, dabei verletzt zu werden.

Ich schiebe die negativen Gedanken beiseite. Zeit mit Catalina zu verbringen, fühlt sich für mich wie die natürlichste Sache der Welt an. Sie hat etwas an sich, das mich nach mehr verlangen lässt.

Mehr Zeit. Mehr Lachen. Mehr *sie*.

Zum Glück haben wir heute Abend nur den ersten Absatz ihrer Rede geschrieben, sodass wir uns wohl morgen im Laufe unseres Dienstes treffen müssen, um weiter daran zu arbeiten.

Kommt mir gelegen, um es mal so auszudrücken.

Catalina nach Hause zu fahren, nachdem sie bei ihrem Spaziergang zum *Nightcap* fast erfroren wäre, ist selbstverständlich für mich. Nachdem wir die letzten Stunden zusammen verbracht und Geschichten über die Arbeit, unsere Freundinnen und Freunde und das bald verheiratete Paar ausgetauscht haben, fällt es mir außerdem schwer, den Abend zu beenden.

Catalina lässt die Tatsache, dass ich einen Umweg zum Haus ihrer Eltern nehme, unkommentiert. Während der Fahrt hören wir das neue Album eines bisher eher unbekannten Künstlers, den wir beide gut finden, und singen die Songs mit. Zwischendurch drücken wir immer wieder auf Pause, um gemeinsam den Text zu analysieren.

Nach diesem ersten Date fühle ich mich Catalina verbundener als je zuvor und fiebere noch mehr auf unser nächstes hin, als ich das ohnehin schon den ganzen Abend über getan habe.

Als ich in die Einfahrt ihres Elternhauses einbiege, platzt unsere kleine Blase.

Ich bitte sie, sitzen zu bleiben, während ich um den Wagen herumgehe, um ihr die Beifahrertür zu öffnen. Der Wind ist schneidend, aber ich spüre ihn kaum, als Catalina mit einem Lächeln aus meinem SUV steigt.

»Es wird jedes Jahr kälter.«

»Ich glaube eher, dass du die Kälte nur nicht mehr gewöhnt bist«, ziehe ich sie auf.

Catalina wendet sich dem Haus zu. Mit einer Hand auf ihrem unteren Rücken gehe ich neben ihr her zur Eingangstür, wo sie stehen bleibt und in ihrer Handtasche nach dem Schlüssel kramt.

Während ich warte, schlägt mir das Herz bis zum Hals, schnell und unregelmäßig.

»Also …« Ich lasse das Wort in der Luft hängen, während ich mir den Nacken reibe.

Sie folgt der Bewegung mit dem Blick. »Was?«

»Ich weiß, wir haben über morgen gesprochen, aber …«

Sie schweigt, so still wie die Nacht, die uns umgibt.

»Also, ich habe mich gefragt, ob …« Offensichtlich ist mir die Fähigkeit abhandengekommen, einen vollständigen Satz zu formulieren.

»Ja?« Ihre Lippen verziehen sich zu einem wissenden Grinsen. Sie wird es mir nicht leicht machen, so viel steht fest, also beschließe ich, es hinter mich zu bringen.

»Hättest du Lust, dich wieder mit mir zu treffen? Nicht nur, um an der Rede weiterzuschreiben, meine ich.«

Sie grinst. »Als Freunde?«

Ich möchte diesen unfassbar süßen Ausdruck aus ihrem Gesicht küssen, und zwar sofort. Wir haben nicht den ganzen Abend zusammen verbracht, geflirtet und über unser Leben gesprochen, damit ich jetzt in die Friendzone verbannt werde.

Scheiß drauf.

Catalina atmete scharf ein, als ich ihr sanft eine Hand in den Nacken lege und sie an meine Brust ziehe. Ihr Blick fällt auf meinen Mund. Eine Einladung zu tun, worüber ich bereits den ganzen Abend nachgedacht habe. Seit dem Moment, als sie ihre Arme unter dem Vorwand, sich nach Körperwärme zu sehnen, um mich geschlungen hat.

Ich senke den Kopf und beuge mich vor, ohne die Augen zu schließen, bis ich sehe, dass sie mir entgegenkommt und ihre Lippen öffnet. Erst dann senke ich meinen Mund auf ihren. Ein Seufzen entringt sich ihrer Kehle, während sie das Revers meines Mantels umfasst und mich so dicht an sich heranzieht, bis kein Platz mehr zwischen unseren Körpern ist.

Der Kuss ist sanft, aber elektrisierend, und meine Haut kribbelt vor Vorfreude. Ich schlinge meinen anderen Arm um sie und drücke sie an meine Brust, während sie den Kuss vertieft und meinen Mund mit ihrem Geschmack flutet.

Nach ein paar Augenblicken löse ich mich schwer atmend und mit einem vor Verlangen harten Schwanz von ihr. »Beantwortet das deine Frage?«

»Hm … Ich glaube, es ist noch eine weitere Bestätigung nötig.« Sie stellt sich auf die Zehenspitzen und presst erneut ihren Mund auf meinen.

Mein Kopf wird mit jeder Sekunde, die vergeht, benebelter, und ich verliere jegliches Zeitgefühl. Doch all das spielt keine Rolle, denn die Hitze, die durch meine Adern pulsiert, macht mich gegen jegliche winterliche Kälte von außen immun. Ich fahre mit den Fingern durch Catalinas Haar, während ihre Arme meinen Nacken umschließen und wir uns weiter küssen.

Es ist nur ein Kuss, versuche ich mich zu ermahnen.

Warum fühlt es sich dann nach so viel mehr an?, fragt eine leise Stimme in meinem Hinterkopf.

Das Schlimmste, was ich mir antun kann, ist, mir Hoffnungen wegen einer Frau zu machen, die nicht die Absicht hat hierzubleiben. Doch ihr aus dem Weg zu gehen, scheint mir ebenso unmöglich, vor allem, wenn sie mit einem einzigen Kuss solche Gefühle in mir auslöst.

Selbst wenn es bedeutet, dass ich verletzt werde.

KAPITEL SECHZEHN

Catalina

Luke Darling küsst mich, wie ich noch nie zuvor geküsst wurde, und ich bin mir nicht sicher, was ich mit dieser Erkenntnis anfangen soll. Es ist besser, als ich es mir je hätte vorstellen können. Als würde mein Körper losgelöst von meinen Gehirn davonschweben. Anders kann ich mir nicht erklären, warum ich an diesem Abend einige sehr fragwürdige Entscheidungen treffe.

Ich schalte meinen Verstand aus und vertiefe den Kuss. Als der Drang, seinen Körper mit meinen kalten Fingerspitzen zu erkunden, zu überwältigend wird, schiebe ich meine Hände unter seinen Mantel und fahre seine Muskeln unter der Kleidung nach.

Seine Hüften zucken nach vorne, während ich mit der Zunge

über seine streiche, bevor ich an seiner Unterlippe sauge. Angesichts seiner offensichtlichen Erregung, mit der er mir zeigt, wie sehr ihm meine Berührungen gefallen, wird mir schwindelig, und mein Ego explodiert geradezu. Ich fühle mich berauscht von seinen Pheromonen, und für einen kurzen Moment wünsche ich mir, nie wieder nüchtern zu werden. Zumindest tue ich das, bis uns ein Nachbar, der am Haus meiner Eltern vorbeifährt, unsanft in die Realität zurückholt: »Geht rein, bevor ihr euch erkältet!«

Die lusterfüllte Dunstglocke, die uns eingeschlossen hat, löst sich auf, und ich starre Luke mit einer Mischung aus Entsetzen und Faszination an. Er hat mich nicht nur geküsst. Er hat jeden Kuss aus meiner Vergangenheit, Gegenwart und Zukunft ruiniert, meine Erwartungen neu geformt und ein Verlangen geschaffen, das nur er stillen kann. Und das macht mir Angst.

Ich trete einen Schritt zurück, als könnte ich durch mehr Distanz zwischen uns sämtliche Gedanken, die etwas mit ihm zu tun haben, aus meinem Kopf verbannen.

Luke scheint meine Ängste nicht zu teilen. Er schließt den Abstand zwischen uns, umfasst mein Kinn und streicht mit dem Daumen über meine Unterlippe.

»Das war …« Er ist atemlos, und sein Blick wirkt verschleiert, als er ihn wieder auf meinen Mund senkt. Er schüttelt den Kopf. »Verdammt …«

Trotz meines Bedürfnisses danach, ihm nahe zu sein, mache ich erneut einen Schritt zurück.

»Catalina«, murmelt er so heiser, dass meine untere Körperhälfte beim Klang der puren Sehnsucht in seiner Stimme pulsiert.

»Ja?«, erwidere ich bemüht neutral.

»Gehst du wieder mit mir aus?«

Ich bin mir nicht sicher, mit was ich gerechnet habe, aber das war es nicht.

»Wer hat gesagt, dass das hier ein Date war?«

Er verzieht das Gesicht.

»Für jemanden, der aussieht wie ein dunkelhaariger Captain America, fehlt es dir eindeutig an Raffinesse.«

»Was soll ich sagen? Du bringst meine schüchterne Seite zum Vorschein.«

»Wirklich?« Das habe ich tatsächlich vermutet, aber es aus seinem Mund zu hören, lässt mich schwindeln.

Erneut reibt er sich den Nacken. Bei dem Gedanken daran, wie oft er das in meiner Gegenwart tut, füllt sich meine Brust mit Wärme, und im Magen spüre ich ein Kribbeln. Hm, vielleicht gefällt es mir irgendwie, ihn aus dem Konzept zu bringen und die Fassade des scheinbar unerschütterlichen Selbstvertrauens, die er sonst zur Schau trägt, einzureißen.

»Denkst du darüber nach oder …« Er lässt den Satz unvollendet. Eine weitere Angewohnheit, die er, wie ich vermute, nur in meiner Gegenwart an den Tag legt.

Ich könnte ihn zurückweisen. Es wäre einfach, erneut die Mauern hochzuziehen, um mich vor dem unvermeidlichen Schmerz zu schützen, den ich empfinden werde, sobald ich die Stadt verlasse. Und um das mögliche Drama zu umgehen, sollte es zwischen uns ernster werden. Gleichzeitig fühlt es sich nach einer der schwierigsten Entscheidungen an, die ich seit Langem treffen muss.

Die Wahrheit ist, dass ich mehr Zeit mit Luke verbringen möchte. Selbst wenn nichts Ernstes daraus werden sollte, kann ich den Impuls nicht leugnen, es ungeachtet aller Gründe, die dagegensprechen, durchzuziehen.

»Was schwebt dir vor?«

Sein Lächeln kehrt mit seiner ganzen Strahlkraft zurück. »Wir treffen uns bei mir, bestellen uns was Leckeres zu essen und bauen an der Galaktischen Kommandozentrale weiter? Wie klingt das?«

Ich verschränke die Arme vor der Brust. »Ist das Lukes Geheimcode für Sex?«

»Verdammt …« Seine Wangen, die bereits von der Kälte gerötet waren, färben sich noch dunkler. Hastig schiebt er die Hände in die Taschen seiner Jacke, als wolle er vermeiden, sich wieder den Nacken zu reiben. »Möchtest du dich lieber woanders treffen? Ich dachte nur, du würdest gerne mit mir zusammen das Set weiterbau…«

»Ich habe nur Spaß gemacht«, erlöse ich ihn. »Das klingt perfekt.«

»Wirklich?«

»Ja. Es ist mir lieber, als in ein Restaurant zu gehen oder so.« Ich hatte in meinem Leben schon einige Dates, aber keiner der Typen hat je Interesse daran gezeigt, etwas so Schlichtes, das mir aber so sehr entspricht, mit mir zu unternehmen. Deswegen werde ich diese Gelegenheit garantiert nicht ungenutzt verstreichen lassen.

»Dann sehen wir uns am Freitag? Gegen sieben?« Sein Selbstvertrauen wächst, und mein Lächeln mit ihm.

»Gerne.«

»Und morgen treffen wir uns wieder im Pausenraum, um an der Rede zu arbeiten?«

»Nur, wenn du mir versprichst, einen Kaffee für mich bereitzuhalten.«

»Abgemacht.«

Als er sich mit einem zarten Kuss auf die Lippen von mir verabschiedet, kribbeln sie selbst dann noch, als er schon bei seinem Auto ankommt.

Ich drehe mich um, schließe die Tür auf und schleiche leise ins Haus. Das Letzte, was ich will, ist, dass meine Eltern aufwachen und mich fragen, mit wem ich so lange unterwegs war.

Behutsam drücke ich die Tür ins Schloss und lasse mich mit dem Rücken dagegen sinken. Dann hebe ich die Hand und fahre mit bebenden Fingerkuppen meine geschwollenen Lippen nach. Wenn mich schon ein einziger Kuss so benommen macht, dann habe ich keinen blassen Schimmer, was die Zukunft mir bringt. Aber eines weiß ich – was auch immer zwischen Luke Darling und mir passiert, mag vielleicht nur vorübergehend sein, aber unsere Verbindung ist alles andere als flüchtig, und das macht mir riesige Angst.

Zum Glück bekomme ich trotz meiner leichtsinnigen Entscheidung, zu Fuß zum *Nightcap* zu gehen, weder eine Lungenentzündung noch eine Grippe, doch dummerweise leide ich an einer anderen Art von Krankheit. Den ersten Anzeichen von Liebeskummer. Zumindest behaupten das meine besten Freundinnen im »Work Wives«-Gruppenchat, nachdem ich ihnen von meinem gestrigen Date erzählt habe.

Nancy:
Ich würde mir, ehrlich gesagt, Sorgen machen, wenn du ihn NICHT mögen würdest.

Nancy:
Ich meine, schau ihn dir doch mal an

Sie schickt ein Foto von Lukes Social Media Account, auf dem er bei einer Weihnachtsgeschenke-Aktion für kranke Kinder als Elf verkleidet mit einem Kollegen im Weihnachtsmannkostüm posiert.

Monica:
Ist dir eigentlich klar, wie wenige Männer es schaffen, in so einem lächerlichen Aufzug gut auszusehen?

Winny:
Vergiss Luke. Was ist mit dem attraktiven Weihnachtsmann-Silberrücken?

Nancy:
...

Monica:
Ich habe keine Ahnung, ob das ein Scherz sein soll

Nancy:
Bitte sag mir, dass es einer ist

Ich:
Ich hoffe es.

Winny:
Was habt ihr denn? Er ist heiß!

Monica:
Ja, klar, wenn man auf Senioren steht …

Winny schickt ein Emoji, das die Augen verdreht.

Ich:
Könnten wir uns bitte wieder aufs Wesentliche konzentrieren?

Monica:
Hat uns Catalina gerade freiwillig gebeten, mit ihr über ihre Gefühle zu sprechen? Bitte, jemand muss Dr. Darling rufen, ich glaube, ich habe gerade einen Herzinfarkt erlitten.

Nancy:
Im Ernst, Leute, über den Namen

werde ich niemals hinwegkommen.
seufz

Nancy:
Kannst du dir vorstellen, »Pflegerin Darling« genannt zu werden?

Ich:
Nein. Ich denke doch nicht nach dem ERSTEN Date gleich ans Heiraten.

Nancy:
Heißt das, es gibt weitere?

Ich:
Vielleicht …

Monica:
Also ja.

Ich rede mir nach wie vor ein, dass ich mich einfach nur darauf freue, an dem LEGO-Set weiterzubauen, aber es fällt mir zunehmend schwer zu ignorieren, dass mein Herz schneller schlägt, wenn ich daran denke, Luke außerhalb des Krankenhauses wiederzusehen. Ich war bisher auf einem einzigen Date mit diesem Mann, und schon schaue ich ständig auf mein Handy, ob er sich gemeldet hat.

Kopfschüttelnd tippe ich meine nächste Nachricht.

Ich:
Ich hab keine Ahnung, warum ich es für eine gute Idee gehalten hab, euch um Hilfe zu bitten.

Monica:
Ich auch nicht.

Nancy:
Sie macht nur Spaß. Ab jetzt sind wir ganz ernst!

Winny:
Und mich unterstützt niemand?

Nancy:
Ich hab dich lieb genug, um zu denken, dass du was Besseres verdienst.

Winny:
Was Besseres als einen heißen Weihnachtsmann?

Monica:
Zwei Worte, die nicht zusammen in einem Satz vorkommen sollten.

Winny:
Offensichtlich bist du nicht mit kitschigen Weihnachtsfilmen aufgewachsen.

Ich stecke mein Handy weg und mache mich für die Arbeit fertig. Dabei nehme ich mir ausnahmsweise etwas mehr Zeit für mein Äußeres, drehe mir Locken in die Haare, trage Eyeliner auf und tupfe ein wenig Highlighter auf die Wangenknochen. Dann schlüpfe ich in ein neues Arbeitsoutfit, das ich bisher noch nicht getragen habe.

Fühle ich mich ein bisschen albern, weil ich mich so darauf freue, Luke zu sehen? Ja, aber was soll's. Wenn es mir damit gut geht, mich zurechtzumachen, dann ist das eben so. Schließlich habe ich nicht viel zu verlieren.

Außer dein Herz.

Ich schiebe den Gedanken energisch beiseite und verlasse mein Schlafzimmer.

Bei meinem Anblick leuchten die Augen meiner Mutter auf; sie schaltet sogar die Fernsehsendung aus, die sie sich gerade angesehen hat, um mir in die Küche zu folgen.

»Du siehst gut aus.«

»Danke.« Ich nehme meine Lunchbox aus dem Schrank und fülle sie mit ein paar Snacks.

»Dein neues Outfit gefällt mir.«

»Oh. Danke.« Verlegen streiche ich mit der Handfläche über das Oberteil, um eine nicht vorhandene Falte zu glätten. Meine Mutter hat bisher nie meine Arbeitskleidung kommentiert, daher bin ich überrascht, dass ihr aufgefallen ist, dass sie neu ist.

Mal ganz von dem ungewohnten Kompliment abgesehen, das sie mir dafür gemacht hat.

»Da hängt noch ein Stück vom Etikett in deinen Haaren.«

Bevor ich selbst danach tasten kann, kommt meine Mutter schon zu mir und zupft das belastende Beweisstück aus meinen Locken.

»Da haben wir es schon.« Sie drückt mir die Schulter, bevor sie meine Locken zurückstreicht, sodass sie mir über den Rücken fallen. »Du siehst wunderschön aus.«

Ich verdrehe die Augen. »Weil ich mich heute geschminkt habe?« Meine Mutter hat uns ständig ermutigt, das Haus nicht ohne Make-up und gestylte Haare zu verlassen, daher wundert es mich nicht, dass sie ausgerechnet heute mit meinem Äußeren zufrieden ist.

»Nein.« Sie schüttelt nachdrücklich den Kopf. »Weil du glücklich aussiehst.«

Ihre Aussage versetzt meinem Herzen – dieses verräterische Organ, das sich in letzter Zeit einfach nicht zusammenreißen will – einen Stich. Mein schlechtes Gewissen regt sich, weil ich automatisch das Schlimmste angenommen habe. Ein Verhalten, an dem ich eindeutig arbeiten muss, wenn ich möchte, dass sich unsere Beziehung jemals verbessert.

Sie gibt sich Mühe, also solltest du das auch tun.

Trotz meiner inneren Stimme bin ich mir unsicher, wie ich reagieren soll. Zum Glück muss ich das aber gar nicht, denn im nächsten Moment zieht sie mich in eine Umarmung und hüllt mich in den Duft ihres blumigen Parfüms und den Hauch von Zimt ein, der während der *Coquito*-Saison stets an ihrer Kleidung und in den Haaren haftet.

»Ich weiß, dass wir es nicht leicht miteinander hatten … besonders in letzter Zeit.« *Das ist noch vorsichtig formuliert.* »Es tut mir leid, dass es nicht immer einfach war, mit mir umzugehen. Ich habe über das, worüber wir neulich gesprochen haben, nachgedacht, und es gibt wirklich nichts, was mich glücklicher macht, als *dich* glücklich zu sehen. Wenn ich dir jemals das Gegenteil vermittelt habe, tut es mir sehr leid. Ich werde daran arbeiten, mich zu bessern.«

»Wirklich?« Ich fange ihren Blick auf, während ich dagegen ankämpfe, in Tränen auszubrechen.

»Wirklich.« Meine Mutter küsst mich auf die Wange, bevor sie die Küche verlässt und mich mit der Frage zurücklässt, ob es vielleicht doch noch Hoffnung für unsere Beziehung gibt.

Da Luke nach dem Ende seines Dienstes noch nicht wie geplant im Pausenraum auf mich wartet, mache ich uns beiden einen Kaffee, bevor ich mich mit den Bechern an denselben Tisch setze, an dem wir das letzte Mal zusammen an meiner Rede gearbeitet haben.

Die Zeit vergeht quälend langsam. Nach zehn Minuten überlege ich, ob ich ihm eine Nachricht schreiben soll. Andererseits möchte ich weder verzweifelt noch needy wirken, und vielleicht wurde er ja auch wegen eines Notfalls aufgehalten. Ich habe dieses Bauchgefühl, dass Luke mich nicht einfach versetzen würde, ohne mir Bescheid zu geben, vor allem nicht nach dem Kuss gestern Abend und seiner Bitte um ein weiteres Date.

Also nehme ich all meinen Mut zusammen und schreibe ihm.

Ich:
Hey. Dein Kaffee wird kalt.

Ich schicke ein Foto von den beiden Bechern hinterher, die ich vor allem deswegen schon vorbereitet habe, weil ich mich beschäftigen wollte, während ich warte.

Wohl eher, weil du ihm eine Freude machen wolltest, murmelt die fiese Stimme in meinem Hinterkopf.

Meine Nachricht wird erst als »zugestellt« und schließlich als »gelesen« angezeigt, während ich mit einem flauen Gefühl im Magen dasitze und auf eine Antwort warte, die nicht kommt.

Nachdem ich weitere zehn Minuten auf mein Handy gestarrt habe, als könnte es jede Sekunde in Flammen aufgehen, kippe ich meinen halb ausgetrunkenen Kaffee und Lukes unangetasteten ins Spülbecken und steuere das Parkhaus an.

Auf der Fahrt nach Hause gewinnen meine negativen Gedanken die Oberhand, und ich gehe bereits vom Schlimmsten aus. Bis ich den Wagen vor dem Haus meiner Eltern parke, hege ich dennoch die leise Hoffnung, dass Luke eventuell geantwortet hat, aber das ist nicht der Fall.

Hat er nach gestern Abend kalte Füße bekommen? Ist er zu dem Schluss gekommen, dass ich die Mühe nicht wert bin, weil ich sowieso bald wieder weg bin?

Ich kann die sorgenvollen Gedanken, die mich plagen, nicht abschütteln, und dass Luke meine Nachricht nicht beantwortet, macht es nur noch schlimmer. Er hätte sich längst melden müssen, aber vielleicht will er gar nichts mehr mit mir zu tun haben.

Die Vorstellung löst alle möglichen Gefühle in mir aus, die

mich nicht zur Ruhe kommen lassen. Ganz egal, womit ich mich zu beschäftigen versuche, kann ich den Ärger darüber, jemanden nach nur einem Date dermaßen zu mögen, nicht abschütteln. Ich habe mir immer wieder vor Augen gehalten, dass ich nach Silvester abreisen werde und es daher am besten wäre, mich nicht auf Luke einzulassen. Und jetzt quäle ich mich, indem ich auf eine Nachricht von ihm warte.

Weil du anfängst ihn zu mögen.

Die Erkenntnis trifft mich härter als erwartet, und ich bin mir nicht sicher, was ich damit anfangen soll. In meinem Beruf, für den ich ständig unterwegs bin, ist es für mich keine Option, mich von jemandem aus Lake Wisteria abhängig zu machen. Insbesondere nicht von jemandem, der auf die ein oder andere Weise immer ein Teil meines Lebens sein wird, weil er mit meinem zukünftigen Schwager befreundet ist.

Vielleicht hättest du dir das überlegen sollen, bevor du dich auf ein Date mit ihm eingelassen hast.

Luke hat etwas an sich, das den Wunsch in mir geweckt hat, es zumindest auszuprobieren. Aiden hat nie versucht, die Schutzwälle einzureißen, die ich um mich herum aufgebaut habe. Luke dagegen ist es gelungen, mich mit nur wenigen Anläufen dazu zu bringen, vielleicht doch jemanden an mich heranzulassen.

Ein Fehler.

Die Situation, in der ich mich befinde, beweist, warum ich an meinem ursprünglichen Plan hätte festhalten sollen, mich die vier Wochen in Lake Wisteria abzuschotten, bis ich nach Kalifornien aufbreche.

Anstatt meinen pessimistischen Gedanken noch mehr Nahrung zu geben, beschließe ich, mich lieber auf meine Zukunft zu konzentrieren, und checke, ob das Apartment in L.A., in dem ich schon mal gewohnt habe, noch verfügbar ist. Denn im Gegensatz zu der Sache mit Luke steht meine Abreise nach Los Angeles fest.

KAPITEL SIEBZEHN

Luke

Jedes Mal, wenn ich einen Patienten verliere, verfalle ich in das schädliche Muster, mich dafür zu bestrafen, indem ich mir einrede, nicht alles Menschenmögliche unternommen zu haben, um ihm zu helfen. Das ist weder gesund, noch entspricht es der Wahrheit, aber ich kann nichts dagegen tun. Ich bin der Arzt, der dafür verantwortlich ist, Leben zu retten. Weswegen mich, wenn es mir nicht gelingt, das Gefühl befällt, versagt zu haben. Ein Leben zu verlieren, gehört zur Notfallmedizin dazu, so furchtbar das ist, doch egal, wie oft Aiden oder andere mir das sagen, trifft mich jeder Tod schwer.

Deshalb bin ich nicht zu der Verabredung mit Catalina im Pausenraum aufgetaucht. Ich wollte nicht, dass sie mich so sieht.

Mein Perfektionismus macht sich wieder bemerkbar. Anstatt ihr meinen Selbsthass und meine unrealistischen Ansprüche an mich selbst zu offenbaren, habe ich mich dafür entschieden, diese Seite von mir vor ihr zu verbergen.

Zum dritten Mal an diesem Nachmittag öffne ich den Chat mit ihr, nur um enttäuscht festzustellen, dass die letzte Nachricht darin noch immer die ist, die ich ihr vor einer Stunde geschickt habe.

Ich:
Es tut mir leid, dass ich nicht gekommen bin. Ich wurde bei der Arbeit aufgehalten, deswegen kann ich dir auch erst jetzt schreiben.

Wahrscheinlich schläft Catalina noch, also versuche ich mich so lange abzulenken, bis sie mir Stunden später antwortet.

Catalina:
Kein Problem. Das verstehe ich.

Ich:
Steht unsere Verabredung für heute Abend?

Da sie nicht sofort zurückschreibt, verbringe ich die nächste halbe Stunde damit, mich auf das bestmögliche Szenario vorzubereiten – dass Catalina kommt –, indem ich panisch die Wohnung putze, und gleichzeitig vom Schlimmsten auszugehen.

Du hättest sie nicht versetzen dürfen.

Ich könnte mich in den Hintern beißen deswegen, aber das ändert nichts an den Tatsachen. Ich kann meine Entscheidung nicht rückgängig machen.

Ich sauge gerade, als das Handy in meiner Hosentasche vibriert.

Catalina:
Ich glaube, das Ganze ist keine gute Idee.

Ich:
Warum nicht?

Catalina:
Weil ich im Moment nicht auf eine feste Beziehung aus bin.

Mit einem frustrierten Stöhnen lasse ich mich auf die Couch fallen und fahre mir mit den Fingern durch die Haare, während ich über Catalinas Sinneswandel nachdenke. Natürlich hätte ich ihr sofort schreiben sollen, anstatt abzuwarten, bis ich mich bereit dafür fühle, aber ich wollte ihr nicht zeigen, in was für einem katastrophalen Zustand ich mich befinde. Wofür ich jetzt den Preis zahle. Ich wusste von Anfang an, wie zurückhaltend sie der Sache zwischen uns gegenübersteht, und meine Entscheidung hat die Situation nicht besser gemacht.

Ich:
Niemand hat was von einer festen Beziehung gesagt.

Zumindest nicht laut.

Klar hab ich darüber nachgedacht, wohin die Sache zwischen uns führen könnte. Gleichzeitig wusste ich immer, dass es nirgendwo hinführen *kann*.

Catalina:
Aus Dates wird in der Regel mehr, und das ist keine Option für uns.

Ich:
Woher der plötzliche Sinneswandel?

Catalina:
Nach der Hochzeit fliege ich nach Los Angeles.

Fuck.

Mir war klar, dass sie abreisen würde. Dennoch versetzt mir die Erinnerung daran einen Stich der Enttäuschung.

Ich:
Okay.

Catalina:
Dann können wir uns also darauf einigen, dass es nirgendwo hinführt?

Ich:
Das habe ich nie gesagt.

Catalina:
Und was versuchst du dann, damit zu sagen?

Ich:
Dass es mir wegen gestern Nacht leidtut.

Mit der Tatsache, dass sie Lake Wisteria verlassen wird, setze ich mich auseinander, wenn ich rausgefunden habe, was das zwischen uns genau ist.

Catalina:
Du musst dich nicht entschuldigen. Die ganze Sache war nie als was Ernstes angedacht.

Und schon wieder will sie jede Verbindung, die wir zueinander aufbauen, in dem offensichtlichen Versuch, sich selbst zu schützen, kleinreden.

Ich bin mir nicht sicher, was in der Zeit zwischen unserem Kuss und jetzt passiert ist. Mal abgesehen von der Tatsache, dass ich nicht zu unserer Verabredung aufgetaucht bin. Aber ich werde nicht aufgeben, nur weil Catalina wieder einmal versucht, auf Distanz zu gehen.

Ich:
Es tut mir leid, falls ich dich damit verletzt habe, dass ich gestern, ohne abzusagen, einfach nicht aufgetaucht bin.

Es dauert keine fünf Sekunden, bis ihre Antwort aufploppt.

Catalina:
Das habe ich nicht gesagt.

Ich:
Ich weiß. Aber ich wäre an deiner Stelle wütend und irritiert.

Ich:
Und falls ich deine Gefühle nicht verletzt haben sollte, könntest du bitte trotzdem so tun, als hätte ich es getan?

Catalina:
Ist das wieder so ein Ego-Ding von dir?

Ich:
Nein. Ein Selbstvertrauens-Ding.
Du kannst genauso gut offen sein
und auf das Beste hoffen.

Catalina:
Na gut. Vielleicht hat es mir ein
bisschen was ausgemacht.

Catalina:
Ein winziges bisschen.

Catalina:
Aber es hat mir auch Angst
gemacht. Weil mir klar
geworden ist, dass es mir
nicht egal ist.

Ihre Ehrlichkeit freut mich ganz besonders, weil sie zeigt, dass ich immer noch eine Chance habe, sie für mich zu gewinnen. Also beschließe ich, ihre Aufrichtigkeit zu erwidern, indem ich etwas von meiner eigenen Verletzlichkeit preisgebe.

Ich:
Es tut mir leid. Ich habe gestern
Nacht einen Patienten verloren.

Sie braucht kaum zwei Sekunden, um zu antworten.

Catalina:
Das tut mir so leid.

Bevor ich reagieren kann, erscheint eine weitere Nachricht von ihr.

Catalina:
Ich kenne solche Tage, sie sind schrecklich. Und es gibt nichts, was man sagen oder tun könnte, um es besser zu machen.

Ich hole tief Luft und tippe eine Antwort.

Ich:
Es hat mich härter getroffen, als ich erwartet habe. Nachdem es passiert war, war ich in keiner guten Verfassung. Ich konnte nicht klar denken.

Die drei Pünktchen erscheinen und verschwinden wieder, bevor ihre nächste Nachricht erscheint.

Catalina:
Man sollte meinen, dass wir inzwischen gegen das Gefühl immun sind. Dass wir so eine Art emotionale Toleranz aufgebaut haben. Aber ich habe eher das Gefühl, dass es über die Jahre schlimmer geworden ist.

Catalinas plötzliche Offenheit überrascht mich. Vor allem, weil sie eben noch geschrieben hat, dass die Sache zwischen uns nirgendwo hinführt.

Ich:
Lieber empfinde ich bei jedem Patienten, den ich verliere, etwas, als gar nichts zu fühlen.

Catalina:
Das geht mir genauso.

Catalina:
Um sie zu trauern, scheint mir das Mindeste zu sein, was wir tun können.

Ich:
Ich wusste, dass du es verstehen würdest.

Wieder hole ich tief Luft, um den Mut für meine nächste Nachricht zusammenzukratzen.

Ich:
Kannst du mir verzeihen, dass ich dich versetzt habe?

Es dauert einen Moment, aber dann erscheint Catalinas Antwort.

Catalina:
Ja. Und jetzt tut es mir leid, dass ich das Schlimmste von dir angenommen habe. Obwohl es dir in Wahrheit nur nicht gut ging.

Lächelnd tippe ich die nächsten Worte.

Ich:
Wie leid genau?

Catalina:
Nicht leid genug, um zu dir zu kommen.

Ich:
Okay.

Ich:
Wäre dies der richtige Zeitpunkt, meine tragische Kindheitsgeschichte zu schildern?

Catalina:
Nur, wenn du versprichst, das Trauma Dumping mit alkoholischen Getränken zu begleiten.

Ich:
Deal. Und ich lege noch Sushi-Takeout von deinem Lieblingsrestaurant obendrauf.

Ich:
Ich teile mir sogar eine Dragon's Breath Roll mit dir.

Catalina:
Das wäre masochistisch.

Ich:
Ich bevorzuge die Bezeichnung »romantisch«, da sie mich für immer an dich erinnern wird.
Super gemacht, Luke. Wenn du es bisher nicht geschafft hast, sie zu vergraulen, dann spätestens jetzt mit dieser bescheuerten Nachricht.

Catalina:
Was ich vorhin geschrieben habe, hat weiterhin Gültigkeit:
Ich bin nicht auf der Suche nach einer Beziehung.

Vielleicht ist sie nicht auf der Suche, aber Menschen ändern andauernd ihre Meinung. Vor allem, wenn ihnen klar wird, was sie haben könnten. Sie müssen es nur schaffen, ihre Ängste beiseitezuschieben und sich dem Unbekannten öffnen. Nun liegt es an mir, Catalina zu zeigen, dass ich nicht aufgebe, nur weil sie damit rechnet.

Ich:
Ich bitte dich nur darum, einen Abend mit mir zu verbringen.

Catalina:
Allein.

Ich:
Hast du etwa Angst, dass du ohne Anstandsdame nicht in der Lage bist, deine Finger von mir zu lassen?

Catalina:
Eher Sorge, dass *du* deine nicht bei dir behalten kannst.

Ich:
Wie wär's damit:
Ich verspreche, dich nicht wieder zu küssen.

Catalina:
Ach, wirklich?

Ich:

Ja, natürlich.

Wenn wir uns das nächste Mal küssen, dann, weil Catalina den Kuss initiiert, nicht ich. Es ihr zu überlassen, den nächsten Schritt zu machen, mag ein Risiko sein. Aber ich habe das Gefühl, dass es sich auszahlen wird.

Das hoffe ich zumindest.

KAPITEL ACHTZEHN

Catalina

Nachdem mich Luke versetzt hatte, habe ich mir geschworen, ihn, so gut es geht, zu meiden. Aber seit ich den Grund kenne, warum er nicht gekommen ist, kann ich ihm deswegen nicht mehr böse sein. Luke bringt meine sensible Seite zum Vorschein. Eine Seite, die ich bisher nur sehr behutsam erkundet habe, weil ich Angst davor habe, was ich dabei entdecken könnte.

Panik trifft es wohl eher.

Trotz meiner Ängste beschließe ich, die Verabredung mit ihm nicht abzusagen, und breche damit mein selbst auferlegtes Gelübde, ihn bis zu meiner Abreise nur noch das eine Mal auf der Hochzeit zu sehen. Ich rede mir ein, dass ich es lediglich aus Mitleid tue, aber tief im Inneren weiß ich, dass meine Gründe weit darüber hinausgehen, auch wenn ich mich weigere, sie mir einzugestehen.

Die erste Stunde verbringen wir damit, während des Essens an meiner Rede zu feilen. Anschließend setzen wir uns ins Wohnzimmer, um an dem LEGO-Set weiterzubauen. Zwischendurch kommt Aiden herein, um sich für seinen Dienst im Krankenhaus zu verabschieden; dass er nicht mal mit der Wimper zuckt, als er uns zusammen sieht, gibt mir ein besseres Gefühl, was die ganze Situation angeht.

So gut, wie ich mich eben fühlen kann, wenn ich mich für einen Mann interessiere, den ich plane zurückzulassen.

Zeit miteinander zu verbringen, fühlt sich an wie die natürlichste Sache der Welt, obwohl es immer schwieriger wird, die wachsende sexuelle Spannung zwischen uns zu ignorieren. Jedes Mal, wenn ich Luke dabei erwische, wie er mich ansieht, stockt mir der Atem, und bei jeder zufälligen Berührung läuft mir ein angenehmer Schauer den Rücken hinab. Meine Reaktionen auf ihn liegen außerhalb meiner Kontrolle und sind nichts, wofür ich mich schämen sollte, aber das ist nicht mein Problem. Das habe ich vielmehr mit der Tatsache, dass ich mich bereits jetzt auf unser nächstes Wiedersehen freue. Und sei es nur auf einen Kaffee im Pausenraum des Krankenhauses.

Zum dritten Mal innerhalb der letzten fünf Minuten fällt Lukes Blick auf meine Lippen, woraufhin ich mir verlegen über die Mundwinkel wische.

Er runzelt die Stirn, bevor er wegschaut.

»Was ist?«, frage ich.

»Nichts.«

»Bist du dir sicher?«

»Ja.« Ein Muskel in seinem Kiefer zuckt.

»Sieht für mich aber nicht nach nichts aus.«

»Ich habe ein Versprechen gegeben«, sagt er mit leiser Stimme.

»Oh …«

Er möchte dich küssen.

Mein Puls beschleunigt sich unwillkürlich, als ich an unseren Kuss zwei Abende zuvor zurückdenke.

»Enttäuscht?«, fragt er.

»Nein.« Nun bin ich diejenige, die den Blick senkt.

Daraufhin beugt sich Luke vor und bringt seinen Mund ganz dicht an mein Ohr. »Ich habe ein Versprechen gegeben. Aber das heißt nicht, dass du mich nicht küssen darfst.«

Ich bekomme eine Gänsehaut. »Wir sollten das nicht tun.«

Seine Fingerspitzen streichen über meine Wange, bevor er sie unter mein Kinn legt. »Warum wehrst du dich dagegen?«

Weil ich Angst habe.

Unsere Blicke treffen sich, und es scheint, als könnte er meine Gedanken lesen, als er fragt: »Kann ich etwas tun, um es dir leichter zu machen?«

Ich atme zittrig aus. »Gib mir einfach Zeit.«

Er haucht mir einen sanften Kuss auf den Haaransatz, bevor er sich zurückzieht.

»Das kann ich tun.« Er atmet schwer aus. »Auch wenn es mich vielleicht umbringt.«

»Gut, dass ich in Reanimation geschult bin.«

»Auch eine Möglichkeit, dich dazu zu bringen, mich zu küssen.«

Wir brechen beide in Gelächter aus, und ich fühle mich sofort ein wenig leichter.

Während wir weiter LEGO-Steine zusammensetzen, gebe ich mein Bestes, das Verlangen zu ignorieren, das mit jeder Berührung unserer Hände in mir wächst – was eine schwierige Aufgabe ist. Zu akzeptieren, dass wir eine körperliche und emotionale Verbindung haben, ist eine Sache, aber der Sehnsucht danach tatsächlich nachzugeben?

Ein Fehler, der nur darauf wartet, begangen zu werden.

Meine Mom hat die Eventkoordinatorin der Stadt, Josefina Lopez, beauftragt, ihr bei der Planung der *Parranda* zu helfen. Eine Idee, von der Josefina sofort begeistert war; zumal unsere Familie seit dem Tod der Mutter meines Vaters, die sie früher immer geplant hat, keine mehr veranstaltet hat. Gabriela kann nicht helfen, weil sie mitten in den Hochzeitsvorbereitungen steckt. Also bin ich für die Auswahl der Lieder für das Event zuständig, während meine Mutter mit Josefina alles andere koordiniert.

Kaum dass der Bus, den wir für den Abend gemietet haben, vor dem Haus meiner Eltern hält, stürmen die *Parranderos* auf die sich öffnenden Türen zu. Josefina schiebt ihren Enkel Nicolas Lopez in den Bus. Sie hat den Jungen mit der Aufgabe betraut, meinen Vater beim *Cuatro*-Spielen zu unterstützen.

»Bist du bereit?«, fragt mich Mami und hält mir ein Tamburin hin.

»Jepp«, murmle ich abwesend, während ich auf der Suche nach einer ganz bestimmten Person, die versprochen hat, ebenfalls zu kommen, den Blick über die Menge schweifen lasse.

Doch ich kann Lukes große Gestalt nirgendwo entdecken. Auch nicht bei Gabriela und Aiden, die in der Schlange stehen, um in den Bus zu steigen. Vielleicht hat er es sich spontan anders überlegt. Auf meine Nachricht, mit der ich ihn eben an die Uhrzeit und den Treffpunkt erinnert habe, hat er mit einem »Klingt gut« reagiert. Eine Antwort, die ich aufgrund ihrer knappen Art vielleicht infrage gestellt hätte, hätten wir gestern Abend nicht so viel Spaß beim LEGO-Bauen gehabt.

»Cata!«, ruft meine Schwester. »Kommst du?«

Ein letztes Mal lasse ich den Blick durch den leeren Vorgarten gleiten, dann gehe ich zum Bus. Doch genau in dem Moment, in dem sich die Türen hinter mir schließen, klopft jemand an die Scheibe.

»Hey.«

Mit einem Zischen öffnen sich Türen wieder, und Luke steigt ein. Er trägt Jeans, einen grünen Pullover, der ihm mit seiner blassen Haut sehr gut steht, und darüber eine schwarze Jacke.

Ich erwidere sein Lächeln. »Du hast es geschafft.«

»Ich habe dir doch gesagt, dass ich komme.«

»Luke! Du bist spät dran, Kumpel!«, ruft Aiden aus einer der hinteren Reihen, wo er und Gabriela uns zwei Plätze frei gehalten haben.

»Hast du wirklich gedacht, dass ich mir das entgehen lasse?«, fragt Luke, als er mir die Hand auf den Rücken legt und mich sanft den Gang entlangdirigiert.

»Als ich dich draußen nicht gesehen habe, dachte ich, dir ist was dazwischengekommen.« Mit einem Blick über die Schulter stelle ich fest, dass er grinst.

»Ist das der Catalina-Code für ›Ich hab dich vermisst‹?«

Ich schnaube amüsiert.

»Es gibt keinen Ort, an dem ich lieber wäre als hier bei dir«, flüstert er mir ins Ohr, was mein Herz auf gefährliches Terrain katapultiert.

Ich habe mir geschworen, in Bezug auf Luke vorsichtig zu sein, aber das ist verdammt schwierig, wenn er solche süßen Dinge sagt und mich ansieht, als wäre ich etwas Besonderes. Als würde ich ihm etwas bedeuten, während ich selbst an der Entscheidung festhalte, nichts für ihn empfinden zu wollen.

Vielleicht wird Luke das Hin und Her zwischen uns irgendwann leid, und er gibt auf. Vielleicht ist er aber auch wirklich entschlossen, mir zu zeigen, dass es nicht so schlimm ist, jemanden wie ihn in mein Leben zu lassen – solange ich bereit bin, mich aus der Deckung zu wagen und ihm eine echte Chance zu geben.

KAPITEL NEUNZEHN

Luke

Als Catalina mir das Konzept einer *Parranda* erläutert hat, habe ich es mir wie eine dieser Szenen vorgestellt, die man aus Weihnachtsfilmen kennt: Eine kleine Gruppe von Menschen zieht von Haus zu Haus, um Weihnachtslieder vorzutragen. Doch die Realität ist weitaus spannender, und ich bin begeistert von der Stimmung, als alle aus dem Bus steigen und sich vor dem ersten Haus auf der Liste der Martinez' aufstellen.

»*Parranderos!*« Mrs. Martinez schwingt ihr Tamburin. »Schnappt euch ein Instrument!«

Eine Menschentraube bildet sich um Mrs. Martinez und Josefina Lopez, die Maracas, Tamburine und andere Krachmacher verteilen. Ich selbst nehme mir eine der Maracas aus dem Korb, damit bin ich wohl auf der sicheren Seite.

Als Mrs. Martinez mich mit einem Wangenkuss begrüßt, flüstert sie mir zu: »Danke, dass du gekommen bist. Meine Tochter wird dir das vielleicht nicht verraten, aber ich weiß, dass sie sich sehr darüber freut.«

Wärme breitet sich in mir aus, als ich zu Catalina, Aiden und Gabriela hinüberschaue. Sie unterhalten sich, oder besser gesagt, Gabriela erzählt eine Geschichte, wobei sie lebhaft mit den Händen gestikuliert.

Als ob sie spüren würde, dass ich sie beobachte, schaut Catalina in diesem Augenblick mit einem schüchternen Lächeln zu mir und gibt mir ein Zeichen, zu ihnen zu kommen.

Josefina überreicht mir noch ein Liedblatt, bevor ich zu meinen Freunden hinübergehe.

Aiden hat den Arm um Gabriela gelegt und drückt sie an sich. Ich würde nichts lieber tun, als Catalina ebenso an mich zu ziehen, widerstehe jedoch dem Impuls. Ich bin mir nicht sicher, wie sie zu Zuneigungsbekundungen in aller Öffentlichkeit steht, und ich möchte den netten Abend auf keinen Fall durch etwas, bei dem sie sich vielleicht nicht wohlfühlt, ruinieren. Also bleibe ich dicht genug neben ihr stehen, dass ich ihr Parfüm riechen kann, und dennoch weit genug entfernt, dass es für Außenstehende unverfänglich wirkt.

Mrs. Martinez steigt die Stufen zur Veranda hinauf und lässt den Blick über die Gruppe schweifen. »Sind alle bereit?«

Zur Bestätigung schütteln die Leute ihre Instrumente, andere rufen zustimmende Worte.

Als Catalina bereits zum dritten Mal das Gewicht verlagert, neige ich mich zu ihr hinunter. »Alles okay?«

Sie schaut zu mir auf. »Ja. Das wird schon.«

Das wird schon.

»Was ist los?«

»Große Gruppen machen mich immer ein wenig nervös, aber das geht vorbei.«

»Kann ich irgendetwas tun?«

Sie schiebt sich eine Locke hinters Ohr und lenkt meine Aufmerksamkeit damit auf ihre weihnachtlichen Ohrringe, die wie kleine verpackte Geschenke aussehen. »Bleib … Bleib einfach in meiner Nähe.«

»Wie nah hättest du es denn gerne?« Ich wackle mit den Augenbrauen und bringe sie damit zum Lachen. Aus dem Augenwinkel sehe ich, dass Aiden und Gabriela zu uns rüberschauen – und auch noch ein paar andere Leute, wenn mich das Kribbeln im Nacken nicht täuscht –, aber ich ignoriere sie alle, während ich auf Catalinas Antwort warte.

Catalina schweigt, doch ihre Hand, die nach meiner greift, sagt mir alles, was ich wissen muss. Ihr fester Griff – vermutlich weil sie versucht, ihr Zittern zu unterdrücken – ermutigt mich, ihn ebenso fest zu erwidern.

»Danke«, sagt sie, als wir gemeinsam die Stufen zur Eingangstür hinaufgehen.

Einen Moment lang gerate ich in Panik, weil ich befürchte, dass Gabriela meine Überraschung, die ich für später geplant habe, verraten hat.

»Wofür?«

»Dafür, dass du hier bist. Bei mir.« Das strahlende Lächeln, mit dem sie zu mir aufsieht, funkelt mit den Lichtern, die das Haus vor uns schmücken, um die Wette. Seine schiere Intensität überwältigt mich.

Sie überwältigt mich.

Mir wird von Minute zu Minute bewusster, dass die nächsten zehn Tage mit Catalina niemals ausreichen werden. Nicht, wenn ein einziges Lächeln und ein einfaches Dankeschön mir das Gefühl geben, auf Wolke sieben zu schweben. Doch während ich mir meiner Gefühle sicher bin, ist es bei Catalina das komplette Gegenteil, und ich weiß nicht, wo wir stehen werden, wenn es an der Zeit für sie ist abzureisen.

Konzentrier dich auf die Gegenwart.

Ich gebe mein Bestes, aber was, wenn die Zukunft, die ich mir wünsche, an die Frau gebunden ist, die mit jedem Tag mehr außer Reichweite rückt?

Wir besuchen ohne Zwischenfälle vier Häuser; dabei hat sich unsere Gruppe von Singenden seit dem ersten Halt verdoppelt. Ich versuche mein Bestes, auf Spanisch zu singen, wobei die Betonung auf »versuchen« liegt, was mir ein paar Lacher von Catalina einträgt.

Trotz des Glücks, das in ihren Augen leuchtet, gibt es immer wieder Momente, in denen sie sich vor unvergossenen Tränen trüben. Es hat nicht lange gedauert, bis ich herausgefunden habe, dass ihre Traurigkeit vor allem durch Nicolas Lopez' *Cuatro*-Spiel ausgelöst wird. Ein Instrument, das früher immer ihre verstorbene Großmutter gespielt hat. Ich kann nicht viel tun, außer meinen Arm um Catalina zu legen und sie an mich zu ziehen, um ihr auf die einzige mir bekannte Weise meine Unterstützung anzubieten. Doch immerhin scheint ihr meine Nähe gutzutun, denn irgendwann sucht sie sie von sich aus.

Als wir das letzte Haus erreichen, bin ich nervös und gleichzeitig auf die beste Weise aufgeregt.

»Das gibt's doch nicht!« Catalina eilt zum Tisch mit den Snacks, nachdem die *Parranderos* ihr Lied beendet haben. »Schau dir das an, Gabriela!«

Gaby schenkt mir ein wissendes Lächeln, bevor sie zu ihrer Schwester hinübergeht. »*Tembleque*. Den hat *Abuela* geliebt.« Sie nimmt sich einen der kleinen Plastikbecher mit Pudding und einen Minilöffel.

»Wer hat den gemacht?«, erkundigt sich Catalina.

Ich reibe mir den Nacken, bevor ich mich stumm dafür schelte, dass ich meine Nervosität nicht verbergen kann. Als Aiden den Mund öffnet, um zu antworten, schüttle ich hastig den Kopf, um ihn zum Schweigen zu bringen.

»Ich frage mich …« Gabriela ist wirklich schlecht darin, ein Geheimnis zu bewahren.

Catalina lässt den Blick durch den Raum schweifen. »Hat Mami ihn gemacht?«

»Nein.« Gabriela schiebt sich einen Löffel Kokosnusspudding in den Mund. »Der ist … äh …« Sie runzelt die Stirn.

Verdammt.

Der *Tembleque* schmeckt garantiert furchtbar. Ich hätte wissen müssen, dass Aiden lügt, als er das Zeug probiert hat; dabei hat er mir geschworen, dass er im Geschmack dem Pudding ähnelt, den er bei seinem Urlaub in Puerto Rico gegessen hat.

»Was?« Catalina schnappt sich ebenfalls einen Löffel vom Tisch und probiert bei ihrer Schwester.

Als sich ihre Augen weiten, stehe ich kurz davor, in Panik auszubrechen. Gott sei Dank habe ich niemandem außer Aiden und Gaby erzählt, dass *ich* das Dessert zubereitet habe, sonst würde ich über diese peinliche Aktion nie hinwegkommen. In der Regel backe ich nur für Aiden und mich. Ein Dessert zu einem Event wie diesem mitzubringen? Gelinde gesagt: nervenaufreibend.

Doch Catalina schockiert mich, indem sie ihrer Schwester einen weiteren Löffel *Tembleque* stibitzt.

Gabriela schlägt ihre Hand weg. »Hey! Hol dir gefälligst deinen eigenen.«

Catalina leckt grinsend den Löffel ab. »Gott, ist der gut.«

Aiden wirft mir einen Blick zu und formt stumm mit den Lippen: *Ich hab's dir ja gesagt.*

Hm, vielleicht gibt es ja doch noch Hoffnung für mich in der Küche – solange ich mich auf die Zubereitung von Desserts beschränke.

»Das musst du probieren.« Catalina nimmt mich bei der Hand und zieht mich zum Tisch, auf dem das Büfett aufgebaut ist. »Der Pudding schmeckt genau so wie der von meiner Grandma.«

Bei ihren Worten spüre ich ein glückliches Ziehen im Magen. »Hab ich schon gehört.«

»Von wem?«

Gabriela steckt den Kopf hinter meinem Rücken hervor. »Als er gefragt hat, ob er was zur *Parranda* beisteuern kann, hab ich ihm von Grandmas Rezept erzählt.«

Catalina sieht verwirrt zwischen mir, ihrer Schwester und dem Tisch hin und her. »Dann hast du …«

Aiden kommt ebenfalls zu uns und legt mir eine Hand auf die Schulter. »Luke ist extra früh aufgestanden, damit der Pudding genug Zeit zum Kühlen hat.«

Catalinas Augen werden groß. »Der *Tembleque* ist also wirklich von dir?«

Ich widerstehe der Versuchung, mir erneut den Nacken zu reiben. »Jepp.«

Catalina schüttelt ungläubig den Kopf. »Ich wusste gar nicht, dass du so was kannst.«

»Ich probiere manchmal was aus.«

Aiden verdreht die Augen. »Mit *ausprobieren* meint er, dass er ein Rezept so oft zubereitet, bis er selbst überzeugt ist, dass das Ergebnis gut genug ist.«

»Ich gehe mal davon aus, das bedeutet, du verwendest eine Waage.« Catalina schaut zu mir auf.

Ich schnaube empört. »Musst du mich das ernsthaft fragen?«

Catalina stellt ihren Nachtisch ab, schiebt Aiden beiseite und schlingt die Arme um meine Taille. »Danke.«

Ich drücke sie fest an die Brust. »Gern geschehen.«

Sie legt den Kopf in den Nacken, sodass ich ihr in die Augen sehen kann. »Wann hast du damit angefangen, Desserts zuzubereiten?«

»Aidens Mutter hat mir das mal als Anti-Stress-Maßnahme empfohlen. Und es funktioniert tatsächlich.«

Sie lacht leise. »Wenn du das sagst.«

»Ehrlich gesagt, bin ich einfach nur froh, dass das Ergebnis genießbar ist. Es war das erste Mal, dass ich dieses spezielle Rezept ausprobiert habe.«

»Es ist mehr als genießbar. Es ist *fantastisch.*« Catalinas Augen leuchten. »Meine Grandma wäre begeistert gewesen.« Dann löst sie sich viel zu schnell aus meiner Umarmung. »Ich weiß es sehr zu schätzen, dass du dir die Mühe gemacht hast.«

»Na ja, ich wollte eben diese ganz bestimmte Frau beeindrucken …«

Als Aiden auflacht, ramme ich ihm meinen Ellbogen in die Rippen.

»Ich habe das Gefühl, dass sie mehr als beeindruckt ist.«

»Flirtest du? Ist nämlich schwer zu erkennen«, flüstert Gabriela laut hinter mir.

»Langsam verstehe ich, warum Luke die letzten Jahre Single war.«

Ich zeige Aiden den Mittelfinger.

Catalina schenkt mir ein Lächeln. »Möchtest du ein bisschen frische Luft schnappen gehen?«

»Nichts lieber als das.«

Catalina ignoriert Aidens und Gabrielas Kommentare, indem sie nach meiner Hand greift und mich durch die Menge hinter sich herzieht.

Ich folge ihr aus dem Haus und in den leeren, warmen Bus.

»Sei ehrlich, war der Pudding wirklich so gut oder …«

Noch bevor ich meine Frage beenden kann, unterbricht mich Catalina mit einem Kuss, der mir den Atem raubt. Eine ihrer Hände schließt sich um meinen Nacken, die andere ruht auf meinem pochenden Herzen.

Ich greife nach ihren Hüften, während sie eine ganze Flut von Gefühlen in mir entfesselt. Mein Verlangen wächst mit jedem Zungenschlag, und mein Schwanz wird immer härter, während sie sich an mich presst. Als ich mein Becken an ihrem reibe, zerrt sie zur Vergeltung an meinen Haaren und saugt an meiner Unterlippe.

Es fühlt sich an wie mentales Tauziehen, bei dem wir uns fragen, wer zuerst nachgibt, und das die Anziehung, die wir zueinander empfinden, auf die nächste Stufe hebt. Ich weiß nicht, wie lange wir auf diese Weise im Mittelgang des Buses stehen und die wachsende Verbindung zwischen uns erforschen, aber ich möchte am liebsten nie wieder damit aufhören.

Schließlich ist Catalina diejenige, die sich von mir löst, jedoch nicht, ohne mir einen letzten sanften Kuss auf die Lippen zu hauchen.

Schnell drücke ich sie an mich und schmiege die Wange an ihren Kopf, um mein erhitztes Gesicht zu verbergen. Ich bin noch nicht bereit, Catalina anzusehen. Ich bin noch nicht bereit, sie mit den Emotionen, die mir garantiert ins Gesicht geschrieben stehen, zu verschrecken.

Mit der flachen Hand streicht sie mir über die Brust, um den Baumwollstoff meines Hemdes, den sie mit ihrer Faust umschlossen hatte, zu glätten. »Warum hast du ausgerechnet *Tembleque* gemacht?«

»Weil Gabriela mir erzählt hat, wie gerne du das magst.«

»Was hat sie noch gesagt?«

Ich zögere mit der Antwort.

Catalina zeichnet mit den Fingerkuppen unsichtbare Kreise auf meine Brust. »Dein Herz schlägt ganz schnell.«

»Weil du mich nervös machst.«

»Nervös?« Sie lächelt sanft. »Ich?«

»Ja, *du*.«

»Warum?«

»Weil du du bist.«

»Und wer bin ich genau?«

Die Frau, in die ich mich verlieben könnte, auch wenn sie nicht die Absicht hat, sich in mich zu verlieben.

»Jemand Besonderes«, erwidere ich stattdessen.

Sie neigt den Kopf. »Das ist alles?«

»Erwartest du nach nur drei Dates etwa eine Art Liebeserklärung?«

»Zwei«, korrigiert sie und hebt die entsprechende Anzahl an Fingern.

Ich nehme ihre Hand in meine und küsse sie. »Das Doppeldate mit Gabriela und Aiden zähle ich mit.«

»Obwohl ich keine Ahnung hatte, dass es ein Date ist?«

»Ich denke, du hast ziemlich schnell eins und eins zusammengezählt.«

Ihre Augen funkeln vor Vergnügen. »Das macht es noch lange nicht zu einem offiziellen Date.«

»Ich konnte dich ja schlecht direkt fragen, ob du mit dir ausgehen möchtest.«

»Ich hätte Nein gesagt.«

»Eben.«

Sie zeichnet ein unsichtbares Herz an der Stelle, an der mein Herz heftig in der Brust schlägt. »Aber das bedeutet nicht, dass ich nicht für ein weiteres offen wäre.«

Ihr Geständnis macht mich überglücklich. »Wirklich?«

Sie stellt sich wieder auf die Zehenspitzen. »Aber nur eins«, flüstert sie, den Mund nur Millimeter von meinem entfernt.

Das werden wir noch sehen.

Und als sie ihr Versprechen mit einem Kuss besiegelt, weiß

ich einfach, dass ich von dieser Frau nie genug bekommen werde. Es ist ein Bauchgefühl, dass sich mit jeder weiteren Begegnung verfestigt.

Und auf einmal wird mir etwas klar. Catalinas Zeit in Lake Wisteria mag sich dem Ende zuneigen, aber unsere Zeit als Paar hat gerade erst begonnen.

KAPITEL ZWANZIG

Luke

In den nächsten Tagen verfallen Catalina und ich in eine Routine – wir treffen uns bei der Arbeit, um an ihrer Rede zu schreiben, bauen gemeinsam an dem LEGO-Set, und zwischendurch schreiben wir uns. Ich fühle mich wieder wie in der Highschool, wenn man an nichts anderes als an seinen Schwarm denken konnte und die Stunden zählte, bis man sie endlich wiedersah.

Ich achte darauf, Catalina nicht zu sehr zu bedrängen; normalerweise warte ich, bis sie sich bei mir meldet. Doch wenn wir uns sehen, kann ich nicht widerstehen, sie zu küssen und so oft wie möglich zu berühren. Weiter sind wir bisher nicht gegangen, und das Warten macht mich verrückt, aber ich will nicht derjenige sein, der zuerst einknickt. Ich möchte, dass Catalina mich anfleht, sie zu berühren. Sie zu vögeln …

»Warum lächelst du so selig?« Aiden dreht sich zu mir um. Der Mann, der den Saum seiner Smokinghose absteckt, überprüft noch einmal die Länge, bevor er ihn bittet, von dem kleinen Podest herunterzusteigen.

»Wegen nichts.« Ich werfe mein Handy auf die Couch und betrete dann selbst das Podest.

»Catalina?« Er grinst.

»Vielleicht.«

»Hat sie dich für Heiligabend eingeladen?«

»Nein.«

»Hm.«

Ich versuche die Selbstzweifel abzuschütteln. »Das ist schon in Ordnung. Ich wollte mir ein paar Filmklassiker angucken und früh schlafen gehen, weil ich am nächsten Tag arbeiten muss.« Ich habe mich schon vor Monaten bereit erklärt, Aidens Dienst zu übernehmen, damit er den Tag mit seiner und Gabrielas Familie verbringen kann. Eine Ablenkung, für die ich jetzt dankbar bin.

Die Feiertage sind immer besonders hart. Ich hasse es, daran erinnert zu werden, wie anders die Beziehung zwischen mir und meinen Eltern im Vergleich zu anderen Familien ist; so sehr ich mich darum bemühe, eine Verbindung zu meinen Eltern herzustellen, sie erwidern meine Versuche nicht.

Sein Stirnrunzeln vertieft sich. »Ernsthaft? Warum kommst du nicht mit mir zu den Martinez'? Meine Eltern werden auch da sein. Sie fliegen schon ein paar Tage früher zur Hochzeit ein.«

Normalerweise verbringe ich die Feiertage mit Aidens Familie, aber da sie dieses Jahr bei den Martinez' zu Besuch sind, würde ich mich dort eher wie ein ungebetener Gast als wie ein Pseudo-Familienmitglied fühlen.

»Catalina und ich hatten ein paar Dates. Deswegen gleich beim Weihnachtsfest ihrer Eltern aufzutauchen, fühlt sich ein bisschen zu … ernst an.«

Aiden lacht.

»Was?«

»Newsflash, Kumpel, so wie ihr zwei euch verhaltet, ist es doch längst ernst, oder etwa nicht?«

»Ich habe keine Ahnung.« Catalina und ich haben bisher nicht definiert, was genau wir füreinander sind, und es hat mir nichts ausgemacht. Bis Aiden sein großes Maul aufreißen musste, um mir diese sehr beängstigende Frage zu stellen.

»Hast du nie über eine Fernbeziehung nachgedacht?«

»Das habe ich nicht gesagt.«

»Dachte ich mir.«

»Es gibt keine Garantie, dass sie eine will.«

»Nein, die gibt es nicht, aber ich bin mir ziemlich sicher, dass sie sich darauf einlassen würde.«

»Wirklich?«

»Ja. Ich sehe doch, wie sie dich anschaut.«

Ich presse die Lippen zusammen, damit ich ihn nicht mit weiteren Fragen behellige. Doch glücklicherweise hält Aiden mit seinen Beobachtungen auch so nicht hinterm Berg.

»Ich erlebe es zum ersten Mal, dass sie jemanden auf diese Weise ansieht. Was immer du tust, hör nicht damit auf.«

Seine Einschätzung bestärkt mich in meinem Selbstvertrauen. »Ich würde gerne den nächsten Schritt machen, bin mir aber nicht sicher, wie sie darauf reagiert.«

Aiden zuckt mit den Schultern. »Solange du es nicht versuchst, wirst du es auch nicht herausfinden.«

»Was, wenn es total danebengeht?«

»Wenn es jemanden gibt, der das Problem lösen kann, dann du, Captain America.«

Ich salutiere mit dem Mittelfinger, bevor ich ihm verspreche, Catalina heute Abend auf Weihnachten anzusprechen.

Ich spreche Catalina nicht auf Weihnachten an, weil ich keine Chance dazu bekomme.

Wie ein Höllenhund kommt sie in den leeren Pausenraum gestürmt und baut sich mit in die Hüften gestemmten Händen vor dem Tisch auf, an dem ich bereits sitze. In ihren Augen lodert ein regelrechtes Feuer.

»Du hast vor, Heiligabend allein zu verbringen?«

Zum Glück ist sonst niemand da. Es wäre mir peinlich, wenn andere Mitarbeitende des Krankenhauses über meine familiäre Situation Bescheid wüssten.

Ich fahre mir mit der Hand durch die Haare. »Nicht ganz.«

»Das klang bei Gabriela vorhin aber ganz anders.«

Verdammt.

Natürlich musste Aiden seine große Klappe gegenüber Gabriela aufreißen, weil er mir nicht zutraut, mich den Martinez' selbst aufzudrängen. Seine Beharrlichkeit ärgert mich einerseits; andererseits rührt es mich, dass er sich genug um mich sorgt, um die Feiertage mit mir verbringen zu wollen. Doch in erster Linie ärgert es mich, vor allem, da mich Catalina deswegen jetzt so finster anstarrt.

»Ich bin das gewohnt.«

»Nun, dann gewöhn dich ab sofort lieber an den Gedanken, Heiligabend *nicht* allein zu Hause rumzusitzen, um dir deprimierende Weihnachtsfilme anzuschauen und Tiefkühlgerichte zu essen.«

Ich hebe eine Braue. »Also, erstens hat Aiden versprochen, mir was vorzukochen, und zweitens ...«

Sie unterbricht mich mit einer unwirschen Geste. »Nein.«

»Nein?«, frage ich mit einem Hauch von Belustigung.

»Mir ist egal, was Aiden dir versprochen hat. Ich kann nicht gemütlich Weihnachten feiern und dabei die Tatsache ignorieren, dass du ganz allein bist.«

Ich atme tief durch. »Warum nicht?«

Sie wirkt irritiert. »Was meinst du mit *warum nicht*?«

»Warum kümmert es dich, wenn ich ganz allein bin?«

In diesem Moment sieht sie so entschlossen aus, wie ich sie noch nie zuvor erlebt habe. »Weil ich dich mag.«

Die Anspannung in meiner Brust löst sich. »Im Ernst?«

Sie verdreht die Augen. »Ja, aber wenn du dich weiter so erbärmlich aufführst, könnte ich meine Meinung ändern.«

Ich nehme ihre Hand in meine und streiche mit meinen Lippen über ihre Knöchel. »Ist das so?«

Sie erschaudert.

»Wie kann ich sichergehen, dass du deine Meinung nicht änderst?«, frage ich.

»Komm Heiligabend vorbei.«

Ich drücke ihre Hand noch einmal, bevor ich sie loslasse. »Wer hätte gedacht, dass du so fordernd sein kannst ...«

»Das war noch gar nichts.« Ihre Stimme klingt auf einmal viel heiserer als eben noch.

»Ich freue mich darauf, es rauszufinden.« Damit stehe ich auf, drücke ihr einen flüchtigen Kuss aufs Haar und verlasse den Pausenraum, bevor meine bröckelnde Selbstbeherrschung vollends in sich zusammenbricht.

An Heiligabend tauche ich bei den Martinez auf, bewaffnet mit einer Flasche Wein und einer Dose Schokoladenkekse, die ich in heller Panik gebacken habe, um zu kompensieren, dass ich keine Zeit hatte, Geschenke zu besorgen. Aiden hat sich vorhin einen vom Blech stibitzt und behauptet, sie seien fast so gut wie die der besten Bäckerei der Stadt, *Sweets & Treats*, was mich etwas zuversichtlicher stimmt hinsichtlich meiner Entscheidung, nicht mit vollkommen leeren Händen zu erscheinen.

Und offensichtlich war meine Idee genau die richtige.

Catalina öffnet mir und zieht mich mit einem Lächeln ins Haus. »Du hast Cookies gebacken?«

»Ja.«

»Wenn du so weitermachst, muss ich dich vielleicht mitnehmen, wenn ich Lake Wisteria verlasse.«

»Das wäre schön«, antworte ich ehrlich.

Ihre Augen blitzen auf, bevor sie sich abwendet und mir voraus den Flur entlanggeht.

Der Geruch aus der Küche lässt mir das Wasser im Mund zusammenlaufen. Ich bin versucht, einen Blick hineinzuwerfen, um rauszufinden, was es zum Abendessen gibt, aber Catalina geht weiter bis ins Wohnzimmer, wo sich die ganze Gästeschar in festlicher Kleidung versammelt hat.

»Luke«, begrüßt mich Aidens Vater mit einem Schulterklopfen und einer Umarmung.

»Wir haben dich vermisst.« Seine Frau kommt ebenfalls zu mir und drückt mir einen Kuss auf die Wange.

Anschließend drängeln sich Aidens zwei Geschwister vor und umarmen mich auf eine Weise, die mir innerhalb von Sekunden das Gefühl gibt, mehr gemocht zu werden, als es mir meine Eltern in einem ganzen Jahr vermitteln.

Während ich mich mit Aidens Familie unterhalte, verschwindet Catalina in der Küche, und die Martinez' und Aidens Vater decken den Tisch für das Abendessen. Als sie fertig sind, gehen wir alle in das kleine Esszimmer hinüber, wo ein Sammelsurium an Stühlen um den Tisch herum aufgestellt wurde, damit alle Platz finden.

Catalina ist während des gesamten Essens sehr still, was nicht weiter ungewöhnlich für sie ist. Doch inzwischen weiß ich, dass ihre zurückhaltende Art eher von Schüchternheit herrührt, als dass sie die Gespräche nicht interessieren würden. Die ganze Zeit über drücke ich meinen Oberschenkel gegen ihren, wodurch sie sich langsam zu entspannen scheint, während sich die Unterhaltung erfreulichen Themen wie Aidens und Gabrielas bevorstehender Hochzeit zuwendet.

»Wie läuft es mit der Rede, Catalina?«, erkundigt sich Aidens Mutter nach einer Weile.

»Gut.« Catalina schaut von ihrem Teller auf. »Luke hilft mir.«

»Oh, wirklich?« Aidens Vater wirft mir einen Blick zu.

»Ja«, bestätige ich.

»Sie arbeiten schon seit über einer Woche daran«, fügt Aiden hinzu.

Seine Mutter lächelt. »Ich freue mich, dass ihr trotz eurer vollen Terminkalender Zeit dafür findet.«

»Ich hab gehört, dass die beiden in ihren Pausen daran schreiben«, sagt Gaby mit einem wissenden Grinsen.

»Ich hatte ja keine Ahnung, dass ihr euch so brennend für meinen Terminkalender interessiert.« Catalinas Wangen färben sich rot.

»Ach, dein Terminkalender interessiert uns eigentlich weniger …«, kommt es von Aidens Mutter.

Als sich Catalina daraufhin stöhnend mit beiden Händen über das Gesicht fährt, muss ich lachen.

»Ich hoffe, die Familie Martinez überlegt sich gut, ob sie euch Unruhestifter jemals wieder zu Weihnachten einladen will«, necke ich sie, um die Aufmerksamkeit von Catalina abzulenken.

»Warum? In der Hoffnung, dass du sie nächstes Jahr ganz für dich allein hast?«, fragt Aidens kleiner Scheißer von einem Bruder.

»Max!«, zischt seine Mutter.

Doch Max zuckt nur mit den Schultern, bevor er sich einen riesigen Bissen Schweinefleisch in den Mund schiebt.

Nächstes Weihnachten werde ich auf jeden Fall dafür sorgen, dass Max nicht auf der Gästeliste steht. So viel kann ich versprechen. Falls mich Catalina nächstes Jahr wieder einlädt. Falls wir dann zusammen sind. Letzteres ist ein ziemlich großes »falls«, aber eines, auf das ich hoffe. Solange wir eine Fernbeziehung überleben.

Na ja, solange ich es schaffe, Catalina davon zu überzeugen, überhaupt eine mit mir einzugehen.

KAPITEL EINUNDZWANZIG

Catalina

Nachdem Aidens und meine Familie vom Essbereich ins Wohnzimmer gegangen sind, um Geschenke auszutauschen, gehe ich rasch in mein Zimmer, bevor ich in die Küche zurückkehre, wo Luke gerade den Geschirrspüler einräumt.

»Ich habe etwas für dich.« Ich bin dermaßen nervös, dass mir Lukes Geschenk aus den Händen rutscht, als ich es ihm geben will, sodass er gezwungen ist, es aufzufangen, anstatt es wie ein normaler Mensch entgegennehmen zu können.

Er starrt das Paket an, als würde es sich um eine tickende Zeitbombe handeln. »Du hast etwas für mich?«

»Äh, ja?«, erwidere ich unsicher.

In der Theorie erschien mir meine Geschenkidee ziemlich gut, weshalb ich gleich heute Morgen zum nächsten großen

Einkaufszentrum gefahren bin, um sie in die Tat umzusetzen. Mit seinen geräuberten Regalen sah es in dem Laden aus wie in einer Szene aus einem postapokalyptischen Film. Ich hatte Glück, das vorletzte Exemplar dessen zu ergattern, was ich haben wollte, musste jedoch über zwanzig Minuten danach suchen, da es irgendjemand im falschen Regal abgelegt hatte. Vielleicht in der Hoffnung, später wiederzukommen, um es zu kaufen.

»Aber ich habe gar nichts für dich«, sagt Luke geknickt, während er sich gegen die Arbeitsplatte lehnt und das Paket von allen Seiten beäugt.

»Du hast Cookies gebacken.«

»Die kann man wohl kaum als Geschenk bezeichnen.«

»Genauso wenig wie meins.«

»Aber …«

»Mach es einfach auf.«

Luke gibt sich geschlagen und reißt das Geschenkpapier auf. Als er sieht, was darunter zum Vorschein kommt, wird sein Lächeln breiter. »Ein Schlüsselanhänger?«

Ich deute auf den weißen Kittel, den das gelbe LEGO-Männchen trägt. »Der sieht genauso aus wie du.«

Luke starrt auf die kleine Figur in seiner Hand.

Als ich die Stille nicht länger ertrage, füge ich hinzu: »Den kannst du immer bei dir tragen, um dich daran zu erinnern, dass du kein Hochstapler bist.«

»Das ist …« Er lässt den Satz in der Luft hängen.

Nervös fummle ich an meinem Haarreif herum, sodass die Glöckchen an den Spitzen des Rentiergeweihs leise klingeln. »Ich habe dir ja gesagt, dass es nichts Besonderes ist.«

»Danke.« Mit einem Lächeln nimmt er den Anhänger aus

der Schachtel und befestigt ihn an dem Metallring seines Schlüsselbundes.

Es freut mich, dass er mein Geschenk sofort benutzt, vor allem, weil ich mir in den letzten Stunden Sorgen gemacht habe, dass er es albern finden könnte.

Luke wirft den Schlüsselbund auf die Arbeitsfläche, schlingt die Arme um meine Taille und zieht mich an seine Brust. »Ich liebe dein Geschenk.«

»Es ist nicht …«

»Es ist perfekt«, fällt er mir ins Wort.

Ich spiele nervös an meinem Ohrring herum.

»Wirklich. Diese süße Figur ist das schönste Weihnachtsgeschenk, das ich seit Langem bekommen habe.«

»Das kann nicht sein«, sage ich ungläubig.

Er gibt mich frei. »Doch, das ist mein voller Ernst. Das letzte Mal, als ich die Feiertage mit meinen Eltern verbracht habe, haben sie mir eine mehrbändige Enzyklopädie geschenkt.«

»Lesen sie viel?«

»Ja, ihr Lieblingsgenre lautet ›Was dich auf dem schnellsten Weg zu Tode langweilt‹.«

Als ich lachen muss, strahlt Luke über das ganze Gesicht.

»Es klingt, als seien sie …« *Vielleicht solltest du diesen Satz besser nicht beenden.*

»Ich weiß genau, was du sagen willst. Und dass du viel zu nett bist, um es laut auszusprechen.«

Ich verziehe mitfühlend das Gesicht. »Tut mir leid.«

»Muss es nicht, ist schließlich nicht deine Schuld.« Er zuckt mit den Schultern. Eine Geste, mit der er meine Sorgen zerstreuen möchte, aber sie macht mich nur noch trauriger.

»Stimmt. Aber das heißt nicht, dass es mir nicht leidtun kann.«

Als ich ihm eine Hand an die Wange lege und sanft mit dem Daumen über die Stoppeln seines Dreitagebarts streiche, schmiegt er sich in die Berührung. »Soll ich weiter über sie reden, um noch mehr Mitleidspunkte zu sammeln?«

Ich versetze ihm einen spielerischen Stups gegen die Brust. »Hey, ich bemitleide dich doch gar nicht.«

»Gut so. Denn glaub mir, es macht mich sehr viel glücklicher, Heiligabend mit euch allen zu verbringen als mit meinen Eltern.«

Mein Herz setzt einen Schlag aus. »Das macht dich wirklich glücklich?«

Er drückt mir einen Kuss auf die Stirn. »Am allerglücklichsten macht es mich, bei dir zu sein.« Er hält einen Moment inne, bevor er weiterspricht. »Es bedeutet mir sehr viel, dass du mich heute Abend zu euch eingeladen hast.« Sein nächster Atemzug ist zittrig. »Meine Eltern … Ich gebe mir wirklich Mühe mit ihnen, aber es ist ziemlich einseitig. Als würden wir irgendwie nicht richtig zueinanderpassen. Dass ich Einzelkind bin, hilft natürlich auch nicht gerade. Keine Geschwister, die uns zusammenhalten oder zwischen uns vermitteln könnten.«

»Also, ich verstehe gar nicht, warum ihr nicht miteinander klarkommt, wenn sie dir so tolle Geschenke wie eine ganze Enzyklopädie machen«, bemerke ich zynisch.

Als Luke lacht, klingt es eher müde als fröhlich. »Ich mache ihnen keinen Vorwurf.«

»Wirklich nicht?«

»Nein. Sie könnten viel schlimmer sein.«

»Sehr überzeugendes Argument.«

Diesmal klingt sein Lachen aufrichtiger. »Es gefällt mir, wenn du mich in Schutz nimmst.«

»So war das nicht …« Ich spüre, wie meine Wangen heiß werden. »Ich bin …«

Er beugt sich zu mir herunter, bis unsere Münder nur noch einen Zentimeter voneinander entfernt sind. »Du bist was?«

»Ich ärgere mich nur darüber, dass sie dich nicht als den Menschen zu schätzen wissen, der du bist. Dass sie sich irgendeine andere Version von dir wünschen«, rutscht es mir raus, bevor ich darüber nachdenken kann. Im nächsten Moment schon ist es mir ein wenig peinlich, dass ich mich dermaßen über Leute aufrege, die ich noch nie in meinem Leben getroffen habe.

Doch zum Glück rettet mich Luke vor meinen Selbstzweifeln, indem er mein Geständnis mit einem Kuss belohnt, der meinen Körper mit seinem verschmelzen lässt.

»Tja, das war's dann wohl mit unserem Plan, Luke und Cata dazu zu bringen, sich gemeinsam unter den Mistelzweig zu stellen«, verkündet in diesem Moment meine Schwester. Laut genug, dass es das halbe Haus hören kann. Dem darauf folgenden überraschten Keuchen aus dem Zimmer nebenan nach zu urteilen, weiß nun jeder über Luke und mich Bescheid.

Als ob sie da nicht längst von allein draufgekommen sind, so wie ihr beim Abendessen ständig die Köpfe zusammengesteckt habt, kommentiert meine innere Stimme spöttisch.

Ich löse mich von Luke, der mir noch schnell den weichsten Kuss aller Zeiten auf den Mundwinkel haucht, woraufhin sich meine Verlegenheit schon wieder in Luft aufzulösen beginnt.

Ich lehne mich mit der Stirn gegen seinen Oberkörper. »Wie sollen wir bloß den Rest der Woche mit denen überstehen?«

Lukes Brust erzittert unter einem leisen Lachen. »Keine Ahnung.«

»Ist es zu spät, für die Hochzeit abzusagen?«

»*Para con eso*, Catalina Ana-Lucia Martinez-Rivera!«, ertönt postwendend der empörte Protest meiner Schwester aus dem Flur.

»Mach mich weiter so verlegen, und ich werde keine Skrupel mehr haben!«

»Dann geh ich mal deinen Reisepass und Führerschein verstecken.« Das Poltern von Gabys Schritten, das vom Klingeln der Glöckchen an ihrer Weihnachtsmütze begleitet wird, verrät mir, dass sie die Treppe hinaufläuft.

Ich lege den Kopf in den Nacken, um Luke in die Augen zu sehen. »Und jetzt?«

»Ich richte mich ganz nach dir.«

»Und das heißt?«, frage ich nervös.

»Wir können zu den anderen zurückgehen und so tun, als hätten die letzten fünf Minuten nicht stattgefunden.«

Eine Vorstellung, bei der sich mir das Herz zusammenzieht.

»Oder?«

»Oder was auch immer du willst. Ich bin offen für Vorschläge.«

»Sie werden uns fragen, ob wir jetzt offiziell ein Paar sind.«

Er streichelt meine Wange, bevor er sie mit der Handfläche umschließt. »Wäre das ein Problem?«

Einzig und allein aus dem Grund, dass ich keine Antwort darauf weiß. Luke als meinen Freund zu bezeichnen, klingt …

zu ernsthaft. Wir hatten erst ein paar Dates. Klar, wir haben in den vergangen zwei Wochen viel Zeit miteinander verbracht, aber das heißt nicht, dass ich automatisch für diesen nächsten Schritt bereit bin.

Wirst du jemals dafür bereit sein?

Nachdem Aiden mit mir Schluss gemacht hatte, war ich vorsichtig bei der Auswahl der Männer, mit denen ich mich verabredete. Weil es so sicherer war. Es bedeutete, mich niemandem öffnen zu müssen, bis ich mich dazu bereit fühlte – und Leute auszuwählen, die mich nie drängten, diese Komfortzone zu verlassen. Auch jetzt bin ich noch nicht hundertprozentig bereit dazu, doch Luke hat langsam, aber sicher damit begonnen, meine festgefahrenen Überzeugungen auseinanderzunehmen und sie durch Was-wäre-wenn-Szenarien zu ersetzen.

Was wäre, wenn ich mich nicht mehr dafür bestrafen würde, dass ich meine Schwester verletzt habe, und mir selbst eine Chance auf wahres Glück erlaube?

Was wäre, wenn ich noch ein bisschen länger in Lake Wisteria bliebe, um herauszufinden, was sich zwischen Luke und mir entwickeln könnte?

Was wäre, wenn ich aufhören würde, mir Gedanken zu machen, was alles schiefgehen könnte, wenn ich mit dem besten Freund meines Ex-Freundes ausgehe, und stattdessen die Möglichkeit in Betracht ziehe, mich in ihn zu verlieben?

Luke unterbricht meine Grübelei mit einem Kuss auf die Stirn. »Lass uns einfach mit dem Flow gehen.«

Ich spüre, dass ich erneut rot werde. »Bist du dir sicher?«

»Ja. Wir schulden niemandem eine Erklärung.«

Ich atme schwer aus. »Du hast recht.«

Ich brauche nur etwas mehr Zeit, möchte ich hinzufügen, tue es aber nicht.

Gib mich noch nicht auf, denke ich, spreche es jedoch nicht aus. *Zeig mir, dass das, was wir haben, den Kampf wert ist, auch wenn ich daran zweifle*, flehe ich, ohne ein einziges Wort zu sagen.

Lukes Lächeln fehlt die gewohnte sonnige Ausstrahlung, und als er mich aus der Küche führt, wirkt er weit weniger selbstsicher als noch kurz zuvor.

Ich ignoriere den Stich in der Brust und schwöre mir, dass ich herausfinden werde, was ich eigentlich will, bevor ich Lake Wisteria erneut verlasse.

KAPITEL ZWEIUNDZWANZIG

Catalina

Die nächsten Tage verbringen Luke und ich mit Arbeiten, dem Schreiben meine Rede und dem Bau des LEGO-Sets, mit dem wir schon ziemlich weit gekommen sind. Ich wünschte, ich könnte die Zeit anhalten. Stattdessen verstreicht sie viel zu schnell, und ehe ich michs versehe, ist Gabrielas und Aidens großer Tag gekommen.

Obwohl ich mich für meine Schwester freue, zähle ich bereits jetzt die Stunden, bis die Hochzeit vorbei ist. Als Trauzeugin habe ich ab dem Moment, in dem ich aufwache, unendlich viele Pflichten. Von Make-up- und Friseurterminen bis hin zu zahlreichen Fotoshootings, zuerst in farblich aufeinander abgestimmten Kleidern, dann in unseren Hochzeitsoutfits. Zum Schluss folgt ein First-Look-Shooting, bei dem Gabriela ihr Make-up ruiniert und Aiden Tränen in den Augen hat, was sowohl schön als auch frustrierend ist, da das Make-up meiner Schwester nur wenige Minuten, bevor sie vor den Altar tritt, noch einmal aufgefrischt werden muss.

Als wir damit durch sind, sehe ich mich nach Luke um – und entdecke ihn am Fuß der Treppe, wo er auf mich wartet.

Bei seinem Anblick setzt mein Herz für einen Schlag aus. Als wir gestern den kurzen gemeinsamen Gang aus dem kleinen Gebäude, das an die Rückseite der Kirche anschließt, zur Vorderseite geübt haben, war ich nicht annähernd so nervös wie jetzt. Mir werden die Knie weich. Ich habe Luke bereits in OP-Kleidung, Jeans und einem albernen Elfenkostüm, das mich bis heute zum Lachen bringt, vor mir stehen sehen, aber nie in einem Smoking.

Verdammt.

Auf einmal verspüre ich den übermächtigen Drang, ihn zu küssen, bis wir beide atemlos sind, Lippenstift hin oder her.

»Du siehst …« Sein Blick verdunkelt sich, als er ihn an meinem Körper hinabwandern lässt. Ich erschauere. »Du siehst absolut umwerfend aus.«

Beim Klang seiner heiseren Stimme drohen meine Knie endgültig nachzugeben. Hastig greife ich nach dem Treppengeländer, bevor ich noch das Gleichgewicht verliere und die Stufen runterfalle.

»Findest du?«

»Ich werde heute niemand anderen anschauen.«

Unter seinem hungrigen Blick werden meine Wangen heiß. »Du siehst aber auch nicht schlecht aus.«

Er fährt mit den Händen über sein Revers. »Heute weniger Captain America und dafür mehr Batman?«

Ich grinse. »So weit würde ich nicht gehen.«

»Du weißt wirklich, wie man einem Mann Komplimente macht.«

Ich mache einen weiteren Schritt auf ihn zu. Der eisblaue Stoff meines langen Kleides streift raschelnd über die Stufen. »Wäre es dir lieber, wenn ich ausspreche, was mir wirklich durch den Kopf geht?«

»Auf jeden Fall.«

»Ich überlege, wie ich dich aus diesem Smoking rauskriege.«

Sein diabolisches Grinsen birgt ein geheimes Versprechen. »Jetzt fühle ich mich angesichts meiner eigenen Gedanken schon etwas besser.«

Hitze schießt mir den Rücken hinunter wie unsichtbare Flammen, die an meiner Haut lecken, während ich die letzten Stufen nehme und schließlich vor ihm stehen bleibe.

Luke hält mir seinen Arm hin, sodass ich mich einhaken kann. Dann treten wir gemeinsam durch die Doppeltüren, die sich zu dem kurzen Fußweg öffnen. Er führt am Seitenschiff der Kirche entlang zum Vordereingang, wo Gabriela ihren Gang zum Altar beginnen wird.

»Es wird mir heute Abend sehr schwerfallen, meine Hände bei mir zu behalten.« Sein heiseres Flüstern lässt meine untere Körperhälfte pochen.

»Wer hat gesagt, dass du das musst?«

Er hebt die Augenbrauen. »Ist das eine Einladung zu tun, was immer ich will?«

Angesichts der Bedeutung seiner Worte lasse ich beinahe den kleinen Strauß fallen, den ich in der Hand halte. »Vielleicht.«

»Das war eine Ja-Nein-Frage.«

»Lass uns erst den Gottesdienst und den Empfang hinter uns bringen«, erwidere ich, während ich meine Kaschmir-Strickjacke zurechtzupfe, damit sie so viel wie möglich von meinen ansonsten nackten Armen bedeckt.

Er hebt meine Hand an seinen Mund und haucht einen Kuss darauf. »Das ist die Antwort, auf die ich gehofft habe.«

Ich schaue grinsend zu ihm auf. »Kann nicht schaden, dich ein wenig hinzuhalten.«

»Kein Grund, dich anzustrengen, wo du mich sowieso schon um den kleinen Finger gewickelt hast.«

Ein ganzer Schwarm Schmetterlinge flattert in meinem Bauch so hektisch durcheinander, dass mir ganz schwindelig wird. Ich bin mir nicht sicher, wie ich die nächsten vier Stunden in Lukes Nähe überstehen soll, während er mich ansieht, als würde er über zehn verschiedene Möglichkeiten nachdenken, mich auszuziehen. Aber ich werde mein Bestes geben, um Gabrielas willen. Das Letzte, was sie braucht, ist eine Trauzeugin, die vorzeitig ihre Hochzeitsparty verlässt, um mit dem Trauzeugen rumzumachen.

Aber das wird mich nicht davon abhalten, die Minuten zu zählen, bis es so weit ist.

Als ich mich von meinem Platz erhebe, bin ich das reinste Nervenbündel. Luke hat die Gäste mit seiner Rede zum Lachen gebracht – was angesichts seiner gut getimten Witze und des fachmännisch ausgearbeiteten Textes nicht anders zu erwarten gewesen war. Nur leider verspüre ich dadurch noch mehr Druck.

Ich gehe zu Luke, der das Mikrofon mit der Handfläche

abdeckt, bevor er sich vorbeugt und seinen Mund ganz nah an mein Ohr bringt.

»Du schaffst das.«

»Ich bin so verdammt nervös«, erwidere ich mit einem angespannten Lächeln.

»Stell dir einfach vor, ich sei nackt.« Er zwinkert mir verschmitzt zu, bevor er mir hilft, den Mikrofonständer auf die richtige Höhe einzustellen. »Dann fühle ich mich weniger schuldig, wenn ich das Gleiche bei dir tue, während du hier oben stehst.«

Seine Worte lassen mich dermaßen perplex zurück, dass ich ihn mit offenem Mund anstarre, während er mir ein Glas Champagner für den Toast in die Hand drückt. Immerhin vergesse ich darüber meine Aufregung. Allerdings führt es mir gleichzeitig vor Augen, wie sexuell frustriert ich offensichtlich bin. Und mindestens genauso dankbar.

Mit einem letzten aufmunternden Lächeln wendet sich Luke ab und setzt sich auf seinen Platz neben meinem leeren Stuhl.

Ich räuspere mich, bevor ich mein Handy heraushole und die Notiz-App öffne. Dann sehe ich meine Schwester und Aiden an. Gabriela winkt mir zu, und ich erwidere ihr Lächeln, bevor ich tief Luft hole und zu sprechen beginne.

»Für diejenigen unter euch, die noch nicht die Gelegenheit hatten, mich kennenzulernen: Das war höchstwahrscheinlich meine Absicht. Mein Name ist Catalina. Ich bin die ungesellige der beiden Martinez-Schwester. Und außerdem Aidens Ex-Freundin, die nach wie vor in den Genuss seiner Kochkünste kommt, ohne ihn dafür jemals heiraten zu müssen.«

Als Gabrielas Lachen durch den Raum schallt und die anderen Gäste darin einfallen, spüre ich, wie mein Selbstvertrauen wächst.

Rasch werfe ich einen Blick zu Luke, der sich mit verschränkten Armen auf seinem Stuhl zurücklehnt. Er sieht mich an, als wäre ich die einzige Person im Raum, und ich bin versucht, auf der Stelle das Mikrofon fallen zu lassen und mich mit ihm davonzustehlen.

Jemand hustet und lenkt meine Aufmerksamkeit von dem Mann ab, der sie immer wieder zu fesseln weiß.

Du schaffst das.

»Ich halte nicht viel von langen Reden – oder geselligen Zusammenkünften –, also fasse ich mich kurz.«

Einige Leute klatschen, bevor aus verschiedenen Richtungen ein »Sch-sch« zu hören ist.

»Als unsere Eltern Gabriela und mir beibrachten, dass Teilen wichtig ist, hatten sie dabei wohl kaum Männer im Sinn.« Diesmal lachen noch mehr Leute, und die Anspannung in meinen Schultern lässt weiter nach. »Vermutlich hätte ich alarmiert sein sollen, nachdem mir meine Schwester früher immer meine Ken-Puppen geklaut hat, aber meine Eltern behaupteten, sie würde der Phase entwachsen … Das dachten wir zumindest.«

Zum Glück lachen die Gäste auch diesmal.

»Jeder, der Aiden kennt, kann verstehen, warum Gabriela sich in ihn verliebt hat. Ich bin die Erste, die eingestehen würde, dass sie einen tadellosen Geschmack hat.« Ich fange Gabrielas Blick auf und zwinkere ihr zu, woraufhin ihr Lächeln noch strahlender wird.

»Meine Schwester träumt schon seit ihrer Kindheit davon,

ihren Traumprinzen zu treffen. Wenn wir damals Hochzeit gespielt haben, musste ich immer den Anzug unseres Vaters tragen und mir mit Filzstift einen Schnurrbart auf die Oberlippe malen.« Eine Gruppe Frauen am Tisch im hinteren Teil des Raums kichert ausgelassen. »Ich weiß. Wenn man bedenkt, dass die Leute sie als die *nette* Martinez-Schwester bezeichnen … Und das, obwohl sie mir pünktlich zum Klassenfototermin in der Schule mit Permanentmarker einen Schnurrbart verpasst hat.«

»Ich dachte wirklich, das sei abwaschbarer Filzstift!«, ruft meine Schwester dazwischen.

»Klar, würde ich an deiner Stelle auch behaupten.« Die Menge lacht auf. »Wie dem auch sei. Gabriela hatte auf jeden Fall diese Phase, in der sie regelrecht besessen von Hochzeiten war. Ständig hat sie sich das Video von der Hochzeit unserer Eltern angeschaut, als wäre das ihr Lieblingsfilm, und allen – ob sie es hören wollten oder nicht – erzählt, was ihr daran besonders gut gefällt. Die Blumen. Das bauschige Kleid. Wie unser Vater vor dem Altar auf seine ›Prinzessin‹ wartete, wie sie es ausdrückte. Aber je älter Gabriela wurde, desto mehr reifte auch ihre Sicht auf das Heiraten. Es ging nicht mehr um die Veranstaltung an sich, sondern um die Person, die sie sich am Ende des Mittelgangs vorstellte. Der Mann, der in guten wie in schlechten Zeiten zu ihr stehen würde. In Reichtum und Armut. In Gesundheit und Krankheit.«

Mir treten Tränen in die Augen, und ich bin erstaunt, dass ich bis jetzt noch nicht geweint habe. Ich vermeide es, meine Schwester anzusehen, die ich bereits schniefen höre. Ein Blick in ihre Richtung, und für meine Tränen gäbe es kein Halten mehr. Ich freue mich unglaublich für sie, gleichzeitig sehne ich mich nach einer Liebe wie ihrer. Eine Liebe, die vielleicht nicht perfekt ist, aber die Zeit und alle Prüfungen, die das Leben mit sich bringt, überdauern kann.

Ich werfe einen weiteren verstohlenen Blick auf Luke, der mich stolz anlächelt. *Du schaffst das*, formt er tonlos mit den Lippen und erfüllt mich mit genug Selbstvertrauen, um trotz des schmerzhaft wehmütigen Ziehens in der Brust weiterzumachen.

Ich atme einmal tief durch, um mich zu sammeln.

»Meine Schwester wusste immer, was sie wollte. Deshalb hat mich nichts glücklicher gemacht als der Moment, in dem sie erkannte, dass Aiden der Mann ist, mit dem sie ihr Leben teilen möchte.«

Ein Klingen von Besteck an Wasser- und Weingläsern erhebt sich.

»Die beiden sind für sich genommen schon unglaubliche Menschen, aber zusammen? Sie sind das Powerpaar, das wir alle sein wollen, und ich kann mir keine zwei Menschen vorstellen, die besser zueinander passen. Sie schenken mir den Glauben daran, dass es in unserem Leben immer Platz für die Liebe gibt; solange wir offen dafür sind, die Art von Liebe anzunehmen, die wir zu verdienen glauben.«

Ich wende mich an meinen Schwager.

»Aiden, du verkörperst alles, was mein Vater für meine Mutter ist, und damit genau das, was sich meine Schwester immer gewünscht hat, und noch mehr. Ich danke dir dafür, dass du sie so liebst, wie wir es tun. Wir sind froh, dich als Teil unserer Familie zu wissen, und ich spreche für alle Martinez-Riveras an diesem Abend, wenn ich sage, dass wir uns darauf freuen, eure eigene Familie und eure Liebe zueinander wachsen zu sehen. Herzlichen Glückwunsch, ihr beiden. Ich liebe euch beide mehr, als Worte es ausdrücken können. Auf euer Wohl!« Ich hebe mein Champagnerglas.

Der Herzschlag ist so laut in meinen Ohren, dass ich den aufbrandenden Applaus wie aus weiter Ferne wahrnehme, als ich vom Mikrofon zurücktrete. Erst jetzt bemerke ich die Dutzenden Augenpaare, die auf mich gerichtet sind, und mein Gesicht wird warm. Am liebsten würde ich mich in irgendeiner Ecke verstecken. Doch erfreulicherweise dreht kurz darauf der DJ die Musik auf und übertönt damit das Klackern meiner Absätze, als ich zu meinem Platz neben Luke zurückkehre.

»Sei ganz ehrlich, wie war ich?«

Luke zieht meinen Stuhl an seinen heran, bis sich unsere Beine berühren.

»Großartig.« Er drückt mir mein Weinglas in die zitternde Hand. »Du hast keinen einzigen Fehler gemacht.«

»Ich habe ein paar Lacher gehört.«

»Und ein paar Schniefer.«

»Meine Mutter hält mir später garantiert noch eine Standpauke, weil ich meine Schwester zum Weinen gebracht habe.«

»Und Aiden.«

Ich stoße ihn lachend mit der Schulter an. »Niemals.«

»Hast du nicht gesehen, wie er sich ganz diskret mit der Stoffserviette die Augen getupft hat?«

»Nein. Ich habe versucht, die beiden möglichst nicht allzu direkt anzuschauen.«

»Hoffentlich hat das jemand gefilmt. Das wird auf jeden Fall sein neues Profilbild in meinen Kontakten.«

Ich unterdrücke ein Lachen. »Dann war es also gut?«

Luke streicht mir eine lose Haarsträhne hinters Ohr. »Definitiv. Aber eins musst du mir noch verraten: Was hat es mit dem neuen Teil auf sich, den du noch hinzugefügt hast?«

»Welcher neue Teil?«, frage ich irritiert.

»Dass sie dir den Glauben an die Liebe geschenkt haben.«

»Oh, ach so … Stimmt.« Ich schaue überall hin, nur nicht in sein Gesicht. »Das war eine Last-Minute-Ergänzung.« Und eindeutig eine dumme Idee, wenn ich sehe, wie Luke mich gerade anschaut.

Er nickt langsam. »Ist mir nicht entgangen.«

»Zu kitschig?«, frage ich und schiebe, ohne ihn zu Wort kommen zu lassen, gleich hinterher: »Ja. Definitiv zu kitschig. Mist. Ich hätte das mit dir besprechen sollen, bevor ich mich da oben blamie…«

Luke unterbricht mein Geschwafel, indem er mich mit einem leidenschaftlichen Kuss zum Schweigen bringt.

»Hast du das ernst gemeint?«, fragt er, nachdem er sich wieder von mir gelöst hat.

»Was meinst du?«, frage ich, zu benommen, um seinem Gedankengang zu folgen.

»Dass es in unserem Leben immer Platz für die Liebe gibt; solange wir offen dafür sind, die Art von Liebe anzunehmen, die wir zu verdienen glauben«, zitiert er aus meiner Rede, ohne auch nur ein einziges Wort auszulassen. Sein Blick ist so intensiv, dass ich wegsehen muss.

»Ich denke schon.«

Ich habe in meinem Leben bereits einige Beziehungen geführt, aber nach Aiden habe ich aufgehört, nach jemandem

Ausschau zu halten, der so toll ist, dass ich ihn vielleicht eines Tages heiraten würde. Unzählige Male habe ich mir eingeredet, dass ich mich auf lockere Affären und Männer beschränke, die an nichts Ernstem interessiert sind, weil es sich sicher anfühlte. Solange ich wusste, worauf ich mich einließ, bestand kein Risiko, verletzt zu werden. Oder, schlimmer noch, jemand anderen zu verletzen.

Doch wenn ich jetzt darüber nachdenke, habe ich mir vielleicht nur deswegen Affären ausgesucht, weil ich dachte, dass ich die Art von Liebe, die meine Schwester und Aiden verbindet, nicht verdiene. Schließlich war ich der Grund dafür, dass sie zuerst nicht zusammen sein konnten. Meine falschen Lebensentscheidungen haben dazu geführt, dass meine Schwester leiden und ihre Gefühle für Aiden für sich behalten musste. Also entschied ich, dass sie diejenige ist, die ein Happy End mit dem Mann ihrer Träume verdient hat, während ich mich dafür bestrafte, dass ich so verdammt egoistisch gewesen war und die Gefühle aller anderen ignoriert hatte. Dabei habe ich in Wahrheit meine eigenen Bedürfnisse, Wünsche und Träume ignoriert.

Meine Schwester würde nicht wollen, dass ich mir selbst so wehtue. Sie würde sich für mich freuen, wenn ich ebenso glücklich wäre wie sie, und es ist an der Zeit, dass ich darüber nachdenke, wie dieses Glück aussehen könnte. Wie mein Leben aussehen könnte, wenn ich meine selbstzerstörerischen Gewohnheiten ablege.

Luke scheint meine Gedanken zu lesen. »Was für eine Art von Liebe denkst du zu verdienen?«

»Ich bin mir nicht sicher«, antworte ich ehrlich, aber so leise, dass meine Stimme über die laute Musik aus den Lautsprechern hinweg kaum zu hören ist.

Er umfasst mein Kinn und hebt sanft meinen Kopf an, um mir in die Augen zu schauen. »Dann liegt es an uns, das herauszufinden. *Zusammen.*«

KAPITEL DREIUNDZWANZIG

Luke

Man hat mir schon häufiger attestiert, ich sei ein geduldiger Mann, aber meine Fähigkeit, mich zu beherrschen, hat sich an diesem Abend mit einem einzigen Blick auf Catalina verabschiedet. Mit einem Lächeln, das nur für mich bestimmt ist, und in einem Seidenkleid, das jede Kurve betont, von der ich in den letzten Wochen geträumt habe.

Die ganze Hochzeit über kann ich die Augen nicht von ihr lassen. Irgendwann fangen die Männer an, Witze über mich zu machen, doch ich ignoriere sie. Mir ist vollkommen klar, dass ihre Sticheleien von purem Neid zeugen. Denn wer, zum Teufel, wäre nicht neidisch auf den Mann, dem Catalina ihre Aufmerksamkeit schenkt?

Verdammt, und ich selbst bin sogar auf ihre Familie neidisch. Vor allem dann, wenn ihre Onkel und Cousins sie für einen Tanz entführen, sodass ich in einer Ecke stehe und an meinem Bier nippe, während ich ungeduldig darauf warte, wieder an der Reihe zu sein.

Der heutige Abend ist eine echte Prüfung in Sachen Selbstbeherrschung, aber ich schlage mich wacker. Doch die Herausforderung wird noch größer, als Catalina mich auf die Tanzfläche schleppt, während die Familie Martinez-Rivera ausgelassen zu einem angesagten Latin-Song, der gerade aus den Lautsprechern dröhnt, tanzt.

»Folge einfach meinen Schritten.« Catalina legt meine eine Hand auf ihre Hüfte und ergreift die andere.

Ich überlasse ihr die Führung, während sie mir zeigt, wie man richtig zu der Musik tanzt, die ihre Familie liebt. Alle klopfen mir auf die Schulter und sagen ein paar aufmunternde Worte, und nach mehreren Songs habe ich den Dreh bei einigen Grundbewegungen raus. Zum Glück ist Catalina geduldig mit mir und lässt sich nie aus der Ruhe bringen, obwohl ich ihr mehrmals auf die Füße trete. Sie zeigt mir, wie ich die Hüften schwingen soll und sie sanft herumwirbeln kann, bis ich es ohne ihre Anleitung schaffe; und ich bringe sie mehrmals zum Lachen, als ich versehentlich aus dem Rhythmus gerate.

Ich könnte schwören, dass ich noch nie im Leben solch eine innere Zufriedenheit empfunden habe. Und das alles wegen dieser umwerfenden Frau, die regelrecht von innen heraus zu strahlen scheint, als sie erzählt, dass ihr Vater nie auf Partys getanzt hat, bis ihre Mutter auf einer auftauchte und dort mit allen Männern tanzte außer mit ihm.

In diesem Moment kann ich ihren Vater gut verstehen, denn vor heute Abend hatte ich absolut kein Problem damit, mit einem Drink in der Ecke zu stehen, während sich alle anderen auf der Tanzfläche tummeln. Ein weiterer Punkt auf meiner wachsenden Liste von Gründen dafür, dass die Sache mit Catalina etwas Besonderes ist.

Wir tanzen weiter zusammen, bis der DJ den letzten Tanz für das Brautpaar ankündigt. Um den Zauber zwischen uns nicht zu brechen, halte ich sie weiter in den Armen, während Aiden und Gaby ihren letzten Tanz des Abends tanzen und mit einem Meer aus Wunderkerzen verabschiedet werden.

Ich lasse Catalina erst los, als ich ihr die Tür zur Rückbank des Wagens öffne, den ich für unsere Fahrt zurück in die Stadt bestellt habe.

»Ich werde den Fahrer bitten, dass wir zuerst bei dir vorbeifahren.«

Catalina antwortet nicht, während sie auf den Rücksitz gleitet.

Ich folge ihr und schließe die Tür hinter mir. Bevor ich die Gelegenheit habe, erneut nach ihrer Hand zu tasten, ergreift sie meine und verschränkt unsere Finger miteinander.

»Oder wir könnten zusammen zu *dir* fahren«, sagt sie leise, ohne mich anzuschauen.

Ich wende mich ihr zu. »Wir haben beide getrunken.«

Sie wirft mir einen entnervten Blick zu. »Ich weiß nicht, wie es bei dir ist, aber ich fühle mich schon seit einer Stunde stocknüchtern.«

»Geht mir genauso.«

»Wenn du trotzdem nicht willst …« Sie beißt sich auf die Unterlippe.

Und wie ich will!

Ich räume ihre Bedenken mit einem Kuss aus, bevor ich unserem Fahrer die Planänderung mitteile.

Die kurze Fahrt zu meiner Wohnung fühlt sich an, als würde sie Stunden dauern, während ich mir ausmale, wie ich Catalina verwöhnen werde, sobald wir in meiner Wohnung sind. Vielleicht sollte ich sie fesseln, um sie daran zu hindern, in zwei Tagen nach Kalifornien zu fliegen.

Das wäre doch mal eine Idee.

»Luke?«, reißt Catalina mich aus meinen Gedanken.

»Hm?«

»Wir sind da.« Sie lächelt schüchtern.

Ich beeile mich, aus dem Auto zu kommen, damit ich ihr die Tür öffnen kann, bevor der Fahrer Gelegenheit dazu hat. Nachdem sie ausgestiegen ist, gehe ich mit langen Schritten auf das Haus zu. Zu lange Schritte für Catalina in ihren High Heels. Also hebe ich sie kurzerhand hoch und werfe sie mir über die Schulter.

»Hey!«, beschwert sie sich lachend und trommelt mit den Fäusten auf meinen Rücken.

»Du bist zu langsam.«

»Entschuldige bitte, dass ich mir nicht den Knöchel verstauchen will.«

»Solange du mich hast, kann das gar nicht passieren.«

Sie hört auf, mir auf den Rücken und den Hintern zu hauen, als ich sie die schmale Treppe hinauftrage. Vor der Wohnungstür greife ich in meine Tasche, um den Schlüssel rauszuholen. Die kleine LEGO-Figur schwingt hin und her, als ich ihn im Schloss drehe, und entlockt mir ein Lächeln.

Kaum dass die Tür hinter uns ins Schloss gefallen ist und ich Catalina abgesetzt habe, wirft sie sich mir in die Arme. Ihre Lippen prallen auf meine, und sie gräbt die Fingernägel in die Vorderseite meines Mantels, während sie mich gegen die Tür drückt.

Auf einmal ist mein Kopf wie leer gefegt – bis auf einen Gedanken: Sex mit Catalina zu haben.

Ihr scheint es genauso zu gehen, denn sie reißt mir den Mantel vom Leib, bevor sie ihren in Richtung Couch schleudert.

»Fuck.« Ich erschaudere und lasse den Kopf in den Nacken fallen, um ihr freien Zugang zu gewähren, als sie sich meine Kehle hinabküsst. Mein Griff um ihre Hüften wird zur reinsten Folter, als sie sich mit dem Becken gegen meinen sich aufbäumenden Schwanz drückt.

»Ich mag die Geräusche, die du machst«, wispert sie zwischen zwei Küssen.

Im nächsten Moment habe ich beide Hände unter ihren Hintern geschoben und hebe sie hoch. Instinktiv schlingt sie die Beine um meine Taille und küsst mich weiter, während ich mir so gut wie blind einen Weg durch die dunkle Wohnung bis in mein Schlafzimmer suche.

»Sag mir, dass das keine schreckliche Idee ist«, keucht Catalina, bevor sie einen unterdrückten Schrei ausstößt, als ich sie auf das Bett werfe.

Ich nutze ihren atemlosen Zustand, um mich über ihren Körper zu schieben und meinen Mund auf ihren zu drücken, während ich ihr Kinn fest zwischen meinen Fingern halte und meine Zunge vorschnellen lasse.

Sie erwidert meinen Kuss mit so viel Leidenschaft, dass es

mich unglaublich viel Selbstbeherrschung kostet, mich zurückzuziehen.

»Fühlt sich das schrecklich an?«, frage ich, bevor ich mich wieder hinunterbeuge, um an ihrer Unterlippe zu saugen. »Oder das?« Ich streiche mit der flachen Hand an ihrer Seite hinauf und drücke ihre Brust. Sie atmet scharf ein, als ich an der Schleife ziehe, die ihr Kleid zusammenhält, und meine Lippen um ihre Brustwarze schließe, sie reize, bis Catalinas Körper unter mir erzittert und mich geradezu anfleht, etwas gegen das wachsende Problem zwischen ihren Beinen zu unternehmen. »Antworte mir.« Ich sauge an ihrer Haut, bis ein kleiner Bluterguss erblüht.

»Nein.«

»Was nein?«

»Nein, nicht schrecklich. Richtig.«

»Das ist steigerungsfähig.« Ich stehle ihr einen weiteren Kuss, obwohl dieser schon an Bestrafung grenzt, bevor ich mich auf ihre andere, bisher schändlich vernachlässigte Brust konzentriere.

»Luke«, stöhnt Catalina, als ich meine Hüften vorschiebe und meinen harten Schwanz gegen ihre Mitte presse. Sie spreizt die Beine und gibt mir so den nötigen Raum, ihren Körper zu verwöhnen, wie ich es mir den ganzen Abend lang erträumt habe. Verdammt, die ganze *Woche* lang.

Trotz meiner Begierde konzentriere ich mich darauf, mich zusammenzureißen und mir Zeit zu nehmen, um mich mit Catalinas Körper vertraut zu machen. Ich probiere aus, was ihr ein Seufzen entlockt, was sie lustvoll aufstöhnen und gedämpft fluchen lässt, wenn sie die Leidenschaft überwältigt.

Ich weiß nicht, wie lange ich sie küsse, lecke und reize, bis sie sich unter mir windet und um Erlösung bettelt, aber ich höre nicht auf, bis sie so fest an meinen Haaren zieht, dass ich mir sicher bin, dass sie ganze Strähnen herausgerissen hat.

»Lucas …« Ihr Spitzname für mich bringt ihr ein hartes Saugen an ihrer Klitoris ein.

»Sag meinen Namen.«

»Fick mich, vielleicht erinnere ich mich dann daran.«

»Falsche Antwort.«

Ich verweigere ihr, worum sie fleht, und versenke stattdessen einen Finger in ihr. Das Gefühl von ihr, die Laute, die sie von sich gibt, lassen meinen Schwanz schmerzhaft zucken, bis ich ihn in die Matratze drücke, um mir ein wenig Erleichterung zu verschaffen.

Als ich einen zweiten Finger hinzufüge und mit dem Daumen ihre empfindliche Klitoris streichle, beginnt sie sich zu winden und stößt ein beinahe schon frustriertes Stöhnen aus. Sie schließt ihre Faust um das Laken, während sich ihre Muskeln anspannen und sie unter mir erzittert. Nach ein paar weiteren langsamen Bewegungen meiner Finger ziehe ich mich kurz zurück, um mich auszuziehen und ein Kondom aus meinem Nachttisch zu nehmen.

Doch Catalina lenkt mich ab, indem sie sich aufrichtet und meinen Schwanz mit der Hand umschließt, sodass ich näher an die Bettkante trete. Meine Sicht verschwimmt, als sie einen Tropfen Erregung von der Spitze leckt, bevor sie mit der Zunge träge über meine harte Länge fährt. Einen Moment lang befürchte ich, dass meine Beine unter mir nachgeben, als sie mich in den Mund nimmt, und ich muss mich am Nachttisch abstützen.

»Shit …« Ich überlege, mich zurückzuziehen, aber sie packt meinen Hintern und saugt so fest, dass ich Sterne sehe.

»Catalina«, stöhne ich. »Fuck …«

Ihre Augen schließen sich, während sie mich verschlingt. Wenn sie so weitermacht, komme ich, bevor ich auch nur die geringste Chance habe, zwischen ihren Schenkeln zu landen. Eine Vorstellung, die mich zum Handeln zwingt.

Ich muss all meine Willenskraft aufbringen, um mich aus ihrem Mund zurückzuziehen, woraufhin sie einen verärgerten Laut von sich gibt.

Schnell streife ich das Kondom über, benutze etwas Gleitgel und reibe meine Hand anschließend mit einem Taschentuch trocken, bevor ich zum Bett zurückkehre.

Catalina sieht mich aus halb geschlossenen Augen an, während sie ihre Beine spreizt und mich zu sich heranwinkt. Ich schnappe mir ein Kissen und schiebe es ihr unter den Po, bevor ich mich vorbeuge, um ihre Lippen mit meinen zu bedecken.

Dann schlingt Catalina die Beine um meine Taille und greift zwischen uns, um mich zu ihrem Zentrum zu führen.

Ich presse meine Stirn an ihre. »Wenn wir das tun, gibt es kein Zurück mehr.«

»Bereust du es etwa schon?«

»Nein.«

Aber du könntest es bereuen.

Ich verbanne den Gedanken und sämtliche anderen Zweifel, die ich in Bezug auf unsere Situation habe.

»Gut«, sagt sie mit einem kleinen Lächeln, während sie mir die Fersen in den Rücken gräbt.

Mein Körper erzittert, als ich in ihr versinke. Ganz langsam schiebe ich mich in sie hinein und reize sie mit flachen Stößen meiner Hüften.

Doch Catalina scheint es satt zu haben, geduldig zu sein, und kommt meinem nächsten Stoß mit einer ruckartigen Bewegung entgegen, die so hart ist wie ihre Nägel, die sich in meinen Rücken graben.

Wir seufzen beide zufrieden auf, als ich vollständig in ihr bin, und ich bin versucht, einfach auf diese Weise zu verharren. Doch schon kurz darauf beginnt sich Catalina unter mir zu winden und fleht mich an weiterzumachen.

Ich küsse ihren Kiefer. Ihre Wangen. Ihre Stirn und die empfindliche Stelle an ihrem Hals, woraufhin sie den Rücken wölbt und ich meine Hüften vorschiebe. Meine Bewegungen werden intensiver, je härter ich in sie eindringe. Je tiefer. Irgendwann muss sie ihre Handflächen gegen das Kopfteil drücken, um nicht hin und her zu rutschen, während ich in sie stoße.

Als sie meinen Namen ruft, sauge ich den Klang zusammen mit jedem Stöhnen auf, das ihrer Kehle entweicht. Ihre Fingernägel kratzen über meinen Rücken. Meinen Hintern. Und schließlich über meine Brust, wo der Schweiß unter den spärlichen Haaren, die meine Muskeln bedecken, zu perlen beginnt.

In unserer von Lust getriebenen Blase hört die Zeit auf zu existieren, und ich wünsche mir nichts sehnlicher, als dass dieser Moment so lange wie möglich anhält. Ich möchte das

Beste aus dieser Nacht herausholen, in so vielen Stellungen wie möglich.

Als ich spüre, dass ich kurz vor dem Höhepunkt bin, nachdem Catalina mit einem Schrei gekommen ist, ziehe ich meinen Schwanz aus ihr heraus, drehe sie auf den Bauch, packe sie an den Hüften und vögle sie von hinten. Die Position ist wie Himmel und Hölle zugleich, denn nichts, was sich so gut anfühlt, sollte jemals zu Ende gehen.

Catalinas Schreie verstärken meinen Wunsch, sie erneut zum Kommen zu bringen, und ich greife nach vorne und streichle ihre Klitoris, bis sie sich erneut um meinen Schwanz zusammenzieht.

Sie wirft einen Blick über die Schulter, und der Ausdruck purer Glückseligkeit auf ihrem Gesicht – ein Ausdruck, der nur wegen mir existiert – bringt mich zum Höhepunkt. Mit einem Fluch werfe ich den Kopf zurück, während ich komme.

Als ich nach meinem Orgasmus in die Realität zurückkehre, ziehe ich mich aus Catalina zurück, woraufhin sie sich auf den Rücken dreht und einladend die Arme öffnet. Ich sinke auf sie und atme tief den Geruch ihres Parfüms ein, während ich dem unregelmäßigen Klopfen ihres Herzens lausche und sie mir mit den Fingern durch die Haare fährt.

Ich habe keine Lust aufzustehen, um das Kondom im Badezimmer zu entsorgen; doch sobald ich merke, wie ich langsam wegdämmere, zwinge ich mich dazu.

Als ich zurückkomme, kämpft Catalina darum, die Augen offen zu halten, also helfe ich ihr in eines meiner T-Shirts, bevor ich die Decke über ihr ausbreite. Dann schlüpfe ich ebenfalls zurück ins Bett und kuschle mich von hinten an sie.

Mit einem Arm um ihre Taille, ein Bein mit ihren verschlungen, schlafe ich in dem Wissen ein, dass sich morgen alles zwischen uns verändert haben wird.

KAPITEL VIERUNDZWANZIG

Catalina

Am nächsten Morgen wache ich in einem Bett auf, das nicht meins ist, und neben einem Mann, der noch vor wenigen Stunden jede Faser meines Körpers zum Vibrieren gebracht hat. Ich weiß nicht mehr, wie lange Luke und ich wach geblieben sind, aber es war den Schlafentzug und den Muskelkater wert, der mich plagt, seit ich die Augen aufgeschlagen habe. Die Stelle zwischen meinen Schenkeln pocht bei der Erinnerung daran, wie er fest meine Hüften umklammert hat, während ich ihn geritten habe.

Luke zieht mich an seine feste, warme Brust, bis mein Hintern gegen seinen harten Schwanz drückt.

»Guten Morgen.« Seine Lippen streifen meinen Hinterkopf, während er mit dem Daumen über meinen Hüftknochen streicht.

»Morgen«, nuschle ich, meine Stimme kratzig von der Überbeanspruchung.

»Wie hast du geschlafen?«

»Zu gut.«

Bei seinem Lachen flattert ein ganzer Schwarm Schmetterlinge, in meinem Bauch auf.

»Gibt es so etwas überhaupt?«

»Nur, wenn von uns beiden erwartet wird, dass wir zum Brunch um ... Wie spät ist es?« Ich sehe mich erfolglos nach einer Uhr um.

Luke rollt sich mit einem Stöhnen aus dem Bett und sucht nach seinem Handy. »Acht.«

»Dann haben wir noch Zeit«, seufze ich erleichtert.

Er schiebt sich über mich und umschließt mein Gesicht mit beiden Händen. »Gefällt mir, wie du denkst.«

Ich stoße ihn lachend vor die Brust. »Ich meinte, genug Zeit, um mich fertig zu machen.«

Mit einem Funkeln in den Augen schiebt Luke die Hüften vor, sodass ich seine Erektion spüren kann. »Geh noch nicht.«

»Du wirst langsam ganz schön anhänglich.«

Er streicht mit seinen Lippen über meine. »Das ist noch gar nichts.«

»Soll das eine Warnung sein?«

»Eher ein Versprechen auf das, was kommt.« Er bedeckt meine Haut mit Küssen, die mein Innerstes um Erleichterung flehen lassen.

Luke macht kurzen Prozess mit dem Shirt, das er mir gestern Abend angezogen hat, und wirft es zusammen mit der

Boxershorts, die er sich angezogen hat, bevor er eingeschlafen ist, auf den Boden.

Die nächste Stunde verbringen wir mit Küssen und Orgasmen im Bett, bis wir beide in Versuchung geraten, erneut einzuschlafen. Es kostet mich sämtliche noch vorhandene Willenskraft, mich aus Lukes Umarmung zu lösen und nach meinem Kleid zu suchen.

Beim Anblick des zerknitterten eisblauen Stoffs verziehe ich unwillkürlich das Gesicht. Wenn mich meine Eltern in diesem Aufzug nach Haus kommen sehen, werden sie sofort wissen, mit was ich den Rest der Nacht verbracht habe.

Mist.

Luke räkelt sich auf der Matratze. »Deine Schwester hat bestimmt ein paar Klamotten in Aidens Zimmer.«

»O mein Gott, du bist ein Genie!« Ich drücke ihm einen Kuss auf die stoppelige Wange, bevor ich Gaby eine Nachricht schreibe, ob ich mir etwas zum Anziehen von ihr ausleihen darf.

Überraschenderweise antwortet sie sofort.

Gabriela:
DU HAST BEI IHM ÜBERNACHTET?

Ich:
Ja.

Gabriela:
O mein Gott. Ich will jedes Detail hören!

Ich:
Kann das warten?

Gabriela:
Das meinst du doch nicht ernst!
Ich warte seit Ewigkeiten auf
diesen Moment.

Ich:
Du klingst überhaupt nicht creepy …

Gabriela:
Du weißt doch, dass ich eine
Romantikerin bin.

Ich:
Ja, eine hoffnungslose, die sich viel zu
sehr mit diesem Thema beschäftigt.

Ich habe das Gefühl, mit der Wahrheit hinterm Berg zu halten, aber ich möchte meiner Schwester keine Hoffnungen auf etwas machen, dessen ich mir selbst noch nicht sicher bin.

Zum Glück kommentiert Gabriela meine letzte Nachricht lediglich mit einem Emoji, das die Augen verdreht, und schreibt mir anschließend, wo ich ihre Ersatzkleidung finde.

Ich:
Danke, du bist meine Rettung!

Gabriela:
Ich erwarte einen umfassenden Bericht, wenn wir uns für die Silvesterparty fertig machen.

Ich ignoriere ihre Nachricht und verschwinde im Gästebad, um mich in der Dusche mit der Seife zu waschen, die nach Luke riecht. Dann schlüpfe ich in einen Pullover und eine Jeans von Gabriela. Ihre Stiefel sind mir etwas zu klein, trotzdem ziehe ich sie lieber an als meine High Heels von gestern Abend.

Als ich aus dem Badezimmer komme, sitzt Luke mit einem Becher Kaffee in der Frühstücksecke und scrollt auf seinem Handy. In diesem Moment schaut er auf, und unsere Blicke treffen sich.

»Guck mich weiter so an, und ich trage dich zurück ins Bett«, sagt er mit heiserer Stimme.

Beschwingt gehe ich zu ihm und setze mich neben ihn an den Tisch.

»Danke für den Kaffee«, sage ich, bevor ich an dem Becher nippe, den er mir bereits hingestellt hat.

Als er mir statt einer Erwiderung einen Kuss auf den Mundwinkel gibt, läuft mir ein wohliger Schauer über den Rücken und meine Zehen krümmen sich in den Stiefeln, obwohl sie eigentlich kaum Platz dafür haben.

Die nächsten zwanzig Minuten unterhalten wir uns über die Hochzeit, während wir unseren Kaffee trinken und Bagels vom Vortag essen. Es fühlt sich vollkommen natürlich an. Als würden wir jeden Morgen zusammen aufwachen und frühstücken, während wir uns Geschichten erzählen und lachen. Dabei ist es das erste Mal.

Es gibt mir das Gefühl, *ganz* zu sein, weswegen sich alles in mir dagegen sträubt, unsere kleine Blase platzen zu lassen, als Luke mich an den Brunch erinnert.

»Du bist jederzeit willkommen, wieder bei mir zu übernachten«, sagt er, als er nach meinem Mantel auf dem Sofa greift, um mir hineinzuhelfen.

»Vielleicht komme ich darauf zurück«, erwidere ich lächelnd.

Ich bin davon ausgegangen, dass Sex die Situation zwischen uns verkomplizieren würde, aber wenn überhaupt, dann hat er mir meine größte Sorge genommen. Zwischen Luke und mir gibt es eine Chemie, die ich unmöglich ignorieren kann, und egal, wie sehr ich versuchen würde, mich ihr zu entziehen, es würde nicht dazu führen, dass sie verschwindet. Was nach letzter Nacht ohnehin das Letzte ist, was ich will.

So viel zumindest weiß ich.

Bei Gabrielas und Aidens festlichem Brunch sitzen Luke und ich an den gegenüberliegenden Enden des Tisches. Dadurch habe ich keine Gelegenheit, noch einmal mit ihm zu sprechen, bevor ich mit Gaby und den Brautjungfern aufbreche, um mich für die Silvesterparty in einer Bar in der Innenstadt namens *Last Call* fertig zu machen.

Silvester ist der zweitliebste Feiertag meiner Schwester – weil sie Feuerwerke liebt und bei Neuanfängen immer ganz sentimental wird. Deswegen kann ich mir keine bessere Art vorstellen, wie sie ihren ersten Tag als Ehefrau verbringen könnte, als im Kreis ihrer Familie und Freundinnen am 31. Dezember.

Sobald wir das Haus erreichen, das Gabriela und Aiden für ihr Hochzeitswochenende gemietet haben, löst meine Schwester ihr Versprechen ein und löchert mich mit Fragen über Luke, während uns die Brautjungfern so gebannt lauschen, als wären sie Gäste in einer Talkshow.

Gabriela lässt sich auf das Sofa neben dem Schminktisch fallen, an dem ich sitze. »Also …«

»Ja?«

»Du und Luke.«

»Mhm.« Ich rutsche mit der Mascara ab und steche mir beinahe ein Auge aus.

»Dann wollt ihr es mit einer Fernbeziehung versuchen?«

Ich starre sie einen Moment lang an. »Warum fragst du?«

»Ich wäre eine ziemlich beschissene Schwester, wenn ich dich nicht danach fragen würde.«

»Beschissen oder respektvoll in Bezug auf meine Privatsphäre?«

Gabriela schnappt sich eines der Zierkissen und zielt damit auf meinen Kopf, doch ich kann es abwehren. Es landet neben einer der Brautjungfern auf dem Boden, die erschrocken zusammenzuckt und ihren Eyelinerstrich versaut.

»Entschuldige!«, ruft Gabriela lachend.

Einen Augenblick lang hege ich die Hoffnung, dass sie das Thema damit fallen lässt, doch die löst sich mit ihrer nächsten Frage gleich wieder in Luft auf.

»Und, wie war's?«

»Wie war was?«

»Na, der *Sex*.«

Ich funkle sie finster an. »Ich werde nicht mit dir darüber reden.«

Sie lässt sich mit einem Seufzen gegen das Rückenpolster des Sofas fallen. »Okay, deine Entscheidung. Aber kannst du mir wenigstens verraten, in welche Richtung es mit euch beiden geht?«

»Nope.«

»Cata!«

»Das geht dich nichts an.«

»Doch.«

»Warum?«

»Weil du mir wichtig bist und ich möchte, dass du glücklich wirst.«

Ich bedenke sie mit einem weiteren skeptischen Blick, doch beim Anblick ihres Grinsens wird meine Miene sofort weich.

»Und weil ich superneugierig bin.«

Ich verkneife mir ein genervtes Stöhnen. »Was du nicht sagst.« Mit einer kleinen Schwester aufzuwachsen, hat mich das schon früh gelehrt; obwohl ich weiß, dass ihre Neugier vor allem auch von ihrer Liebe zu mir herrührt.

»Verrate mir nur eins«, sagt sie, nun plötzlich ganz ernst.

»Und das wäre?«, seufze ich.

»Macht er dich glücklich?«

»Ja«, antworte ich, ohne zu zögern. »Sehr sogar.«

Ich werde mir meines seligen Lächelns erst bewusst, als Gabriela es erwidert. »Gut. Das ist alles, was für mich zählt.«

Auf einmal fühlt es sich an, als würde sich eine Hand um mein Herz schließen und fest zudrücken, bis es schmerzt. »Was ist, machst du dich jetzt endlich für heute Abend fertig, oder willst du mich weiter mit Fragen über mein Liebesleben löchern?«

»Heißt das, du *hast* jetzt ein Liebesleben?« Sie wackelt anzüglich mit den Augenbrauen.

»Gabriela!«

»Hey, ist schließlich nicht meine Schuld, dass du in die Falle getappt bist.«

»Und jetzt werde ich gehen.« Hastig schiebe ich den Stuhl zurück und flüchte ins Bad in der Hoffnung, dass das Gespräch damit beendet ist, bevor meine Schwester mir noch mehr Informationen entlocken kann.

Vielleicht weiß ich noch nicht genau, was aus Luke und mir wird, aber das ist eine Unterhaltung, die ich zuerst mit *ihm* führen muss. Und vor allem eine, der wir uns morgen nicht länger entziehen können, weil ich für meinen nächsten Job nach Kalifornien fliegen werde. Ein Job, auf den ich mich bis vor Kurzem noch gefreut habe und der mir jetzt das Herz schwer macht. Und es gibt nichts, was ich dagegen tun könnte.

KAPITEL FÜNFUNDZWANZIG

Luke

Nach dem Brunch kehren Aiden und ich in unsere ehemalige WG zurück.

Die nächsten Stunden verbringen wir damit, Umzugskartons zu packen, während ich ihm Fragen zum gestrigen Tag stelle.

»Genug von mir«, sagt Aiden irgendwann und wirft das Paketband aufs Bett.

Ich seufze ergeben, da ich mir denken kann, was als Nächstes kommt.

»Was ist mit dir und Catalina?«

»Was soll mit uns sein?«

»Na, komm schon, Mann. Ich weiß doch, dass sie gestern hier übernachtet hat.«

Ich spüre, wie meine Wangen warm werden. »Mehr gibt es nicht zu wissen.«

»Hast du schon mit ihr gesprochen?«

»Worüber?«

»Dass du offen für eine Fernbeziehung bist.«

»Äh … nein …«

Er starrt mich überrascht an.

»Was ist?«, frage ich, diesmal leicht beunruhigt.

»Reist sie nicht morgen ab?«

»Doch, ja.« Beim Gedanken daran zieht sich mir der Magen zusammen. Ich habe mein Bestes gegeben, Catalinas bevorstehende Abreise zu vergessen; aber das ist unmöglich, wenn die Realität unserer Situation und jede Entscheidung, die ich in den letzten vierundzwanzig Stunden getroffen habe, wie eine dunkle Gewitterwolke über mir hängen.

»Und du hast das Thema immer noch nicht angesprochen?«

Ich setze mich auf die Bettkante. »Ich wollte sie nicht verschrecken.«

»Jetzt ist nicht der richtige Zeitpunkt, sich darüber Gedanken zu machen.« Aiden beginnt, ungeachtet der rumstehenden Kartons in seinem Zimmer auf und ab zu laufen.

»Ich habe vor, mit ihr darüber zu reden.«

»Wann?«

»Heute Abend.« Ich klinge selbstbewusster, als ich mich fühle. Silvester ist vielleicht nicht der ideale Rahmen für so ein ernstes Gespräch, aber ich kann unmöglich zulassen, dass Catalina morgen abreist, ohne sie vorher wissen zu lassen, wo ich stehe.

Aiden kneift sich mit einem Seufzen in den Nasenrücken.

»Ich habe keine Wahl. Entweder ich spreche heute Abend

mit ihr darüber, oder ich warte, bis sie in Kalifornien ist. Und je länger ich darüber nachdenke, desto weniger gefällt mir letztere Option.«

»Du magst sie wirklich sehr.«

Verdammt, ja, das tue ich. Die vergangene Nacht hat meine wachsenden Gefühle für sie noch weiter gefestigt, und seit heute bin ich mir ihrer vollkommen sicher. Von dem Moment an, als ich Catalina nur dreißig Minuten, nachdem sie mit ihrer Schwester und den Brautjungfern vom Brunch aufgebrochen war, anfing zu vermissen, war mir klar, dass ich verloren bin. Ich habe keine Ahnung, wie ich die Zeit überstehen soll, wenn sie weg ist, aber ich weiß, dass ich jede erdenkliche Taktik anwenden werde, um sie dazu zu bringen, nach Lake Wisteria zurückzukehren. Selbst wenn ich dafür ein paar nicht ganz saubere Tricks anwenden muss.

Ich spüre es sofort, als Catalina das *Last Call* betritt. Alles um mich herum rückt in den Hintergrund, als sie, einem Geschenk des Himmels gleich, in einem goldenen Kleid, das perfekt zu ihrem Teint und ihren braunen Augen passt, in die Bar kommt.

Ich ertappe mich dabei, wie ich sie anstarre, gebe mir jedoch keine Mühe, es zu verbergen, als Catalina auf mich zukommt und mir einen Kuss auf die Wange drückt.

»Hast du mich vermisst?«, fragt sie mit einem so schüchternen Lächeln, dass ich sie auf die Lippen küsse, um ihr Selbstvertrauen zu stärken.

»Von dem Moment an, als du gegangen bist.«

»Schon klar.« Sie verdreht die Augen und sieht auf den Boden, sodass ich einen Blick auf ihr schimmerndes Augen-Make-up erhaschen kann.

»Im Ernst. Und ich habe große Angst davor, einen schweren Rückfall zu erleiden, wenn du wegziehst.«

»Ist das ein Trick, um mich dazu zu bringen, in Lake Wisteria zu bleiben?«

»Kommt drauf an. Funktioniert es denn?«

Sie lacht. »Nein, aber ich weiß deine Mühe zu schätzen.«

Ich lege den Arm um sie und gebe dem Barkeeper ein Zeichen.

Catalina bestellt einen Wodka Tonic, während ich bei meinem Bier bleibe, an dem ich bisher nur genippt habe. Ich bin fest entschlossen, heute Abend nicht viel zu trinken. Wenn dies auf absehbare Zeit unsere vorerst letzten gemeinsamen Stunden sind, möchte ich das Beste daraus machen. Für all die Dinge, die ich geplant habe, brauche ich einen klaren Kopf.

»Ich könnte mir ein paar Tage frei nehmen und dich besuchen«, platze ich heraus.

»Was?«

»Sorry, ich hab nur laut nachgedacht.«

Sie verzieht die Lippen um ihren Strohhalm zu einem Lächeln. »Darüber, mich zu besuchen?«

»Ja.«

»Könntest du dir denn überhaupt so viele Tage am Stück freinehmen?«

»Aiden schuldet mir noch ein paar Dienste.«

Sie streicht mit der flachen Hand über mein Hemd. »Und du würdest den Gefallen für mich einfordern? Warum?«

»Wenn du das immer noch nicht weißt, dann haben wir ein ernsthaftes Problem.«

Ihre Augen funkeln. »Ach … ist das so?«

»Ja, denn es würde bedeuten, dass ich meine Absichten nicht deutlich genug zum Ausdruck gebracht habe.«

Ihr Lächeln wird breiter. »Das wäre natürlich schlecht.«

Ich schüttle amüsiert den Kopf. »Offensichtlich muss ich mich klarer ausdrücken.«

»Oh, bitte, lass dich nicht aufhalten.«

Ich streichle ihre Wange, bevor ich mich leicht zu ihr hinunterbeuge. »Ich will dich. Egal wie.«

Sie legt den Kopf in den Nacken, um mir in die Augen zu sehen. »Auch wenn das bedeutet, dass wir eine Fernbeziehung führen müssen?«

»Sagt man nicht, dass die Liebe mit der Entfernung wächst?«

»Sie wird dadurch auch trauriger.« Ihre Mundwinkel sinken herab.

»Das stimmt, aber drei Monate gehen schneller vorbei, als man denkt.«

»Und was ist danach?«

»Mach dir darum keine Gedanken.« Wenn alles nach Plan läuft – und ich werde nicht ruhen, bis ich ihn in die Tat umgesetzt habe –, dann wird Catalina zu mir nach Hause zurückkehren.

Und ich werde die Tage bis dahin zählen.

Die Menge um uns herum jubelt, als auf der Leinwand der Times Square und die Uhr mit dem Jahres-Countdown erscheint. Noch eine Minute bis Mitternacht.

»Cata!« Gaby drängt sich mit Aiden auf den Fersen durch die Menge.

»Hier drüben!«, ruft Catalina und winkt ihnen.

Gaby umarmt ihre Schwester, bevor Aiden seine Frau an sich zieht, während die Sekunden heruntergezählt werden.

»Zehn … neun …«

Mit jeder Zahl, die durch den Raum schallt, schlägt mein Herz schneller, während ich dem Augenblick entgegenfiebere, in dem ich das neue Jahr mit der Frau an meiner Seite beginne.

Ich schlinge den Arm um Catalinas Taille, und sie schaut mit einem warmen Lächeln zu mir auf.

»Sechs … fünf …«

Catalinas Blick fällt auf meinen Mund. »Vier … drei …«

»Zwei …«

Ich umschließe sanft ihren Nacken mit der Hand und fahre mit dem Daumen über die weiche Haut, unter der ihr Puls klopft.

»Frohes Neues Jahr!«

Die Menge tobt, aber ich schenke dem Geschehen um uns herum keinerlei Beachtung, während ich Catalina küsse.

Ich lege alles in unseren Kuss – jedes einzelne Gramm Sehnsucht nach ihr, das ich empfunden habe, zusammen mit all den Hoffnungen, die ich für das kommende Jahr hege. Ein Jahr, das ich mit ihr verbringen möchte, wenn sie das auch will.

Der Kuss verwandelt sich von süß zu verzweifelt zu sanft, bevor wir uns dazu zwingen, uns voneinander zu lösen. Ich bin mir nicht sicher, ob ich es geschafft hätte, wenn Aiden mir nicht auf die Schulter klopfen würde, um uns aus der Bar auf die Hauptstraße zu zerren, wo ein paar Collegekids, die er dafür bezahlt hat, ein Feuerwerk für Gaby zünden.

Catalina und ich nippen an unserem Champagner, während

wir beobachten, wie der Himmel von Tausenden funkelnden Lichtern erleuchtet wird. Oder eher, während *sie* dem Spektakel zusieht. Ich dagegen bin den Großteil der Show damit beschäftigt, sie anzuschauen.

In diesem Moment schwöre ich mir, dass ich alles in meiner Macht Stehende tun werde, um diesen Ausdruck reinen Staunens auf ihrem Gesicht zu bewahren. Dass ich mein Bestes geben werde, um ihr zu zeigen, dass aus dem, was wir haben, etwas Großartiges erwachsen kann. Auch wenn es bedeutet, dass wir auf unserem Weg jede Menge Hindernisse überwinden müssen.

Ich habe nicht den geringsten Zweifel daran, dass ich mich in diese Frau verlieben könnte. Tatsächlich hoffe ich, dass es so kommt.

Ebenso wie ich hoffe, dass sie meine Liebe erwidern kann.

KAPITEL SECHSUNDZWANZIG

Catalina

Ich schleife meine beiden Koffer wie Betonblöcke hinter mir her, während ich den Flughafen von Los Angeles durchquere. Obwohl ich mich darauf freue, Monica wiederzusehen, spüre ich eine ungewohnte Schwere in den Gliedern, und hinter meinen Schläfen baut sich bei dem Gedanken daran, morgen meinen neuen Job anzutreten, ein dumpfer Schmerz auf. Doch ich gebe mein Bestes, die bedrückenden Gedanken beiseitezuschieben, sobald ich nach draußen trete.

Es dauert nicht lange, bis ich Monica in der Menschenmenge ausmache; mit ihren blonden Haaren und der sportlichen Figur ist sie leicht zu erkennen. Als sie mich in die Arme schließt, lässt meine Anspannung zum Glück etwas nach.

»Ich freue mich so, dass du hier bist!« Monica öffnet den

Kofferraum ihres Wagens und hilft mir, das Gepäck hineinzuwuchten.

»Ich mich auch.« Ich bemühe mich um einen fröhlichen Tonfall, doch so, wie sie mich ansieht, ist er nicht sonderlich überzeugend.

»Vermisst du Luke schon?«

»Nein.« Auch das klingt wenig überzeugend, selbst in meinen eigenen Ohren.

Ja, ich vermisse ihn, aber es ist fast genauso schwer, das gegenüber Monica zuzugeben, wie mich selbst damit abzufinden. Es kommt mir albern vor, jemanden zu vermissen, den ich gerade erst kennengelernt habe; andererseits haben wir uns dank Luke in den vergangenen zwei Wochen fast jeden Tag gesehen. Seine Bemühungen, mich dazu zu bringen, mich nach seiner Gesellschaft zu sehnen, sind offensichtlich auf etwas zu fruchtbaren Boden gefallen. Und jetzt frage ich mich, wie, zum Teufel, ich es drei Monate ohne ihn aushalten soll.

Vorausgesetzt, du findest anschließend einen Job in der Nähe von Lake Wisteria.

Mein Magen verkrampft sich, während sich die Sorge in mein Herz frisst.

»Ich glaube, ich weiß genau das Richtige, um dich aufzumuntern«, reißt mich Monicas fröhliche Stimme aus meinen Gedanken.

»Und was?«

»Burger und Strand!«

»Wie ist die Wohnung?«, erkundigt sich Luke.

»Gut.« Ich erhöhe die Lautstärke meiner In-Ears, damit

ich ihn besser verstehe, während ich meine spärlichen Besitztümer aus den Koffern nehme und in Schränken und Regalen verstaue.

»Ist sie noch so schön, wie du sie in Erinnerung hast?«

Ich sehe mich um. Das Apartment hat Meerblick, was die in die Jahre gekommene Einrichtung, die veraltete Küche und das Bad mit den gesprungenen Fliesen wettmacht. Ich war überrascht, als ich festgestellt habe, dass dieselbe Einzimmerwohnung, die ich schon ein Jahr zuvor gemietet hatte, wieder verfügbar war. Doch obwohl sich seit meinem letzten Aufenthalt hier nicht viel verändert hat, kann ich das von mir nicht behaupten.

»Sie wirkt etwas heruntergekommener.«

»Aber zumindest die Aussicht ist gut?«

Ich werfe einen Blick aus dem Fenster. »Ja.«

»Ich freue mich schon darauf, sie mit eigenen Augen zu sehen.«

Sein Kommentar heitert mich ein wenig auf. »Weißt du schon, wann du mich besuchen kommst?«

»Ich muss mich noch mit dem Krankenhaus und Aiden abstimmen, aber ich hoffe, spätestens Ende des Monats.«

Meine kurz aufgeflammte gute Laune verpufft. »Oh.«

»Enttäuscht, dass ich es nicht früher schaffe?«

Ja, aber das gebe ich nicht zu.

»Ehrlich gesagt, werde ich in den nächsten Wochen sowieso total viel zu tun haben. Ist also wahrscheinlich besser so.«

Rede dir das nur weiter ein, dann glaubst du vielleicht selbst irgendwann dran.

»Die Zeit vergeht wie im Flug. Du wirst sehen.«

Die Zeit vergeht *nicht* wie im Flug. Stattdessen fühle ich mich wie in einer Sanduhr gefangen, wo ich jedes einzelne Korn zähle, während die Tage geradezu quälend langsam verstreichen.

Ich hatte früher auch schon ab und zu Heimweh. Was kein Wunder ist, wenn man in einer Stadt wie Lake Wisteria, umgeben von Menschen, die mich seit meiner Geburt kennen, aufwächst. Klar, ich bin immer gerne gereist, aber je mehr ich jetzt darüber nachdenke, desto weniger möchte ich von meiner Heimat weg sein. Bisher hat es mir Freude gemacht, von Stadt zu Stadt zu ziehen, um überall dort als Krankenpflegerin einzuspringen, wo ich gebraucht werde. Es hat mir die Möglichkeit eröffnet, neue Orte zu erkunden, mich auszuprobieren und viele neue Leute kennenzulernen – Dinge, die mir stets schwergefallen sind. Meine Arbeit als Pflegerin ohne Festanstellung hat mir die Möglichkeit eröffnet, in dieser Hinsicht zu wachsen. Aber vielleicht ist es nun an der Zeit für eine weitere Veränderung. Eine, die damit beginnt, an den Ort zurückzukehren, an dem mein Leben angefangen hat, und zu dem Mann, der dort lebt.

Dr. Darling.

Ich reibe mir die Augen, um sicherzugehen, dass ich nicht halluziniere. »Luke?«

Er gibt mir keine Gelegenheit, die Tatsache zu verarbeiten, dass er bei mir in Kalifornien ist, bevor sein Mund auf meinem liegt. Sein Kuss ist fordernd und hinterlässt eine unsichtbare Spur, an die ich nicht aufhören kann zu denken, während ich einen Schritt beiseitemache, um ihn reinzulassen.

»Ich weiß, dass du keine Überraschungen magst, aber ich hoffe, dass dir diese nichts ausmacht«, sagt Luke und schleppt sein Gepäck über die Schwelle, bevor ich mich in seine Arme werfe.

»Soll das ein Witz sein?«, frage ich zwischen zwei Küssen. »Das ist die beste Überraschung überhaupt.«

Sein Grinsen lässt Schmetterlinge in meinem Bauch flattern. »Dann macht es dir nichts aus?«

»Es macht mir nur was aus, dass du offensichtlich an meiner Antwort zweifelst.«

Seine stumme Entschuldigung besteht aus einem Kuss. »Ich war mir nicht sicher …«

Ich bringe ihn meinerseits mit einem Kuss zum Schweigen. »Weniger reden. Mehr zusammen sein.«

»Das musst du mir nicht zweimal sagen.« Er fährt mit den Fingern durch mein Haar, bevor er meinen Hinterkopf umfasst und mich festhält, um mir zu zeigen, wie sehr er mich vermisst hat.

Wir verbringen ein paar Stunden zusammen im Bett, bevor wir ins Wohnzimmer gehen, um Take-out-Pizza von einem meiner Lieblingsrestaurant zu essen. Anschließend kuscheln wir uns auf die Couch, um uns einen Film anzusehen.

Seufzend schmiege ich mich an Lukes Seite. »Wie lange bleibst du?«

Er verzieht unglücklich das Gesicht. »Mein Flug geht morgen Abend.«

»Oh.«

»Aber ich kann bald wiederkommen.«

»Und ich kann dich auch wenigstens ein Mal besuchen.«

Seine Miene hellt sich ein wenig auf. »Hast du schon Pläne, wo du als Nächstes hingehen willst?«

Mein Versuch, ein Grinsen zu unterdrücken, scheitert kläglich. »Ich habe ein paar Optionen.«

Der traurig-finstere Gesichtsausdruck, der so untypisch für Luke ist, kehrt zurück. »Das ist … gut.«

»Ist es das?«

Er schlingt die Arme fester um meine Taille. »Natürlich. Du liebst deinen Job.«

Ich fahre mit den Finger seine Brust hinab, was ihm ein leises Seufzen entlockt. »Das tue ich.«

»Und er wird gut bezahlt.«

»Stimmt, über mein Gehalt kann ich mich nicht beschweren.«

»Jepp …« Er senkt den Blick.

»Aber …«

Luke reißt den Kopf hoch. »Aber?«

»Es gibt einen großen Nachteil.«

»Ich höre.«

»Ich bin gerade mal ein paar Wochen hier, und ich denke jetzt schon ständig darüber nach, wann ich das nächste Mal nach Hause fliegen kann.«

»Das lässt sich einrichten.«

Ich setze mich auf seinen Schoß und lege die Hände an seine Wangen. »Wirklich?«

»Ich behalte die Stellenausschreibungen im Krankenhaus im Blick.«

Mein Lächeln kehrt auf einen Schlag zurück. »Im Ernst?«

Seine Hände auf meinen Hüften halten mich fest. »Bisher war noch nichts Passendes dabei, aber ich bin zuversichtlich. Anscheinend geht eine der Pflegerinnen von der Neugeborenen-Intensivstation in drei Monaten in Mutterschaftsurlaub.«

Mein Herz droht bei der Vorstellung, dass Luke nach Jobmöglichkeiten für mich Ausschau hält, vor Glück zu zerspringen. »Vermisst du mich so sehr?«

»In besorgniserregendem Maß, um es vorsichtig auszudrücken.«

»Ist das überhaupt möglich?«

»Ja, aber nur, weil ich keine Ahnung habe, wann ich dich das nächste Mal wiedersehe.«

Ich beuge mich vor und küsse ihn zärtlich. »Nach dem Job hier werde ich nach Lake Wisteria zurückziehen, so viel steht fest.«

»Was?« Luke sieht mich vollkommen überrascht an.

»Die Entscheidung habe ich schon für mich getroffen, bevor du heute plötzlich vor meiner Tür gestanden hast.«

»Und damit hältst du so lange hinter dem Berg?«

Ich lache. »Du hast mir ja kaum eine Möglichkeit gegeben, dir davon zu erzählen.«

In einem Moment sitze ich noch auf Lukes Schoß, im nächsten hat er mich über seine Schulter geworfen, um mich zurück ins Schlafzimmer zu tragen.

»Fängst du jetzt wieder damit an?«

Er gibt mir einen sanften Klapps auf den Hintern.

»Hey, wofür war das denn?«, protestiere ich.

»Dafür, dass du so lange damit gewartet hast, mir zu sagen, dass du nach Hause zurückkommst.«

Nach Hause hat noch nie besser geklungen als in diesem Moment, und mein Herz beginnt als stumme Antwort, schneller zu pochen.

»Ich nehme an, du bist glücklich?«

Luke legt mich aufs Bett, bevor er sich neben mich kuschelt. »Ich habe den gesamten Flug damit verbracht, einen ausgeklügelten Plan zu entwerfen, mit dem ich dich zur Rückkehr bewegen kann, und wofür?«

Ich grinse. »Erzähl mir mehr davon.«

Seine Augen werden schmal. »Du bist ein bisschen zu selbstgefällig, was das alles angeht.«

»Willst du es mir im Ernst verübeln, dass ich alles darüber hören will, wie sehr du mich vermisst?«

»Kommt darauf an, ob du zugibst, dass du mich auch vermisst hast.«

Ich schlinge die Arme um seinen Nacken und ziehe ihn an mich. »Natürlich habe ich dich vermisst. Von der Sekunde an, als ich ins Flugzeug gestiegen bin.«

»Du hast nie was in die Richtung gesagt.«

»Um zu riskieren, dass du mich für zu anhänglich hältst?«

»Zu anhänglich gibt es gar nicht.«

Ich verdrehe die Augen. »Klar gibt es das.«

Er legt mir zwei Finger unter das Kinn, um meinen Kopf anzuheben, damit er mir in die Augen sehen kann. »Es gefällt mir zu wissen, dass du von mir besessen bist.«

Ich boxe ihn lachend gegen die Schulter. »Ich bin nicht von dir besessen.«

»So habe ich das aber interpretiert.«

»Ist nicht meine Schuld, dass du anscheinend nicht in der Lage bist, die entsprechenden Hinweise korrekt zu deuten.«

»Nur, dass alle Hinweise auf dieselbe Theorie hindeuten.«

»Und die wäre?«

»Dass du dabei bist, dich in mich zu verlieben.«

Meine Wangen werden warm. »Halt die Klappe.«

»Ist schon okay, das bleibt unser kleines Geheimnis.«

»Wundervoll, aber ich bin trotzdem nicht in dich verliebt.«

Sein Grinsen wird breiter. »Warum wirst du dann rot?«

»Weil du mich in Verlegenheit bringst!«

»Warum sollte dich das in Verlegenheit bringen? Immerhin bin ich eine extrem liebenswerte Person.«

»Mach so weiter, und ich werde infrage stellen, ob dem tatsächlich so ist.«

Luke packt mich an der Hüfte und dreht sich auf den Rücken, sodass ich auf ihm sitze. »Nur damit das klar ist: Ich finde es sehr süß, wenn du schüchtern bist.«

»Da wir gerade dabei sind, Dinge festzustellen, lass mich festhalten, dass ich jede Sekunde dieser Unterhaltung hasse.«

»Sollen wir sie auf später verschieben?«

»Ja«, zische ich.

»Okay, dann streiche ich besser mal schnell den Punkt *dramatisches Liebesgeständnis* von der Wunschliste.«

Ich beuge mich vor, bis unsere Gesichter nur noch wenige Zentimeter voneinander entfernt sind. »Luke?«

»Ja?«

»Hör auf zu reden, und küss mich endlich, bevor ich es mir anders überlege und doch nicht nach Lake Wisteria zurückkomme.«

Sein verschmitztes Lächeln lässt mein Herz höherschlagen. »Dein Wunsch ist mir Befehl.«

EPILOG

Catalina

Zwei Jahre später

Nach einer unruhigen Nacht im Lake Aurora Hospital träume ich auf der kurzen Fahrt zurück zu Luke und meiner Wohnung davon, wie mich mein Freund in die Arme schließt – nur um mit Stille konfrontiert zu werden, als ich die Haustür aufschließe und unser kleines, aber gemütliches Zuhause betrete. Luke hat eine Nachttischlampe für mich brennen lassen, aber die Couch, auf der er normalerweise einschläft, während er auf mich wartet, ist leer.

»Luke?« Ich sehe in der Küche, im Schlafzimmer und im Badezimmer nach, kann ihn aber nirgendwo entdecken.

Seit Luke und ich vor einem Jahr zusammengezogen sind,

bin ich eindeutig verwöhnt. Irgendwo zwischen Verlieben und Zusammenziehen habe ich vollkommen vergessen, wie es sich anfühlt, allein zu sein. Jetzt, da ich mich wieder an das beunruhigende Gefühl erinnere, das mich jahrelang geplagt hat, empfinde ich noch mehr Dankbarkeit für Lukes Liebe, seine Gesellschaft und die Tatsache, dass er jeden noch so schlimmen Tag ein wenig erträglicher macht.

Bevor ich unter die Dusche springe, schreibe ich Luke eine Nachricht, um zu fragen, wo er ist, doch er antwortet nicht. Um nicht nur tatenlos zu warten, versuche ich mich abzulenken, indem ich mir die Reste vom Vortag aufwärme, die er mir aufgehoben hat, durch die Kindergartenfotos scrolle, die mir meine Schwester geschickt hat, und sie kommentiere, und schließlich, indem ich mir mein Gehirn ein paar Minuten lang von Social Media vernebeln lasse.

Ich bin so abgelenkt von einem Video, in dem ein Hund mit seinem lange vermissten Besitzer wiedervereint wird, dass ich Luke erst höre, als die Haustür hinter ihm zufällt.

Ich stecke den Kopf aus der Küche. »Was hast du gemach…« Ich breche ab, als mein Blick auf den riesigen rechteckigen Karton in seinen Armen fällt. »O mein Gott.«

Sein strahlendes Lächeln wird noch breiter. »Überraschung?«

Ich renne auf ihn zu und werfe ihm die Arme um den Hals, ohne Rücksicht darauf zu nehmen, dass das LEGO-Set gegen seine Brust gedrückt wird. »Wie bist du da drangekommen?«

Luke gibt mir einen Kuss aufs Haar. »Ich habe über zehn Stunden in der Schlange gestanden und gehofft, dass ich Glück habe.«

Ich blinzle ihn an. »Du hast *zehn Stunden* gewartet?«

»Ja.«

»Allein?« Ich nehme ihn bei der Hand und ziehe ihn zum Sofa.

»Aiden hat mir einen Teil der Zeit Gesellschaft geleistet.«

»Und warum hat er dich sitzen lassen?«

»Warum wohl?« Er hebt eine Augenbraue.

Ich nehme Luke den Karton aus der Hand und stelle ihn auf den Couchtisch, um mich auf seinen Schoß zu setzen. Er legt die Hände an meine Hüften, während ich seine Wangen mit sanften Küssen bedecke.

»Ich nehme an, du freust dich?«

»Ist das dein Ernst? Ich hätte nie gedacht, dass wir eins bekommen.« Ich deute mit dem Kopf in Richtung des limitierten LEGO-Sets unseres Lieblings-Science-Fiction-Filmuniversums. Seit die Galaktische Kommandozentrale fertig ist, haben wir nach und nach immer mehr Sets aus derselben Welt gekauft und gemeinsam zusammengebaut. Aber ich hätte nie gedacht, dass Luke es schaffen würde, dieses für uns zu ergattern. Laut den FAQs auf der Website wurden weltweit nur ein paar Hunderttausend davon hergestellt. Was erst mal nach viel klingt, aber wenn man die Popularität der Filme bedenkt, sind sie damit extrem selten.

»Ich musste es einfach versuchen.«

Lukes strahlendes Lächeln ist ansteckend. Es ist erstaunlich, wie nur wenige Minuten in Lukes Gegenwart helfen, die bedrückende Traurigkeit zu lindern, die mich verfolgt, seit ich heute herausgefunden habe, dass mein kleiner Patient nicht gut auf seine Behandlung anspricht.

»Was ist los?« Luke streichelt mir die Wange.

»Ich habe doch gar nichts gesagt.«

»Das musst du auch nicht.« Er schiebt mich sanft vom Schoß, um mich an seine Seite zu ziehen und beschützend einen Arm um mich zu legen.

Mit einem Seufzen kuschle ich mich an ihn.

»Harter Tag?«, fragt er.

»Ja.«

»Möchtest du darüber reden?«

»Eher nicht.«

Er drückt mich fester an sich. »Es tut mir leid.«

»Was denn?«

»Ich wünschte, ich könnte dir etwas von der Last abnehmen, die dich so traurig aussehen lässt …« Er mustert mich besorgt.

Ich mache mir nicht die Mühe, meine wahren Gefühle hinter einem beruhigenden Lächeln zu verbergen. Die Wahrheit ist, dass der Tod die Schattenseite eines medizinischen Berufs ist und dazugehört. Die Realität zu leugnen, macht es nicht leichter, aber das Wissen darum, dass ich Luke habe, zu dem ich nach Hause kommen kann. Ich könnte mir keinen besseren Freund, Liebhaber und Lebenspartner wünschen.

»Danke«, platze ich heraus.

Er macht ein verwirrtes Gesicht. »Wofür?«

»Dafür, dass du du bist.«

»Du rechnest mir eindeutig zu hoch an, dass ich gerade mal das Nötigste tue.«

Ich deute auf das LEGO-Set. »Tun wir jetzt so, als hättest du nicht gerade zehn Stunden in einer Schlange gestanden, um das da zu besorgen?«

»Und ich würde es jederzeit wieder tun, um das Lächeln zu sehen, dass du eben beim Anblick des Sets im Gesicht hattest.«

Das Herz schlägt mir bis zum Hals. Hastig versuche ich, die Tatsache, dass mich seine Worte zum Schmelzen bringen, mit einem Augenrollen zu überspielen. »Wirst du jemals damit aufhören, so sentimentale Sachen zu sagen?«

»Kommt darauf an, wie lange du vorhast, mich zu lieben.«

»Da du es gerade erwähnst …«

Luke rächt sich, indem er die empfindliche Stelle zwischen meinen Rippen kitzelt.

»Hör auf!«, keuche ich lachend.

»Die Aussage nehme ich persönlich.«

»Du warst derjenige, der betont hat, wie wichtig es ist, ehrlich zu sein …«

Er dreht mich auf den Rücken und legt sich auf mich, sodass ich unter seinem Körper gefangen bin.

»Mit Betonung auf Ehrlichkeit«, raunt er.

»Ich glaube, ich könnte dich für immer lieben.«

»Du *glaubst*?«

Ich unterdrücke ein Lachen. »Ich bin immer noch nicht ganz überzeugt.«

»Gibt es irgendetwas, womit ich nachhelfen könnte?«

»Vielleicht.«

»Ich hätte da ein paar Ideen.« Luke nimmt meine linke Hand in seine und fährt mit dem Mund über meinen Ringfinger.

Ein kleiner Schauer durchläuft mich – und das Aufblitzen in Lukes Augen verrät, dass es ihm nicht entgeht.

»Und ich dachte, du wolltest noch ein Jahr warten.«

»Wie bitte?«, empöre ich mich. »Wann soll ich das denn bitte gesagt haben?«

»Dann willst du also doch heiraten?«

»Natürlich.«

»Mich?«

»Angesichts des Gesprächs, das wir gerade führen, stelle ich das ernsthaft infrage.«

Sein strahlendes Lächeln erfüllt mich mit Wärme. »Was bedeutet, dass du darüber nachgedacht hast.«

Mit einem frustrierten Grunzen vergrabe ich das Gesicht an seiner Brust. »Hör auf, mich zu ärgern.«

Er hebt mein Kinn an und gibt mir einen Kuss. »Niemals.«

»Du nervst.«

»Und du gibst dir seltsam große Mühe, einer einzelnen Frage auszuweichen.«

»Weil ich nicht bereit bin, die Wahrheit einzugestehen.«

»Die da wäre, dass du total in mich verliebt bist und dir seit ein paar Monaten in der Hoffnung, dass ich dir einen Antrag mache, die Nägel weiß lackierst.« Mein tödlicher Blick hält ihn offensichtlich nicht davon ab weiterzumachen. Er streicht mir mit dem Daumen über die warme Wange. »Also, ich finde es süß.«

Ich schließe die Augen. »Bitte hab wenigstens den Anstand, mich in Ruhe vor Scham sterben zu lassen.«

»Die Wahrscheinlichkeit, dass das passiert, ist verschwindend gering.«

»Leider«, gebe ich mit einem Seufzen zu.

»Ich habe auf den richtigen Moment gewartet«, sagt Luke nach ein paar Sekunden Stille.

»Den richtigen Moment?«

»Ich habe mir immer wieder Gründe einfallen lassen, warum es gerade nicht gut passt.«

O. Mein. Gott.

Er wird rot. »Aiden meint, das sei total bescheuert, und wenn ich jetzt darüber nachdenke, hat er vollkommen recht.«

Mein Herz, das vor wenigen Augenblicken noch wie wild gepocht hat, bleibt stehen. »Womit?«

»Warte kurz.« Luke springt auf und verschwindet in unserem Schlafzimmer. Kurz darauf kommt er zurück, mit einem …

Ich setze mich auf und starre den kleinen Gegenstand in seiner Hand an. »Was ist das?«

»Etwas, das ich gemacht habe.« Er kniet vor mir und hält mir die dunkle Schachtel aus kleinen Legosteinen hin.

»Ist das …« Ich kann kaum weitersprechen. »Ein Schmuckkästchen?«

Ich schlage mir eine Hand vor den Mund.

»Ja.«

»Das hast du im Ernst selbst gebaut?«

Als Luke nickt, schießen mir Tränen in die Augen. Ich bin mir nicht ganz sicher, was er dann sagt. Vor allem, weil mein Herz so heftig schlägt, dass ich seine Worte über das Rauschen in meinen Ohren hinweg kaum verstehe. Aber sein Gesichtsausdruck verrät mir alles, was ich wissen muss.

»Willst du mich heiraten?«

Ich blicke auf den Ring in der Schachtel, die er nur für mich gebaut hat. Die Entscheidung, ihn für den Rest meines Lebens zu lieben, ist die einfachste, die ich je getroffen habe – fast so einfach, wie ein kleines Wort zu sagen.

»Ja.«

ENDE

ANMERKUNG DER AUTORIN

Wenn du es bis zu dieser Anmerkung geschafft hast, möchte ich mich bei dir dafür bedanken, dass du *My December Darling* eine Chance gegeben hast. Es ist meine erste vollständig im Eigenverlag herausgegebene Veröffentlichung seit langer Zeit, daher weiß ich deine Unterstützung ganz besonders zu schätzen.

Ehrlich gesagt, hätte ich nie gedacht, dass ich jemals eine Erzählung schreiben würde – habt ihr schon mal die Breite der Buchrücken meiner Romane gesehen? Mein übliches Ziel liegt bei 100 000 Wörtern, daher war es eine spannende Herausforderung, dieses Mal unter 50 000 zu bleiben. Obwohl die Weihnachtserzählung fast zu einem Buch in voller Länge geworden wäre (ich weiß nicht, wer all diese Regeln aufgestellt hat), habe ich es irgendwie geschafft, mich kurz zu fassen (und meinen engsten Freund*innen und mir selbst bewiesen, dass ich es kann!).

*Notiz: Ursprünglich hatte ich geplant, keine spicy Szene in das Buch aufzunehmen, weil ich wollte, dass meine Familie es auch lesen kann, aber dann hatte ich das Gefühl, diese Szene unbedingt schreiben zu wollen, und ta-da, hier ist sie.

My December Darling war eine angenehme Überraschung. Niemand hat eine solche Geschichte von mir erwartet, was bedeutet, dass ich einfach Spaß beim Schreiben haben konnte, ohne den Druck, den ich mir sonst selbst auferlege. Versteht mich nicht falsch, ich arbeite an jedem meiner Projekte gerne, aber nach *Love Unwritten* habe ich eine Geschichte wie diese gebraucht.

Außerdem hat es mir Spaß gemacht, mich ausnahmsweise von meinem gewohnten Milliardärsklischee zu lösen. Luke Darling besitzt vielleicht keine 50 Millionen Dollar, die er mal eben bei einer Wohltätigkeitsauktion spenden kann wie Declan Kane, und ihm gehört auch nicht wie den Lopez-Cousins halb Lake Wisteria. Aber er steht stundenlang Schlange, um ein limitiertes LEGO-Set für die Frau seiner Träume zu erstehen, und damit ist er in meinem Herzen eine Milliarde Dollar wert.

Ich habe das Gefühl, dass es noch sehr viele weitere Geschichten aus der Welt von Lake Wisteria zu erzählen gibt, also gehe ich nicht davon aus, dass dies das Ende ist. Die kleine Stadt am See ist zu einem meiner fiktionalen Lieblingsorte geworden, und ich hoffe, dass es euch genauso geht.

Wenn ihr gerne mehr Romance mit Kleinstadtsetting von mir lesen möchtet, schaut in meine *Lakefront Billionaires*-Reihe rein.

Ich gehe jetzt schamlos Weihnachtsmusik hören
eure Lauren

DANKSAGUNG

Kimberly Brower: Ich bin mir nicht sicher, ob es dieses Buch ohne dich gäbe, also danke, dass du mich ermutigt hast, neue Möglichkeiten auszuloten und mich als Autorin herauszufordern. Ich bin so dankbar, dass du in mein Leben getreten bist, denn ich kann mir diese Reise als Autorin ohne dich nicht vorstellen!

Aimee und das Team von Brower Literary: Ich bin so dankbar für die harte Arbeit, mit der ihr jedes meiner Bücher zu einem Erfolg gemacht habt.

An Nina, Kim und das Team von VPR: Danke für alles, was ihr bei jeder Veröffentlichung tut, damit ich einen klaren Kopf behalte.

Mary, auch bekannt als meine Finneas: Danke, dass du so viel Freude in mein Leben bringst und meine Yellow Person bist. Es ist mir eine Ehre, dich nicht nur als die Beste aller Zeiten in

Sachen Grafikdesign zu bezeichnen, sondern darüber hinaus als eine meiner liebsten Freundinnen.

Jos, die zukünftige Mrs. Darling: Ein schlichtes »Danke« erscheint mir nicht genug für alles, was du tust, und all das Glück, das du mir jeden Tag schenkst! Ich kann mich immer darauf verlassen, dass du auf meiner Seite stehst, dafür sorgst, dass ich ruhig bleibe, und mich an all die guten Dinge erinnerst, die mit jedem Projekt, an dem wir zusammenarbeiten, einhergehen. Deine Peptalk-Voicenotes während dieses Projekts sind zu einer der wichtigsten Erinnerungen für mich geworden und haben mich ermutigt, auf »Veröffentlichen« zu klicken (zusammen mit den weinenden Selfies).

Erica: Von meinem allerersten selbst veröffentlichten Buch bis zu diesem hier ist jedes auf seine eigene Weise etwas Besonderes, weil ich mit dir zusammenarbeiten und die Freude an etwas Neuem teilen darf. Deine Leidenschaft, dein Einfühlungsvermögen und dein unermüdlicher Einsatz für deine Autor*innen machen die Zusammenarbeit mit dir zu einer wahren Freude, und ich freue mich auf viele weitere Projekte mit dir.

An meine Vertreterin im *Mitten State*, Katelyn: Danke, dass du mir alles über das Leben im Mittleren Westen beigebracht und erklärt hast, warum es eine schlechte Idee ist, im Winter mit einem McLaren herumzufahren. Als ich dieses Jahr in Michigan war (und dich und deine Familie besucht habe), habe ich den Zauber des Mittleren Westens gespürt, und das habe ich zu einem sehr großen Teil dir zu verdanken.

Marietere: Ich habe schon eine ganze Weile darüber nachgedacht, eine Weihnachtsgeschichte zu schreiben, daher bin ich unglaublich froh, dass wir zusammen an diesem Buch arbeiten konnten und dass du mir geholfen hast, meine puerto-ricanischen Leser*innen bestmöglich zu repräsentieren.

Kendra: Mit jedem Projekt, bei dem wir zusammenarbeiten, bin ich dankbarer dafür, dass ich dich kennengelernt habe. Deine Fürsorge und Liebenswürdigkeit haben einen nachhaltigen Eindruck bei mir hinterlassen, während ich versucht habe, mich in der Buchwelt zurechtzufinden. Ich hoffe, dass wir uns bald wiedersehen, damit ich dich umarmen kann!

Selina: Danke, dass du mir mit all den medizinischen Aspekten geholfen hast! Dein Feedback hat mich wirklich beruhigt, und ich bin dir unglaublich dankbar für deine Unterstützung!

An meine Beta-Leser*innen: Ihr seid ein so wichtiger Teil meines Schreibprozesses. Ohne euch würde mir höchstwahrscheinlich das Selbstvertrauen fehlen, meine Bücher in die Welt hinauszutragen. Danke dafür, dass ihr an mich glaubt und mir helft, jedes meiner Bücher zu etwas Besonderem zu machen.

An meine Schwiegermutter: Ich liebe deine Geschichten über die *Parrandas* so sehr, dass ich mich davon habe inspirieren lassen, darüber zu schreiben. Es hat ein paar Jahre gedauert, aber ich bin froh, dass ich endlich ein wenig Liebe für die AGDO-Familie teilen konnte.